桂冠译丛

世界博览会
World's Fair

〔美〕E.L. 多克托罗 著
E. L. Doctorow
陈安 译

人民文学出版社
PEOPLE'S LITERATURE PUBLISHING HOUSE

著作权合同登记号　图字 01-2021-2636

World's Fair
by E. L. Doctorow

Copyright © E. L. Doctorow 1985
All rights reserved.

图书在版编目(CIP)数据

世界博览会/(美)E. L. 多克托罗著;陈安译. —
北京:人民文学出版社,2021
（桂冠译丛）
ISBN 978-7-02-015915-4

Ⅰ. ①世… Ⅱ. ①E… ②陈… Ⅲ. ①长篇小说-美国-现代 Ⅳ. ①I712. 45

中国版本图书馆 CIP 数据核字(2020)第 032554 号

| 责任编辑 | 朱卫净　潘爱娟 |
| 封面设计 | 李　佳 |

出版发行　人民文学出版社
社　　址　北京市朝内大街 166 号
邮政编码　100705

印　　刷　上海盛通时代印刷有限公司
经　　销　全国新华书店等

字　　数　196 千字
开　　本　889 毫米×1194 毫米　1/32
印　　张　8.25
版　　次　2014 年 2 月北京第 1 版
印　　次　2021 年 11 月第 1 次印刷

书　　号　978-7-02-015915-4
定　　价　55.00 元

如有印装质量问题,请与本社图书销售中心调换。电话:010-65233595

献给R.P.D.

这儿有街头杂耍,
孩子们都围着……
——华兹华斯《序曲》

罗 兹[*]

我生在下城东区的克林顿街。家里有六个孩子,两男四女,我排行老五。两个男孩哈里和维利是老大和老二。我父亲是个音乐家,小提琴手。他总是善于谋生。他和我母亲相遇在俄国,并在那里结婚,然后移居美国。我母亲也出身于音乐世家,她和我父亲怎么会相识,也就是由于这种来龙去脉。她有些堂兄弟在俄国很有名;其中有一个是大提琴家,甚至曾给沙皇演奏。我母亲是个美女,娇小的个子,长长的金发,有一双浅蓝色的眼睛。我父亲常对我们说:"你们这些丫头,以为自己很漂亮?你们得瞧瞧你们的母亲,在她跟她姐妹走在我们村里街上的时候,所有人都把脑袋转了过来,她们的身材可苗条呢,她们的举止又那么文雅。"我姑且想着,他不是要我们为此而骄傲吧?

我们迁居布朗克斯,住进克莱蒙特公园附近一座公寓楼时,我才四岁。我上的是华盛顿大道上的第一四七公立学校,我是个好学生;从那儿毕业后,我去了莫里斯中学。我修完了所有课程,毕业后,又报名修读那儿的商科课程,拿到了足够的学分,就是再毕业一次也够了。现在我知道怎么打字,怎么记账,也会速记。我很有雄心。我靠为默片伴奏来付我自己的钢琴课学费。我两眼盯着银幕即兴演奏。我哥哥哈里和父亲常常就坐在我身后,注意不让任何人来干扰我;那时候电影院都还很简陋,常会招来些坏家伙。修完课程后,我找到一份工,替一个名叫西格蒙德·安特伯格的著名商人和慈善家当私人秘书。他是做衬衫这一行发的财,如今花很多时间

---

[*] 小说叙述者埃德加母亲的名字。作者埃德加·L. 多克托罗的母亲也名罗兹。

为犹太组织、社会福利这类事情操劳。当时社会工作中没有政府的官僚习气，不像现在有什么规划，所有的慷慨施舍都来自个人及其创办的机构。我是个好秘书，安特伯格常向我口授信函，我能在打字机上立刻打出，没有一个错误，他一说完，我就打完了，一封信也就出来，他可以签字了。他觉得我很了不起。他太太是个可爱的女人，常邀请我去跟他们一起饮茶，跟他们交往。我想，那时我该有十九或二十岁了。他们给我介绍了一两个小伙子，可我一点儿也不喜欢他们。

我那时感兴趣的是你的父亲。我们在中学就认识了。他非常英俊、潇洒，是个出色的运动员；其实，这就是我遇到他的缘由。在莫里斯大道和一七零街交界处有个泥地网球场，我们都在那儿打球。那时候，你打网球得穿长裙子。我是个网球好手，我爱运动，所以我们相遇了。他常送我回家。

我母亲不喜欢戴夫[①]。她觉得他太粗野。假如我跟另一个男孩出去，他就会破坏这次约会。他会在我们家外头晃晃悠悠，尽管我们并没有商定一块儿干什么，当他发现别的男孩来接我，他就会干可怕的事，他会寻衅打架，或者当我跟另一个男孩在一起时，他会拦住我们，胡说一通。他会警告别的男孩子，要他们尊重我，否则他不会放过他们。当然，他已经吓跑了几个，那真是气死人，我都憋了一肚子火，可我还是听我母亲的劝告，不跟他闹翻。冬天，我们去溜冰；春天，他会用鲜花来让我惊喜一番，他很浪漫。经过这些年，我爱上了他。

那时候情况不同，你不会遇见了谁就跟谁出去，一下子就跟他们上床。人们都正式求婚。女孩们贞洁清白。

[①] 戴维的昵称，罗兹的丈夫。

一

我被液氨水汽惊醒了，从酣睡中立刻清醒了过来，郁闷地意识到是怎么回事儿；我又干了一次。我的大腿被泡得发痛。我哭着，喊着妈妈，知道我得忍受她的强烈反应，要忍受得住，才能得救。我的小床靠着他们房间的东墙。他们的床靠着南墙。"妈妈！"她在她床上要我安静。"妈妈！"她哼哼唧唧，起了床，她穿着白色睡衣，朝我走来。她强壮有力的手行动起来了。她把我脱光，又扯下床单，把我的睡衣和床单，还有床单底下的橡皮垫，统统都扔在地板上，扔了一大堆。她松垂的乳房在睡衣里晃来晃去。我听到她在喃喃责备我。就几秒钟的工夫，我被洗了澡、搽了粉、穿上干净衣服，这使我在黑暗中偷偷暗笑。我，一个年轻王子，骑坐在她的臂弯，来到他们的床榻，被接到他们之间，在该诅咒的冷淡态度中被接到他们之间。我父亲友善地拍了我一下，身子往后一缩就睡了，把一只手搭在我肩上。很快，他们俩都睡着了。我闻到了他们神仙般的气味，男性的，女性的。过了一会儿，当天光刚模模糊糊出现在窗帘轮廓上要报告黎明时，我就完全醒了，守护着我的尚在熟睡的父母亲，我快乐极了，这可怕的一夜即将离我而去，可爱的一天即将破晓。

这些是我最早的记忆。我喜欢在早晨来临之际，从父母的床上爬下来注视他们。父亲睡在他的右胳膊上，两腿伸直，一只手抓住枕头，弯着的手腕顶住床头板。母亲蜷曲着躺着，弯曲的宽阔背部跟父亲的背部碰在一起。他们同盖一条被子，那样子挺讨人喜欢。他们一挪身子，床头板就会碰到墙，发出声音。床头板是巴洛克风格的，颜色是橄榄绿的，沿着它的笛形槽边缘有一条粉红小花朵和墨绿叶子的带状装饰。靠着对面墙的是梳妆台和镜子，也有一样的橄榄绿和笛形槽。抽屉的椭圆形黄铜把手上饰有几枝粉红花朵。我玩时，爱把每个把手都抬起来，再往下放回去，好听到叮当响声。我明白那些花朵的幻想，瞧着它们，相信它们是真的花，然后用我的手指尖轻抚那鼓起的油漆的触感。我不大喜欢卧房里遮光窗帘的纯白色幕布，也不大喜欢幕布四边厚重的打褶织物。我害怕窒息的感觉。我会躲开壁柜。黑暗最令我畏惧，因为我不知道能不能自由地呼吸。

我是个害气喘病的小孩，对什么都敏感。我的肺部不断地遭罪，我咳嗽、发哮喘、要用气雾吸入器喷药。我是个可悲的通晓药物的神童，我知道芥子硬膏、滴鼻剂、阿吉洛尔牌喉拭子。我嘴里要定时插入体温表和皂液灌肠器。我母亲认为，疼痛就是疗效。要是不疼不痛，那就是无效无用。我喊啊叫啊，蹲下身来和疼痛搏斗。我的膝盖擦伤了，吵着要樱桃红的红药水，可拿到的却是我讨厌的碘酒。我嗷嗷大叫。"唉，别胡闹了，"母亲说着给我擦碘酒，弄得我灼痛难忍，"给我马上止住。你发这脾气一点用也没有。"

我在适应大小范围上有困难，便给自己找些适当的空间，否则，这个家就显得过于庞大了。我爱躲进起居室的钢琴下面。这是一架索默牌黑色桃花心木竖式钢琴，那悬臂式键盘成了我低矮的屋顶。我喜爱地毯上的图案。我熟悉橡木地板和那些有坐垫的椅子的边角。

我乐意去洗澡间，原因之一是那浴缸是个尺寸合适的空间，我可以碰到它的四边。我在浴缸里把胡桃壳小船弄沉下去。我把它们淹没在浪潮里，然后让水平静下来。

我也知道，当我在洗澡间时，由于某个原因，我母亲拼死拼活的工作效率会暂时降低。她把我一个人留在那里，她得不时地叫我，好知道我没被淹死。在我从浴缸水里站起来打开排水管之前,我手指上的皮都被泡皱了。

我用厨房的木桌椅来造堡垒。我还用厨房的宽阔地板监视别人。凭他们的腿脚,我就知道他们是谁。我母亲结实的脚脖子和大而匀称的小腿肚,被困在一双有后跟的女鞋上来回走动。这双脚从水池走到冰箱,又走到餐桌,伴有银器相撞、滑动抽屉开开关关的勤务之声。母亲以自信的坚定步伐弄得橱柜的玻璃门晃动不已。

我矮小的外婆脚不离地,一寸一寸缓慢地往前移动,就像她一小口一小口抿茶一样。她穿一双带子高束的黑鞋,那条也是黑色的宽松裙子盖住了她的鞋面。全家人里外婆是最易监视的,因为她总是在沉思默想。尽管我知道她爱我,可我总提防着她。她有时在厨房里祷告,祈祷书摊开在桌子上,她那双老式鞋平放在地板上。

我哥哥唐纳德是无法监视的。有别于大人们,他机灵而警觉。在他发现我在那里之前,锁定他为目标的时间即使只有几秒钟,那也是重大的胜利。有一天,他房间的门开着,我在他门外的过道上徘徊。我朝屋角四周偷看时,他背对着我,正在做一架飞机模型。"我知道你在那儿,鼻涕虫先生。"他没有片刻犹豫就这样说。

我把我哥珍视为充满自信、包罗万象的知识和智慧之源。他的脑袋是人类所知的所有游戏章程和规则的汇总。他皱着眉头专心考虑行事的适当方式。他循规蹈矩,活得辛苦。他不仅是制造模型的权威,而且也是放风筝、踏板车比赛和照顾宠物的权威。他每件事情都干得出色。我对他怀有最庄重的爱和崇敬。

我也许一直因他这个榜样而感到气馁,我通过他得到的所有观点,我都得学习,有一点却是学不到的——他在当教师方面有很高的天赋。有一天,我和我们的狗娉姬正在伊斯特伯恩大道我家的门口,唐纳德放学回家,把书本放在门前台阶上。

他从起居室窗下的女贞树篱上摘了一片深色叶子。他把树叶放在两个手掌之间,把两手拢成杯状放到嘴前,随后往两个贴近的大拇指之间的空隙吹气。这一吹竟发出了令人吃惊的"咩咩"的羊叫声。

我激动得跳起来。唐纳德再次发出"咩咩"声时,娉姬就像当着它的面吹口琴时一样嚎叫起来。"我想试试。"我说。在他的耐心指教下,我选了一片他选的那种树叶,小心地把它放在手掌之间,我就吹了。可啥声音也没有出来。他把我的小手整了又整,又换了好几片叶子,纠正我的方法。可还是啥声音也没有出来。

"你得下工夫练,"唐纳德说,"别想一蹴而就。来,我教你简单一点的方法。"

他用来当做簧片的同样的树叶,他只压了压合在一起的两个手掌根,把两手弄平,就把它分成了两半。

我哥很帅。他身穿一条花呢灯笼裤,一双罗纹短袜,一双小伙子穿的低帮鞋。一绺褐色直发遮在一只眼睛上。他的针织运动衫很时髦地用两条袖子系在腰间,他的学校红领带的结打得松松散散。在他把我们那条躁狂犬带进屋后,我一直在自觉地专注于完成他交给我的任务。即使不能马上找到完成任务的诀窍,我至少知道该学会什么。

在使自己坚毅地面对生活的需求和挑战方面,唐纳德很像我们的母亲。我们的父亲则是另类。我想,他是凭魔法到了他的所在之地。

他常让我看他刮胡子,因为除了早晨,我很少看到他。我上床睡觉后很久他才下班回家。他跟一个合伙人在曼哈顿第六大道和四十三街交界处的"赛马场"——一座有名的戏剧大楼——开了一个音乐商店。

"早上好，快活的吉姆。"他说。他很早就注意到，我生下来后每天早晨都是含笑而醒，此后他就常评说这一如此不平常的纯正美好的表现。当我还是婴孩时，他常把我举起来抱我，我们一块儿做一个游戏：他把两腮鼓起来，鼓得像一只河马，我把他腮帮子里面的气打出去，先打一侧，再打另一侧。这事儿刚干完，他的眼睛就又睁得大大的，他的腮帮子又鼓起来了，我就咯咯咯地笑着再干一遍。

洗澡间铺着一块块方形的白色瓷砖，里面所有的固定装置都是白瓷的。有一扇晦暗起皱的窗子看似用它自己的光源来发光。父亲穿好部分衣物——鞋子、长裤，罗纹汗衫，腰侧打环的背带，站在布满阳光的白色洗澡间里，把他的剃须肥皂放在大杯里弄出泡沫来，随后用剃须刷巧妙地把肥皂沫涂了一脸。

他一边涂，一边哼着瓦格纳的歌剧《漂泊的荷兰人》的序曲。

我爱听那刷子在他皮肤上发出的沙沙声，我爱看那肥皂经他一揉从一小团白沫变成大团大团泡沫。接着，他从墙壁挂钩上使劲拉下一条大约三英寸宽的磨剃刀长皮带，他转动手腕，在皮带上来回挥动那把平直的剃刀。我弄不明白，像皮带这样软的东西怎么能磨像钢剃刀这样硬的东西。他给我讲解了其中原理，可我认为，这只是他的魔力的又一范例。

我父亲手法敏捷，会变戏法。比如，他似乎能断开他大拇指上部的关节，然后又放回去。他用一只手做掩护，在其背后你可以看见他另一只手的大拇指断开了，然后是两个半截之间的空隙。这就如所有的好戏法一样令人毛骨悚然。他会把大拇指拔掉，稍微一扭，又把它放了回去，然后伸出来让我检查、扭动它，让我相信，他的大拇指完好如初。

他奇趣横生。他用双关语。他开玩笑。

他刮胡子时，脸上这里那里的白色泡沫中悄悄露出了微小血泉，红色变成了粉红。他似乎没有注意，只是接着刮，接着哼唱。

他漂洗了脸，用魔术榛木棍①轻轻地拍拍脸，在头顶中部把锃亮的黑发分开，把每一侧都往后梳。他的头发总是修剪梳理得整整齐齐。他漂亮的脸上泛出红晕。他用指尖捋平他的黑髭。他的鼻子细而直。他的褐色眼睛灵动、闪亮，显示出一种狡黠的智慧。他不厌其烦地把他剩在剃须杯里的肥皂泡沫涂在我的两颊和下巴上。我有很多块压舌板，有一块放在药柜里；每次我要我们的家庭医生格罗斯大夫来出诊，他总是给我一块压舌板当礼物。我父亲递过一块压舌板给我，好让我刮胡子。

"戴夫。"我母亲叫他，把门敲得笃笃响，"你知道现在是什么时候了？你在那儿干吗呢？"

他做了个鬼脸，突然把脑袋缩在两肩之间，好像我们俩都是淘气的小男孩。

父亲出门上班时总是做各种保证。

"今晚我回家会很早。"他对我母亲说。

"我没钱了。"她说。

"这儿有几块钱供你渡难关吧。今晚我会有现钞。我会打电话给你。或许我中途会带些晚饭的菜回来。"

我拖住他的衣袖，求他带给我一样惊喜的东西。

"好啊，只是我要看看我能做什么。"他笑着说道。

"您保证？"

唐纳德已在学校。父亲一走我就没有什么可盼望的了，所以我目送他直至最后一秒钟。他个大体胖，尽管他穿的那套背心纽扣扣得紧紧的服装还算合身。他在前厅镜子里检查了一下领结，用他喜

---

① 在埃德加眼里，他父亲用的金缕梅酊剂（用于止痛、消炎）是"魔术榛木棍"。此药原学名 wych-hazel 已变体为 witch hazel（女巫榛木棍）。

欢的时髦角度戴上他的浅顶软呢帽,这时我就奔进起居室,以便能看见他走出前门。他跳着走下台阶,回过身来向我挥手、微笑,我呢,正站在起居室的窗旁。他以他特有的轻松愉快的脚步,沿街大踏步走了。我注视着他转过街角,顷刻间,他就消失不见了。

我了解父亲的人生历程。我了解他的生性,他像一个旅居者一样生活着。他往前走又返回来。他走了一段距离。即使只有一天的休假日,他的本能和冲动也指明他要离家出去。

他很少不食言地准时回家吃晚饭,或带给我什么东西。母亲不能容忍他违背诺言。她总是要他做出解释。我发现这没有用。在我最不盼望得到什么东西的时候,他却会以补偿的形式带给我东西。一件意想不到的意外礼物。这是一种教诲吧。

二

我母亲用一种很笨拙的管理方式来管我们这个家和我们的生活,这种管理方式常使一个孩子产生挫败感,尽管能使他明辨是非。我是婴儿时,给我洗澡的是一双勤快、能干的手;我成了小男孩,她喂我吃饭,给我穿衣服,带我经历不快乐的事,同时很严厉地警告我要表现得规规矩矩。不许我表示不同意见。不许我说废话。

她是个精力充沛、丰满漂亮的女人,将近四十岁。她那双明澈的蓝眼睛放射出坚强的意志。你不会误解她的意思——她心直口快,直言不讳。她以清晰的判断来解释世界。她强烈地感到,即便是小男孩,对他们自己的行为也负有责任。比方说,他们可能懒惰、自私、捣乱搞鬼。或者他们可能正派、厚道、坦诚、老实。无论他们是怎样的人,他们的命数都已决定。

到处是有关儿童疾病的传言——百日咳、猩红热,最可怕的则是小儿麻痹症。母亲认为,孩子们所处的危险到了他们的家长缺少起码常识的程度。"我在戴奇乳品店见到戈德曼夫人,"有一天她买东西回来说,"可怜的女人,我不羡慕她。她女儿的腿戴着枷具,而且要戴一辈子。她哭着告诉我这件事。可她让这孩子在夏天最热的日子里去公共游泳池游泳,她又能指望什么呢?"

她说的故事令我惊讶不已。讲故事的目的是为教诲。故事的主题是警戒。

早晨,父亲和哥哥唐纳德离家后,母亲就猛力推开窗户,把枕头和被褥拍得松软鼓起,让它们晒窗台上的阳光。她洗碗,把衣服放在洗衣桶里浸湿。她打扫卫生,操作伊莱克斯牌真空吸尘器。她所做的每一件事都是宣告式行动。她对我们的王国的统治值得我研究。

母亲向往在这世界上步步高升。她估量着我们拥有什么,在我们的邻居中谁比我们更有钱有势。哥哥和我总是穿得很体面,父亲自己营业,我们按时交付房租、电话费、电费——她要这个世界明白,这是一些我家生活品质的组成因素。

当她准备上市场去买东西时,她改穿一件有腰带的衣服和一双发亮的黑鞋,戴上一顶一边折得往上翘起的草帽。一条细缎带绕着帽顶。她涂上口红,出去时手臂上挽着她的小提包。

下午快结束时,她有时候在沙发上休息几分钟,读读报纸。父亲吃早饭时两臂张开拿着报纸,母亲和他不同,她斜靠着沙发,一只手拿着报脊,另一只手的手背来回拍打着报纸。

"我不相信那个医生,"她说的是那个照料狄安五胞胎[①]的大夫,"他太喜欢出风头。"

晚上,晚餐之后,一切都安静下来了,她在起居室阅读从图书

[①] 1934 年在加拿大一个姓狄安的家庭里出生的五胞胎(均为女孩)。

馆租来的小说，一边等我父亲回家。有时我会在她不知晓的情况下观察她。过了一会儿，她合上书把它放在腿上，把脚缩在身子下面，眼睛盯着地板。她很为我的体弱多病的小个子外婆担心。但我想，她最担心的是我父亲。

据我推测，我父亲并非一个可信赖的伙伴。有太多他说会实现结果却没实现的事情。他总是姗姗来迟，不知怎么，他常常以为他到哪儿去或干什么事都不需要那么多时间。他制造悬念。他浑身是游侠的热忱，能轻易地被它们改变方向。除此之外，他还不打算向我母亲透露他形形色色的赚钱计划。看来她大部分时间都被他的所作所为害得忧虑不堪。

父亲晚回家时，总是支支吾吾的，母亲生气看起来不无理由。我听到母亲告诉她最好的朋友梅伊说，父亲的一个弱点是嗜好纸牌。他喜欢赌博，可又赌不起。

我明白，父亲看来在规避母亲对他的一些看法。鉴于我们生活在艰难时世，他没有适当地表现他自己。我知道他不大可靠，可跟他在一块儿很有趣。他是小孩子的理想伙伴，充满了神奇和快乐的活力。他爱吃嗜饮。他喜欢尝试新东西。他把椰子、番木瓜、芒果带回家来，让它们来刺激我们顽固的保守本性。礼拜天他喜欢发现新的去处，带我们没完没了地乘公共汽车或有轨电车，去他所知道的新公园或海滩。他总是告诫说，不论何种情形，都要勇于尝试未知的事情，这一教诲在主旨上与母亲的恰恰相反。

父母之间的冲突可能是我生活中长期的主要境遇。他们从未和睦相处。他们是两种不能改变的相反本性的结合。他们的相异之处为我创造了一种磁场，在这磁场里我根据磁波的方向来这样或那样摆动。我哥在热衷于法则规矩及适当处理好事情方面更像母亲。我呢，是一个比较安静、顺服、爱做白日梦的小孩，能以同情心理解父亲，我现在体会到——对一个自由灵魂的某些认识，由于过于谨慎，不极度或不敏感于考虑自己，最终为一个有吸引力的女人的威严灵魂所约束。

我母亲的一个嗜好是弹钢琴，就如她做任何事情，她弹琴弹得很自信。少女时期，她用为无声电影伴奏这个工作挣来的钱付自己的钢琴学费。她相当出色。我所喜欢的是，当她坐下来弹琴时，她那活跃的思想获得了暂时的平静。她的表情变温柔了，她的蓝眼睛炯炯有神。她坐得胸挺腰直，好像是个皇后，她的手臂伸展自如，她让美好的乐声充满屋子，那音乐我觉得仿佛是瀑布和彩虹。任何乐谱放在她跟前，她都能视奏。唐纳德每次从布朗克斯学院音乐学校把新功课带回家，他都请她弹一遍，就为听听这谱子演奏起来该是什么样的。

唐纳德快会弹贝多芬的《献给爱丽丝》了。他已经会弹舒曼的《荒野骑手》了。

我期望哪一天也能上钢琴课。眼下我玩玩琴键，做做音响实验，我把手指同时放在几个琴键上砰砰地敲打，可以怀着心绪和感情弹出我自己的音乐。

在父亲的市中心音乐商店里，现金出纳机附近有个玻璃柜台，里面几层搁板上放着儿童用的玩具乐器。我每一样都有。我吹一分钱的小哨子，我吹霍纳兄弟海军乐队牌口琴，我从一支奥卡利纳笛里弄出了声音，这种笛子因为它的形状也被叫做"甘薯"。

最容易吹的是卡祖笛，它根本不是乐器，而是一个卵形锡管，管子中部有个孔，里面有一张绷紧的上了蜡的纸。你朝卡祖笛里哼歌，那纸因共鸣而颤动，"瞧。"正如我父亲所说，"你就是音乐家啦。"

我喜欢从我的靠房子后面的房间沿着过道一直走到前门，一只手拿着卡祖笛吹，另一只手挥舞着一面国旗。

三

我们住在伊斯特伯恩大道 1650 号。我们占了底层，我们的邻居塞格尔一家占了二楼，也就是顶层。为了区分我们与那些租住遍及布朗克斯的公寓楼的人家的生活方式，我们称自己为"私人住宅"。这种住房是红砖砌的，屋顶是平的。门前的八级白色花岗岩台阶从有玻璃窗格的前门通往街道。台阶的一边，在我们前厅的窗户下，有一小块三边围着女贞树篱的地。在这里我为褐色小蚂蚁群落修筑道路和寓所——其实是修建一个完整的城市，小蚂蚁们不乐意住在这里，可这从来没有让我灰心丧气。

我记得伊斯特伯恩大道上的光亮。那明媚而温暖的光使那些沐浴其间的红砖和黄赭石房、整齐的人行道、蓝色比利时路缘石的颜色都淡化了，从而融为一个安宁而宽容的组合。

我想象那些房屋仿佛是彼此安静交谈的高级生物。

中午，阳光在那个我最喜欢的玩具上面熠熠闪光，那是一辆"高速铁路牌"运货卡车，跟那些偶尔在社区送货的汽车是一样的。我的卡车是墨绿色的，有完全相配的绿色车轮，有结实的橡皮轮胎，两侧写有边疆风格的"高速铁路"红字。两扇后门没有上锁，是打开的，跟真的卡车一模一样。真的可以转动的方向盘安装在正确的角度，不偏不倚地在一根笔直的转动轴的水平线上。那马达声，一阵电动嘎嘎声，由我自己提供。我喜欢在人行道的裂缝以及卵石和棍棒一类的障碍物上推动我的卡车。

太阳把人行道烤得暖暖的，所以膝盖和手掌上的感觉很舒服。

街道对面是一座六层公寓楼，还有两栋跟我们一样的私人住宅，房前有几棵枝条下垂、绿叶繁茂的树。在亚当山大道拐角处，这个街区的南端，有西尔弗夫人的一栋红砖瓦顶住宅，她是州高等法院法官西尔弗的遗孀。这是我母亲告诉我的。这座宅邸位于一片高出来的草坪上，后面有一堵护墙，墙上的圆石头用水泥粘在一起。我从未在近处看到过西尔弗夫人，可我母亲要我相信她是个好女人，她并不自以为高人一等。

越过亚当山大道，我可以看到"椭圆公园"里的悬铃树，这个小公园的郁金香花坛四周围有长椅，每天下午很多母亲和孩子都聚集在那儿。一行卵形线把亚当山大道一分为二，往西边小丘延续，直到大康考斯大道。

离椭圆公园远的那一侧是克莱蒙特公园起始之处，我们把克莱蒙特公园叫做"大公园"；按我的看法，这是一个辽阔的森林地带，那里的土地一片葱绿。

如果我转往另一方向，我就看见这个街区的北端，一七三街。这里没有青枝绿叶，可有另一座公寓楼，它的入口在街道拐角处，街对面是第七十公立学校的围有钢丝网眼栅栏的大校园。这是唐纳德的学校，我将来也会上这个学校。

我们所需的一切都在附近。第七十公立学校的那边是一七四街，所有商店都在那儿。我生在一家位于亚当山大道和莫里斯大道交叉拐角处的小产科医院，往西去就一条马路。亚当山的中心，我的老外婆每礼拜五晚上都要去做祷告的犹太教堂，也在莫里斯大道上。

这些楼宇、公园和房子的历史大部分不超过十年或十五年。这是个新社区。我想，这儿的光线之所以那么澄净而敞亮，那是因为所有开阔的空间都让太阳匀称地照亮了。不像曼哈顿市中心我父亲商店那里的情况，这里没有高楼大厦或狭窄街巷造成的急转弯道和浓重阴影，蓝天也没有被遮住。

在街头，我宁愿自己一个人玩，也不愿哪个可悲的小坏蛋企图用他的想法和要求来跟我缠斗。一人独处，我反而高兴。我相信，所有人的意志都比我强。这一心态可能源自我的处境，我是个年纪小很多的弟弟。

因为我比唐纳德小八岁，我在他朋友中间就像个新奇玩物——是只小狗或小猫。我是在别的大孩子的命令吩咐、到处带来带去和粗手粗脚的摆弄下长大的。他们有一大批人。我还是婴儿时，这些野孩子中的这个或那个在街上推我坐的童车，推得能多快就多快，把我吓得紧紧抓住车沿不放。他们常举行比赛——占婴儿车赛，所谓的"伊斯特伯恩大道奥运会"。他们的温情照料是把冰淇淋棍戳到我脸上，或者，在冬天，把我的帽子拉下来盖住我的眼睛，使我不受严寒之苦。他们并不残暴，只是粗鲁、爱闹得很危险。他们名叫塞莫尔、伯尔尼、哈罗德、斯坦利、哈维、厄温，等等。在我心目中，他们好像一个发出噪声的合唱队。他们的脸蛋或嗓音，我回想不起来，只记得那些喇叭、囊袋、棘轮，还有呼哧呼哧响的派对小礼物——有人喘着把气喷到你脸上。

在我的自我意识里，我不是一个小孩。当我一人独处，没有被这个世界的意愿强迫时，我就有机会意识到，我知道我是有感觉的生命。

可我确实有个伙伴——家犬娉姬。我父亲没有事先说明就把它带回家来了。它的尖耳朵里面的颜色是粉红的，我们就给它取了这个名字[①]。

它是一条长毛母狗，一种小猎犬，白色，口鼻部瘦小，黑眼睛炯炯有神。它很聪明，似乎听得懂话。它有个好把戏：从椭圆公园

---

① 娉姬为 Pinky 的音译，pink 是粉红色，y 用于词尾表示小而可爱。

的喷嘴式饮水器里喝水——它直起后腿,用前爪抓住底座上的水盆。

可我母亲放娉姬跟我出去时,总是用绳子把它拴在女贞树根部的枝条上。这是因为这条狗完全没有经过训练,一有机会就会逃跑。它可以跑得飞快。母亲不喜欢它。父亲喜欢它。唐纳德当然爱它。我爱它,可控制不住它。要是我拉着它的绳子,它会拽着我跑直至我摔倒。几乎每一次它都从我手里逃跑了。我并不喜欢这样。

我在屋前玩耍时,娉姬坐在那儿,看着我,或朝着开过的汽车汪汪地叫,猛往前冲,想摆脱拴着它的绳子。有个不寻常的早晨,我俩听见从街道北端传来的吼声。狗狗拼命地叫。从街角那边来了一辆卫生局的洒水车。一个巨大的柱形水柜安装在一辆马克牌卡车的平板上。车的整个装备都被漆成卡其黄,似乎说明它是世界大战时期的产物。这车一拐到我们这条街,它的两个扇状喷射口便射出了悬浮在水柜里面的喷嘴。啊,多好看!一道五颜六色的彩虹仿佛幽灵之光在空中移动,好似太阳的无数水滴分解四散,立刻在路缘石明沟里形成了急流。这辆洒水车驶过时发出吓人的吼叫声和嘶嘶声。我沿人行道奔跑,来感受一下这个大喷射范围内水量最少的边缘。娉姬在我后面吠叫着,不顾颈圈被勒住,直立起后腿。不一会儿,那些喷嘴闭上了,洒水车换了档,在亚当山大道街角拐了弯,看不见了。可这空气凉爽而新鲜,这街道色深而闪光。我把一根好脾气牌冰淇淋棍抛进沿路缘急速流动的汹涌水波中去。别的孩子也来了,把他们的冰淇淋棍和小树枝扔进水流里。我们沿街跟着我们这些在水流中旋转扭动的船只,沿伊斯特伯恩大道的平缓斜坡跟着它们,直至它们毁灭,消失在一七三街街角泻入污水管滤栅的瀑布之中。

我可以指望在暖和的天气里每隔几星期看到洒水车。运煤卡车则不经常出现。它们一般到初秋才来,那时气温还高。

对运煤车我是很感兴趣的。它们是那么重、那么大，尤其是装载得像一座座煤山的时候。只有铿锵有声的链传动装置才能转动它们的轮子。它们仿佛是滚动的房屋。有一次把煤送到了1650号那一家。那车往后朝街道和人行道之间的路缘上靠，停下后跟人行道几乎成了直角。此为该庞然大物无视法律的狂妄行为。那司机跳下车来，上身没穿衣服，虎背熊腰，就像这辆煤车。他的胸膛比手臂要白一些，脖子围着一条印度的扎染印花头巾。我把他当做街道维修队里那些手持风钻、摆弄镐和斧子的人的哥们儿。他甚至不屑于听见狗叫。他推动操纵杆儿，卡车底盘往上升，在液压千斤顶上往后倾斜得那么慢，发出那种嘎吱嘎吱的抗议之声，在我脑子里仿佛变成了一条发出刺耳叫声、后腿站立了起来的恐龙。当载煤底盘升到一个危险斜度、几乎是垂直的时候，也只有在这个时候，他才让它停下来，猛地打开后面的闸门：那大堆黑石就如山崩一般冒出大片浓烟，倾倒在人行道上。

此时，我赶在完事之前，松开娉姬，跟它一起往后退，好隔段距离来观看。在我家房子旁边有一个双扇折叠门车库。这个车库属于跟它毗连的私人房屋，房子入口在亚当山大道上的拐角那边，它往后盖得比我们的前门台阶远，所以留出了一块可供玩耍的场地。我把拴娉姬的绳子缠在双扇折叠门中一扇那个坏了的拉手上。绳子突然滑落下来，使它大吃一惊，它叼起绳子就跑走了。

我没有注意到这个情况。我太专心看那个司机了，他正爬上那辆卡车，跨坐在底盘一侧，以招摇的动物般的勇敢，用一把长把扫帚把残留在斜面上的大块煤扫下去。干完这个，他敏捷地跳到地上，把车子底盘放回水平线，发出响亮的铿锵声，随后把车开走，在他身后的街道上撒下了一条煤渣小道。

我凝视着我家前面这座矿渣金字塔，对它的重量产生疑惑，同时越发感到人的等级差别，芸芸众生如何被操纵来听命于人。我敏锐地感觉到问题的实质。我通过我的双脚感到了地球的强大引力。

我等待史密斯拿着铲子、推着独轮车从小巷里出来，他是我们的黑人工友，住在地下室里。

他来了。看来他没有觉察到我的存在。我将之视为我的好运。

史密斯是个彪形大汉，比那个煤车司机还魁梧强壮。他走路缓慢而小声，说话慢条斯理，那洪亮的男低音仿佛是大洞穴底部的声音，我感到这跟他的身量协调一致。不论冬夏，他都穿工作服。他身上有煤尘味、烟灰味和威士忌味。他头发灰白。他皮肤是带有深紫色调的黑色，脸上有凸起的伤疤，眼睛布满血丝。此时此刻，就像任何时候一样，他像国王、皇帝一样满脸怒气。

一块接一块，他把煤块装进煤箱。

他不是从煤堆顶部铲起，我来干的话会从顶部开始，他却从底部铲起。装独轮车时，他把铲子像长矛一样插进煤堆，他提起车把，胳膊肌肉绷紧，把独轮车沿小巷推往煤窖。他又回来时，没有朝我看，可在他说"那狗跑脱了"这句话时，我是他唯一的说话对象啊。

只在此刻，我才意识到我已有一阵子没有听到娉姬吠叫了。当然，我跑回家，叫上我母亲。我们去找狗。我们从街的一头跑到另一头。哪儿也见不到娉姬。失去它的灾祸感使我的幼小心灵惊恐万状。我们半跑半走，母亲问我是否注意到它往哪儿跑了，以及怎么会没有见它跑走，等等。这分明是指责。母亲对我非常恼火。同时她又表示希望说，娉姬最终可能永远逃走了。"要是侥幸的话，它再也不回来了。"

这就是她的方式——从与危机相反的一面来表达忧虑。

我正要哭。可我看见它了。它正从椭圆公园出来穿过亚当山大道去大公园。拴它的绳子拖在它后头。"娉姬！"我喊道。"娉姬！"我们跑着穿过街。"娉姬！"我喊道。

它没有理会我们。就在这一瞬间，一辆汽车从它身上压过。它从来不知道躲避汽车。此刻，它僵卧在街道中间。它把自己从头到尾平贴地面，把口鼻部紧贴在前爪之间，那辆车从它身上开了过去。

"啊，我的上帝。"母亲说道。我们跑着穿过椭圆公园，跑到街上。那辆车，是纳什牌还是哈德森牌，我记不清了，没有停下来。那个驾车人甚至没有瞧见它。娉姬蹲伏在那个地方，没有动弹。它望着我们，黑眼睛闪着恐怖的光。

它背上一大片毛掉了。它呜呜抽泣。"啊，娉姬。"母亲说道。她跪了下来，拥抱这条她平时瞧不起的狗。娉姬战栗着站了起来。它只是擦伤了点儿皮，而未受到更大的伤害。它顺从地跟着我们快步回家，我双手拿着破损的绳子。

由于汽车底盘造得离地面较高，所以狗狗侥幸活了下来。我们大家都称赞它在汽车开上来前的有启迪意义的反应；我们彼此没有提及它领先跑到汽车前面有多傻。母亲给娉姬的伤口抹上凡士林，不到一个钟头它就好像啥事也没有发生过似的。

我又回去看史密斯。他用熟练工的方式从容地干着活。在最后装好的一车推走后，他走了出来，用软管冲洗人行道。那大片黑灰的阴影消失了。于是，一切重又洁净而新鲜，史密斯缓步走回他的地下室去了。

我独自默默地坐在屋前的台阶上。我的狗儿安全无恙。我坐在石级上，望着平安宁静、阳光明媚的街道。在这个充满阳光的下午，运煤卡车这一重大事件好像从未发生过似的，那柔和的光线，那喷洒出来的水形成的彩虹，才是主宰天地的伟力。

若干八毫米黑白胶片在记录着一个时刻——我受我哥的委托，拿着一架父亲带回家给我们的万能牌上发条电影摄影机。它比一包香烟大不了多少，尽管重多了。我的任务是揿按钮，把唐纳德和他的朋友们拍下来,他们在我家旁边车库双扇折叠门前的阳光里围在娉姬四周。你首先看到的是一群男孩的庄重组合,他们或站或跪,像一个球队围在他们的吉祥物四周。娉姬叫着,把绳子绷得紧紧的,唐纳德都有点拽不住了。这一队人挥着手,笑着,可娉姬蹦蹦跳跳,撞在一个跪着的男孩身上,很快,这整个一群人都倒下了,对着摄影机哈哈笑着,哇哇叫着,还频频做着鬼脸,狗狗混在他们中间挣脱了绳子。他们要抓它,互相撞来撞去。我看着这个场景,摄影机里的胶卷似乎在颤动,拍摄对象歪出画格,又歪了回来。唐纳德离开这帮临时演员,皱着眉头冲我走了过来。他摇头,挥手,用他表达极度不安的特有方式表明,我做错了什么事情。他的蹙额怒容赫然出现在镜头里——我是得按规定把这按钮能按多久就按多久的呀。

罗 兹

在战争开始之际——是第一次世界大战——我因安特伯格先生而对福利工作产生了兴趣。注意到我接待前来办事处的人的态度,他对我说,我的工作能力大于当秘书。我对穷人富于同情心,有时候到社区文教馆帮安特伯格先生办些差事,常常见到这些人有事相求,我就跟他们说话,努力帮助他们。因此,他为我找了一份为犹太福利委员会工作的活儿,与移民及其遇到的问题打交道。该委员会在一○一街和第一大道交界处盖了一座样板出租公寓楼。我教男女移民怎样生活在这个现代化世界。怎样保持清洁、储藏食物、整理床铺,诸如此类的事儿。令人惊讶的是,他们知道的那么少,那么没有文化,又未受过培训。令人有所感触的是,眼看他们必须理解、必须学习的艰难状况,他们要在美国获得成功的渴望,你不禁为之感动。我是生在这里的,并不知道我自己的父母当年如何艰苦拼搏。他们来时也年轻,不懂英语,不懂新大陆的生活方式,但他们至少有技能,我父亲有一门专业,上岸那天就有工作,他总是很自豪地告诉我们这一点。父亲总是知道怎样谋求生存,他一直工作到去世之日。他极端负责任,对他而言,家是一切,他不仅为自己,也为其他音乐家找到了工作,他自己工作之余似乎成了音乐家们的演出经纪人。我从他那里学到了这种志趣。

我为犹太福利委员会工作,反正在战争开始之际我就自然而然地介入这种工作了。我们的小队常去国民警卫队送咖啡和炸面圈,跟士兵们交谈,在他们聚会时还可能跟他们一起跳舞。那只是当女伴,都合乎体统。你父亲当时在海军,正在哈莱姆河上韦布斯海军学院受训当旗手,他像往常一样不守规矩;他每天晚上会未经允许就翻越栅栏,偷偷溜出来看我。他就干这样的事儿。他会到我正在工作的地方来——我们晚上干这工作,他穿着蓝色水手衫到那儿,几百名陆军士兵中只有他一个水兵,对他而言,这可以是个相当大的问题,陆军士兵与海军水兵之间的对立情绪由来已久,他完全寡不敌众,可他仍然把我从正在和我说话或跳舞的小伙子那儿拉走。还算侥幸他没给弄死。

1918年我们遇到流感大流行,我的两个姐姐,我亲爱的姐姐,一个二十三岁,一个二十四岁,都传染上了流感,几个月里都死了。直至今日,我都不愿回想这件事。我眼看着可怜的母亲变老了。这从来不是轻松的生活,她是我见过的工作最辛苦的人,他们俩奋斗得多艰苦啊,为了过上好生活,把我们培养得体体面面的,一定要使我们自己的生活有前途,有保障。谈何容易啊,用一个自由音乐家的工资来养活六个孩子,可他是负责任的。当然,在那些日子里,为照管好一个家,干什么事都不轻松;你用洗衣盆洗衣裳,你用手在水池里把衣服搓干净。我习惯了自己干这些事,因为没有冰箱,你每天都去买菜；你做饭，没有帮手，做饭比做任何事情都更不省心。她始终得不到帮助。这两个漂亮的姑娘病了，死了。她失去了两个最大的女儿！我竭力不去想这件事，我不记得那些葬礼。我努力不去回想那两个姑娘。我什么也不记得，只知道那个时期在我脑子里是空白，是一个灰色空间，是一片虚无。

二十三岁时我跟你父亲私奔了。我们去了罗克韦海滩①，我们结婚。事情是我那个对家里人总是爱护备至的哥哥哈里起头的，他跑去对戴夫说："你和罗兹交好八年了。她现在二十三岁，她想结婚。她倒愿意嫁给你，可要是你不愿意，她就不想再见到你。你要么娶她，要么离开她。"噢，你记得你父亲。他的脑子是最不一般的。他的思路不同于其他人，他不落俗套，想法异乎寻常。那时候也是这样。我知道他愿意跟我结婚。可他不喜欢别人来告诉他该做什么，他从不喜欢这样。所以他的回答是，宁愿以丢脸的方式结婚，宁愿私奔，由治安法官批准结婚，也不愿正正式式地在犹太教堂里，新娘戴着面纱，家族成员来庆祝致贺。他不喜欢宗教，你父亲不喜欢。他相当现代，对新思想有兴趣——他就像爱新的小玩意儿一样爱新的思想。他相信进步。他从他父亲伊萨克那里学到了一些东西，他父亲是个了不起的人，博学多才，但不敬神。对伊萨克来说，宗教意味着迷信、贫穷和愚昧，就像过去旧农村里的情况。他是个社会主义者，你祖父伊萨克，他认为，地球上的生活问题——食物、住所、教育——应该在地球上加以解决。天堂的允诺不能引起他的兴趣。所以你父亲在这类理念上是有渊源的。我们去了那个偏僻的海滩社区，在那里结了婚，盖了房子。两个家都被冒犯和伤害了。我们住在离海和其他人一条马路远的地方。我爱那个地方，那儿很美。戴夫每天乘火车进城。他为一个名叫马克尔的人干活，此人是

---

① 纽约市皇后区一社区，位于长岛南岸。

在留声机行当做的。第一次世界大战后,留声机——我们把它叫做"维克托拉斯"——开始流行。马克尔喜欢戴夫,教他做这生意。他就是通过这个人进入这个行当的。我们结婚前,有一阵子我也为马克尔干过活,记记账,管管办公室。戴夫给我找了这活儿。

虽然在罗克韦有时会感到寂寞,但不管怎样,海洋、天空和隐居补偿了更多的东西。我们的背上没有家庭的包袱。你不知道这意味着什么。来自一个居住在一起的大家庭,在公寓楼和城市街道上长大。现在我们独处,我们有隐私权,我们有空间。这是我们生活中的佳期良辰。我们要出去,就去那个村子,格林威治村。那时有很多重要的事情。你父亲有交朋友、见朋友的天性,他自然而然地受那些有智慧、有出色见解和激进思想的人的影响。是啊,在格林威治村,事情就是如此,许多年轻人考虑新思想,跟他们周围的人生活得不一样。我们有艺术家朋友,还有作家朋友。在格林威治村的客厅、阁楼,我们浏览最新出版的书,聆听诗人们朗诵他们自己的诗。我们认识马克斯维尔·波登海姆,他当时是大名鼎鼎的格林威治村诗人,我们甚至见过埃德娜·米莱①,她那时已名扬格林威治村之外。我们在演员们、剧作家们用膳的餐馆吃饭;我记得有一家饭店,你从街上往下走几步,名叫"下三步"的饭店,在那里我们竟发现我们就座的餐桌就在海伦·海丝②旁边。她那时多么年轻漂亮啊。

乔治·托彼阿斯,演员,是我们的朋友。那时他还是小伙子。他后来去了好莱坞。还有菲尔·韦尔奇,《纽约时报》的记者。菲尔非常钦佩你父亲。我们有很多了不起的朋友。只是现在,我才真的发现,我们的生活可以朝着一个完全不同的方向发展。

---

① 埃德娜·米莱(1892—1950),美国女诗人。
② 海伦·海丝(1900—1993),美国电影演员。

四

每年冬季,白天又短又昏暗,很不好过。暴风雪来的时候,那雪下到我的衣领里,灌进我的高帮胶鞋和衣袖里。尽管母亲把我严严实实地包裹在好几层衣服里,外面还有一件风雪衣遮风挡雪,可就在想着我出门去得经受的一切考验的一小会儿,我身上就湿了,冷得要命。我步履蹒跚,气也透不过来,挺胸冒雪而行,仿佛一个小小的活泥人①。

可冬天也有很多新鲜事儿。有一天下午,我站在前门的台阶上,一场大风刮来,大雪纷飞,覆盖了街道,在停靠街边的汽车上积了起来,在私人住宅的石门廊里堆成雪丘。这是场暴风雪,猛烈而可怖,可后来,天空明净了,星星出现在薄暮中,我呼吸着最凛冽、最寒冷的空气,就像饮一大口洁净、美味得难以置信的水。顷刻间我的感觉变敏锐了,使我的知觉处于一种如雪一般安静的平和状态。没有汽车开过,见不到人,然后,悄然无声地,街灯亮了,仿佛在安慰说,被掩埋的一切都幸存无恙。

另一天,一个礼拜六,阳光灿烂,地上新的积雪厚达两英尺,我发现唐纳德及其伙伴们在后院里。或许是受传奇人物伯德上将②的启发,他们在着手盖一所"伊格庐"③。我一般不冒险去后院。这首先意味着要沿小巷一直走进去,经过史密斯家的门。而后院是个被墙围起来的空间,三面都是石头护墙。这是个会陷入困境的地方。

---

① 活泥人是犹太民间传说中有生命的泥人。
② 威廉·伯德(1888—1957),美国海军上将,航空先驱,多次飞越两极。
③ 原文 Igloo,爱斯基摩人的拱形圆顶小屋,常用冰块和坚厚雪块砌成。

在后院后部，我家房子和小巷对面那座房子都是三层楼，其中包括地下室的车库。不是每家都有汽车。院子后面护墙上的木栅栏上方，赫然耸立着一栋经济公寓楼，所有窗户都有晾衣绳拉到一根大支杆上，那杆子涂过杂酚油，就插在墙后。

既然唐纳德在后院，我就立即跑了过去。他的伙伴们说着话，闲聊着，争论着，不停地干着活，夹克衫脱了，衬衣下摆飘垂，毛线风帽歪戴，用史密斯的煤铲切开大雪块，整出伊格庐的环形地基。他们的脸蛋红彤彤的，呼气时喷出一股股水汽。他们渐渐盖起这雪屋，周围的空间不断变小，我带着一种反物质的对立态度注视着他们；一点一点地，这种感觉好像一个源自阳光的理念一样自我消除了。我感到，他们正在盖的不是一个住所，他们是在有组织地回避白昼的馈赠，而令我兴奋的正是那富有魅力的黑暗，这鲁莽的圈地围建，仿佛由任性而自毁的意志所为，但提供了隐蔽生活的可能性，最好不要去随意干预。我蹦来跳去，沉浸于自己的狂喜之中，有意从我身躯里诱发出一阵阵因深刻理解而产生的战栗。天色一点一点地暗了下来，当最后一块雪安放在这个半球体住所的顶端后，一直在里面干活的我哥哥，就完全消失不见了。

我对此印象极深。任何人盖一座伊格庐都是奇迹，何况是五六个争吵着、推搡着、叫嚷着的男孩子。唐纳德在旁边仔细地挖出一条路，接着他们一起修一个爬行通过的进口，一条半圆筒状的门廊。然后拿来软皮水管，往伊格庐上浇水，这会使雪屋冻得更坚硬。接着他们用扫帚柄在顶上捅出一个空气穴，这件事就干完了。

第二天，伊格庐成了街坊邻里的话题。不仅是小孩子，连大人们也从街上跑进小巷来看这雪屋：珀尔曼大夫，我家的牙医和朋友，住在街对面的公寓楼；西尔弗夫人的司机，他住在街角已故法官宅邸的车库；卫生局副局长加拉迪，他住在一七三街；还有一些我不知其名的家长。

我母亲捐出一块旧的方地毯和一支蜡烛，这五名营建者便在里头安顿下来了，只是有时得爱理不理地回应在外头希望轮到自己的孩子们的乞求。其实，他们占据在那里没多久就感到乏味了，很快就明白了真正的乐趣在于建造；不过对他们的朋友和那些年纪更小的孩子耍耍威风也几乎一样开心——指定轮到这个人或那个人，一旦谁获准，就教他行为守则。他们一度曾考虑收取入场费，不过最后决定改用物物交换的受贿方式——有个孩子交了一面带细木棍的小国旗，他们把旗插在雪屋顶上，就如皮里①在北极干的那样；另一个给了一根棒糖，还有一个给了已吃掉一半的花生酱和果子冻三明治，等等。作为其中一个设计元勋的弟弟，我跟伊格庐有特殊关系，我是被允许入内的第一批客人之一之后，我几乎是自由进出，我可以在那些雪屋内不是太挤的时候自己决定。我的极度惊讶即起源于此：在这个雪的半球体内，我的房子，我的院子和纽约的布朗克斯区，它们的空间和时间怎么就都消失不见了呢？我还进而被这一用坚冰造的建筑物内的高温所迷惑，这个现象自相矛盾啊。那么热，你在里头会出汗。你得脱掉帽子和风雪服，不然，立刻热得汗流浃背，就像在夏天最热的日子里一样。

在营造者们和所有人都感到腻味之后，这所雪屋其实还延续存在了好久。在一个礼拜之内，它几乎被忘得干干净净。它开始缩小，但即使变小，颜色变灰，不那么有趣了，它还保持着原来的形体。我发现盛在圆锥形蛋卷筒里的冰淇淋也是如此——它们即使被大口大口吃着，可原来的形状仍保持不变。在完全失去坐镇雪屋的兴趣之后很久，看到它完整的形体我仍然很高兴，几乎如同我哥哥及其伙伴们用一种难以捉摸的观念的魔法变出了东西——就像是手法最娴熟的魔术师。

---

① 罗伯特·皮里（1856—1920），美国北极探险家。

最后，我跟其他一些孩子一块儿整治伊格庐，把它踢倒，踢成一堆坚实的雪。这么做就像进去坐下来一样重要，那时的情形是处于新鲜、透亮的荣耀之中，整个世界浓缩成北极之夜寒冷而静谧的空间，同伴们的脸蛋对着你，红扑扑的，期盼着什么似的，那烛焰之光把他们睁大的双眼中间照得亮亮的。

五

每年冬天我的生日——一月六日来临时，我总怀着一种坚定的信念期待它，这个信念是：数字"六"是神圣的，是我的数字，是我特殊存在的计数。就如同我的名字，它是我独有的。对我而言，假日季节和新年只是路灯，只是高潮事件的前奏，就如那些头戴阔边毡帽、脚蹬靴子的摩托骑警，沿街呼啸着在总统前头开道，他们的副巡官坐在边斗里。

我母亲无意间确认了我的感觉，她重视我的生日，在此具有历史意义的场合，举办所有的例行仪式。

"你能想象不要这个金贵的小男孩吗？"她和她朋友梅伊坐在厨房里饮茶，对她说。我们正在等待我的第一批派对客人。

我穿着白衬衫，戴着领带，短裤由附加的背带提起，站在我母亲旁，胳膊肘靠在桌子上，懒洋洋地吃着一块甜饼干。她用手指梳着我的金黄色头发，我呢，就像马儿摇鬃毛一样摇我的头。

"如果你不要他，那就送给我吧。"梅伊说道。她是未婚女子。她朝我眨眨眼睛。不像我那手臂滚圆的母亲，她骨瘦如柴。她戴一副深度眼镜，把眼睛都弄小了。她抽烟，我母亲不抽。她弯着一个胳膊肘，把烟夹在食指和中指之间，指向天花板。

"啊，我们现在可喜欢他呢，我想。"母亲说，她把我拉到她腿上，"既然他出生了，我们就抚养他。"

母亲不止一次告诉我说，生我是个错误。这究竟是什么意思，我似懂非懂，在这一点上，孩子们只要得到某种感觉就行，而不想去刨根问底仔细追究。不管怎样，说我是无意中有的，或说我是他们有意要的，这都伤害不了我。我确实感到我母亲的爱，尽管有点儿困难，我还是觉察得到。

"他一向难弄，"她骄傲地说道，"从他出生那天起，他就一直出人意表。他居然是臀位分娩的。"

"一个杂技演员啊。"梅伊说。

"我说嘛。只是这个杂技演员到十八个月还不会走路。你还记得我给他断奶时的麻烦吧？"

"现在他是个四岁的大小伙子了，兴许他不会再叫你担心啦。"梅伊说，在烟雾中朝我笑笑。

这时候门铃响了，我抢在我的第一位客人之前，挣脱了母亲的双臂，把我弓着的脊柱从她膝盖上滑了下来，掉在桌子下的地板上，在那里蹲着。"你就不能去开门吗？"母亲问道。可我并无意愿做此事；我只想躲着。

生日颇为隆重，可派对是祸福兼有。你收到礼物，没问题——挑棍游戏用的小棍棍，或是蜡笔，或是装在扁盒里的做模型用的五颜六色的黏土条——但比起应邀参加派对，礼物是次要的。我们都得坐在桌子旁，装出狂喜的样子，桌上放着可笑的尖顶纸帽、纸盘、噪音制造器和噗噗有声的气球。事实上，生日派对是由母亲们导演的一幕有关她们孩子的讽刺剧，她们来来回回，一边分发迪克西牌纸杯和牛奶玻璃杯，一边低语赞赏生日派对的美学趣味，赞赏每个孩子为派对打扮的样子，等等；她们还怂恿我们一个接一个去参加竞争最激烈的游戏，这样我们或者蒙受屈辱而大哭大叫，或者互相拳打脚踢而遭罪忍痛。

混乱状态的高潮，吹灭蛋糕上的蜡烛，看起来显示了当众失败的可能性，显示了生日派对没有办好所缺乏的运气。事实上，我内心真怕在蜡烛点到蛋糕糖衣之前我还不能吹灭它们。那意味着死亡。蜡烛一直点到底，就如我外婆插在平底玻璃杯里的一经点着就不能乱碰的蜡烛一样，所纪念的是某人的死亡。她点燃礼拜五夜安息日的蜡烛时，手遮眼睛，头蒙披巾，那蜡烛向我暗示她的无药可救的悲伤，示意她失去了注视地下死者的视力。

如此看来，我是在为自己的生命吹蜡烛，要为明年留下一些油脂。我的窄小胸膛鼓起来了，我很高兴母亲的头在我的后面，为这一阵猛吹助威，尽管这将意味着我没有按规矩行事，没有做到泰然自若。

外婆睡在我旁边的房间里。她是个干瘦、气喘吁吁的矮小妇人，穿带子高束的鞋子，总是穿老式的长衣服，还戴披巾，常是黑色的。她过的是一种十分隐秘的生活，这使我对她保持警惕。她连续几小时待在她房间里，出来时常常处于抱窝母鸡那种沉思默想的状态，对她周围发生的事儿似乎一概不知。

她纤细，瘦小，眉目清秀，可已满脸皱纹，表情迟钝。她感觉舒服时会把她的波状灰色长发编成辫子盘起来，不舒服时就不加梳理，以致披头散发。像我母亲一样，她有一双浅蓝色眼睛。这双眼睛望我时，有时含着很多爱的笑意和热情，有时则什么也不认识。我从未在哪天知道外婆是否认识我、爱我，或是盯住我看，仿佛从未见过我。

假如我对她的忧愁烦恼知道得清清楚楚，就可能有助于在我脑子里减少些对她的害怕。母亲只告诉我说，外婆过的生活有多艰难。很多年前，她失去了两个孩子。在我出生的前一年，她的丈夫，也就是我的外公，也死了。这样看来，外婆的表现也合情合理。可为什么在我母亲把饭菜端上桌放到她面前时,她总坚持要我母亲把什么都先尝一遍呢?要是母亲不先尝,外婆便啥也不吃。她认为,我母亲,她自己的女儿,企图毒死她。她坐在那里,两手放在腿上,两眼盯着菜肴。就这样,不论外婆现在是否仍这么认为,母亲在把菜递给她之前总是先大张声势地尝个遍。她对每个人都这样做,甚至对我。她从我的牛奶杯里抿了一口,然后放在我面前,对这种做法我已视为正常。

有时,什么都好端端的时候,外婆帮我母亲做饭。其实她是个好厨师,知我母亲所不知。"噢,妈妈,"我母亲说,"你为什么不做你的美味甘蓝汤呢?"我可以感到,母亲爱外婆——外婆不舒服时,她会失去自信。为这老妇人她担心得厉害。她无法带她去看医生。我父亲能善待外婆,但不能常在她身边为她操心。我想,唐纳德跟我一样怕她,尽管他努力不流露出来。天气暖和时,外婆听劝出去呼吸新鲜空气,唐纳德有时会伸手给她,让她下前门台阶时更容易些。外婆下台阶困难,就像婴儿一样把两只脚一起踩在同一石级上。

她大多讲另一种我不懂的语言。身体好时,她为我祝福,吻我前额,从她的零钱小袋里取出几分钱,塞在我手里。"给一个乖孩子,"她说,"这样他能买东西。"她拉我到她身边,我的脸埋在她瘦骨嶙峋的肩膀上,她嘀嘀咕咕,就有关应该永远赐我健康的问题向上帝面授机宜。鉴于这些爱的话语用的是另一种语言,就如她在不开心的日子里说的那些骂人话,所以同样使我感到心神不宁。

我知道这另一种语言的名字:犹太语①。这是给老人们用的。

我把外婆的房间视为原始礼仪和习俗的黑暗洞穴。每个礼拜五晚上,在她点燃安息日蜡烛之际,不论谁在家,都要聚集在她房门

---

① 希伯来语和意第绪语在美国口语中被称为"犹太语"。

口。她有一对放不稳却始终擦得干干净净的黄铜旧烛台,是许多年以前她从一个古国带来的,后来我发觉这个国家就是俄国。她用披巾蒙住头,我母亲站在她身后,以防房子被烧塌。外婆点燃白烛,双手在蜡烛上方挥舞,然后用布满皱纹的双手遮住眼睛,祷告。我们所见的我亲外婆的表演,毕竟只是例行仪式上的祈神赐福,可在我看来还另有含义——表现她对生活中错谬和邪恶势力的屈服。一个大人偷偷屈服于脆弱情感,我发现这种情况确实令人惊恐。这证实了我的怀疑,即在我生活中大人们给我的教诲并不完全是真理。

外婆保持她房间的干净、整齐。她有个给人印象很深的雪杉木嫁妆箱,用一块绣有花边的披肩盖着,在她梳妆台上有一把银的发刷,还有梳子。一把用普通板条作椅背的摇椅放在立地灯下,这样她可以读她的祈祷书——在希伯来语里称为"西都尔"。在摇椅旁的茶几上有一个扁平的镀锡铁皮盒,里面装满了一种被撕得像烟叶一样的药用叶子。这是她历时最久又最神秘的老习惯中举足轻重之物。她拿下这个蓝色锡盒的盖子,把盒盖翻过来,用它来烧一撮叶子。她擦了一根火柴,把火吹到叶子上,就像我哥哥吹火捻一样,就开始这事儿了。叶子烧的时候发出轻微的吱吱嘶嘶的声音。她把摇椅转向烧着的叶子,坐下来吸那一缕缕轻烟——这是在治疗她的哮喘病。我知道这有助于她呼吸,那是有科学道理的,那叶子是从一七四街上罗索夫药房买来的。可那烟味很辛辣,仿佛来自地狱。我不知道,看来我家里任何人都不知道,外婆烧的这种药用叶子就是大麻。即使他们知道,那也无关紧要,因为这不用处方就很容易买到,而且合法。可这草叶的烟味至今还在我脑海里勾起记忆中的印象:一个离开犹太小村庄的流亡者的窒闷、冷峻、痛苦、盛怒,一种充满烟雾和火花的逆火式生活,就像在一片空旷坟场上举行的七月四日独立日庆祝活动,在夜里映现出骷髅头的敌意斜睨和交叉锁骨的急速拍击。

外婆给的几分钱,我最喜欢的花费方式之一是下午沿伊斯特伯恩大道去一家店:甘薯人乔。乔手推一个无标记的有轮小箱。箱内有个烤炉,是自己设计制造的那种炉子,用的燃料是木炭。乔掀起上面那个用铰链连接的盖子,把手伸进去,几乎到了胳肢窝,从烤好的甘薯中取出一块来。他是个挺神气的男子汉,把自己包装在显然是捡来的针织套衫和外套里,一顶烟囱帽上还套着另一顶粗毛卡其鸭舌帽。他脚穿一双已经撕裂绷破的旧军鞋。全身围了一条好久未洗、从肩膀直到脚脖子的侍者用围裙。对我来说,这套装束意味着强大的威势。乔用他粗大的手,连同那些始终在指甲下移来动去的污垢,拍拍已烤好放在小车上的甘薯,从一个木制刀鞘里抽出一把大刀,把甘薯一劈为二。接着他用刀尖戳进一个罐子,取出一块奶油,把它塞进几乎是同时在甘薯上切开的狭长口子里,接着,在把大刀插回刀鞘后,把这出售物品用撕下来的《布朗克斯家庭新闻报》的半张纸包起来,包成"丰饶角"的样子①,这样你就可以拿着甘薯吃而不会烫痛你的手指。为这顿金灿灿、甜蜜蜜、热腾腾的美餐,我付了两分钱。再给两分钱,我就可以得到整个甘薯。

乔仍然面无表情地干他的活儿,而我呢,随着薄暮降临布朗克斯上方寒冷的蓝灰色天空,坐在我家台阶上吃着他出色的烹饪成果。这不仅是可以吃的东西,而且是可以紧贴着暖和我手的东西,仿佛我从小精灵家里搞来了一个小壁炉。

有时候我母亲出去购物,我也一起去,这样我可以在伊斯特伯恩大道和一七四街交界处的糖果店花我的钱。一分钱可买很多不同的东西,各种糖果,弗里尔公司的达布尔泡泡糖,或是小块做鞋用

---

① 即羊角状。"丰饶角"源自希腊神话,象征丰收富饶,绘画中常画为满载花果、谷物的羊角。

的皮,我们把它叫做捣碎了的干杏子片,或是印度干果,你放进硬币,一转动钥匙,那干果就从那罐子的斜槽中掉出来了,或是我惯常去买的葵花籽,那店主会倒一小杯在我的手里。

我把葵花籽放进夹克衫口袋,一边随母亲从这家店走到那家店,一边在我的门牙之间一次嗑开一粒葵花籽的壳,用舌尖取出每一粒籽儿。我这样嗑的时候,对我周围的情形不会视而不见。事实上,我这样坚持不懈嘎吱嘎吱地嗑波莉牌葵花籽,反而使我眼尖又目不转睛。商店一家接一家盖在公寓楼之侧的街面上。街上汽车、卡车和马车川流不息。令我兴致盎然的是,那些马儿一点儿不减速就抬起尾巴,留下一条金粪小道。

那个修鞋的老意大利人不会说英语竟然也能做他的生意。他的店是开在昏暗地下室里的小铺,开动的马达、皮革修剪机和打磨轮上急速转动的环形皮带,有节奏地发出了哒哒哒的响声。每个擦皮鞋的打磨轮涂有不同颜色的鞋油。我母亲拿出我父亲的一双鞋。"后跟和鞋尖。"她说,这老头儿紧抓一只鞋在胸前,正在把鞋底切成一定尺寸,几乎没有抬头望,只是点了点头,用意大利语嘟嘟囔囔地说了什么。母亲问他价钱,啥时可以修好。她跟他说的是英语,他用意大利语作答,讨价还价的结果双方均感满意。我们走时,他抓了一把钉子放在嘴里:他要把鞋底给钉上。

再过几个店铺门就是大西洋和太平洋茶叶公司,那里有个系围裙的男子站在木柜台后面,在照订单磨咖啡,或从他身后货架上拿取你需要的东西。如果你要的东西——比如,一盒凝乳食品,或"小麦奶油牌"谷类早餐食品——放得太高,他够不到,他就用一根长夹棍,捏一下把手让棍端的夹子来夹取。盒子从空中掉下来,他伸手接住。出售的货物在他面前堆了一大摊,他便从耳背上取下一支短铅笔,在棕色纸袋上写下每样东西的价钱,一笔总额算得又快又准。然后用同样的纸袋把所有东西都装在一块儿。我喜欢这家店,因为空气中有咖啡香,地板上有锯木屑。

在欧文鱼店里,锯木屑总是潮湿的。这家店四处有一种游泳池的气氛。墙旁没有货架。什么都是白颜色。顾客进入的地方,沿墙有两个放活鱼的水柜。水不停地流入。欧文的围裙往往是湿的,还沾上红的鱼血。他是个魁梧而愉快的人。"哈罗,太太。"我们进去时他对我母亲说。他正在给一条褐色的大鱼刮鳞。鱼鳞在空中四溅,有些像雪片似的粘在他的眼镜上。"你好吗,乖小子?"他对我说。"我要些鲑鱼,欧文,"我母亲说,"可只要不贵的。"欧文从柜台后走出来,从墙上取下一个短柄网,在那深色水柜里捞来捞去,我看见有几条鱼的身影在那里惊慌地游来游去。在我看来,它们机敏而难以逮住,可就在一两秒钟之内,欧文便捞起一条,那鱼在网里扭动着,蜷曲着,把水溅落在地板上。"我把这个美人留给你。"他对我母亲说。他把这条鲑鱼啪一声放在柜台上,一只手把它按在木头砧板上,另一只手举起一把很重的木制大头锤猛击鱼头。那鱼不动了。我钦佩欧文的快手。母亲转过身去,可我还注意看他用一把很大的刀切下鲑鱼的头,又掏出内脏,在水龙头下冲洗干净,把它切成一块一块。至此,我终于熟识了鲑鱼。

我们的下一站是莫里斯大道角上的罗索夫药房。橱窗里陈列着装有红、蓝液体的大玻璃瓶;我无从知道它们叫人联想起什么,可我喜欢阳光透过它们、照亮它们多种颜色的景象。还陈列着一个黄铜捣钵和捣锤,我知道它们的用途,因为我外婆也有同样的一个,用来在厨房里捣碎干果和瓜子。另有用红橡胶做的形形色色的神秘商品。在店内我呼吸着由香皂、苦药、绷带、镇痛剂、苏打水、氯化钠和强烈酊剂组成的大气。沿墙的玻璃柜一直高及饰有图案的镀锡铁皮天花板。罗索夫先生用一架可沿墙而行的有轨梯子爬到高处。他爬上梯子是为了拿取顾客需要的瓷制器具,或瓶子、箱子、袋子、或马口铁器皿。他是个个头矮小、性情温和的人,圆圆脸庞,嗓音柔和。他客气地询问我家所有人，尤其是外婆的健康状况。我母亲告诉他时，他同情地摇着头。他穿一件就像医生穿的那种浆硬的白色短袖上衣，纽扣一直扣到脖子。他可以提供各种医药服务，如取出进入你眼睛里的东西——把你的眼皮往上翻，用一小团棉花轻轻拭去那刺眼的沙粒。他给我做过这个。

我母亲买了一盒东西，罗索夫先生把那盒子准确地放在一张墨绿包装纸中间，那纸是他从柜台上一个大纸卷上撕下来的。他粗短的双手有如鸟翼一样在盒子四周飞舞，一刹那工夫那墨绿包装纸就包在了盒子四周，盒角的纸折叠整齐，纸端成了三角形，一根白粗线从四周把盒子扎了起来，那粗线是从挂在他上方天花板上的线轴上拉下来的。为了弄断这线，他把线在两只手上打成环，悠着劲儿把它拉断。

我们离开这家店时，我问母亲这盒子里是什么东西。她不想告诉我。"这跟你不相干。"她说。可我执意要问。我没有更多波莉葵花籽了，也没有更多的一分钱了。"您买了什么啦？"我说，"告诉我嘛。"她只顾自己大步往前走。"告诉我嘛。"我哼哼唧唧地说。

"唉，住口，这是些卫生巾。你满意了吧？"

我没有满意，因为我不知道卫生巾是什么东西，但从她的口气里我得知，我已经用完了我提问的份额，便不再追问下去。

六

初春，我的舅舅比利来和我们同住。他是我母亲的哥哥，一个性情温和、潦倒失意的落魄者。克莱蒙特公园正开始变得绿茵茵的。比利舅舅搬进了唐纳德的房间，唐纳德挪到过道这边，住在了我的其实更大一点的房间。这个安排使我很兴奋,可唐纳德深感委屈。"这只是暂时的,"母亲对他说,"就到比利又能自食其力为止。他现在无处可去。"

唐纳德躺在床上,朝天花板扔一个棒球,然后单手接球,手上戴着一垒手的手套。他一遍又一遍地这样干。有时球碰到了天花板。黑色圆点花纹便开始出现在天花板上。有时候球从他手套边溜掉了,砰一声掉在地板上,滚到床底下。我为他捡回来。

比利舅舅是个离了婚的单身汉,当时离婚相当罕见,而他是二十世纪二十年代一名成功的乐队领袖这一点又进一步显示了他的与众不同。对因他加入我们家而引起的干扰,他并非没有感觉。开提箱取衣物尚未停当,他就挽着一块烫平的布到我们房间来了。他的背心没有扣扣子。"孩子们,你们见过这个吗?"他把那块布拍了一下,铺开在地板上。这是一块紫色天鹅绒矩形横幅,上有金色字母,都是大写的,还有金边。摊在地板上就像一块房间地毯。我还没能认出字来,唐纳德就念出来了:"**比利·韦恩及其管弦乐队。**"

"对,"比利舅舅说,"你到任何地方演出,就把它挂在乐队上方——'比利·韦恩及其管弦乐队'。那是在美好往日里的我。"

唐纳德和我甚感敬畏。我们不知道他曾那么有名。他斜倚在门框上,手插在口袋里,开始给我们讲他演奏过的旅馆,还有夜总会。"我们在大使饭店预订了两周,"他说,"后来我们待了十三天。"他嗓音尖细,高入脑门儿。此时此刻我竟胆怯得不敢直接看他。他有一双他们家族所有的忧郁的蓝眼睛,不过比我母亲和外婆的要小一些,两眼靠得更近些。他有个双下巴,头发变得稀疏,所以细心地梳往一侧,以便盖住他的头皮。他有个球状红鼻子。他大笑时,显示他缺牙。

我用手指摸那天鹅绒。"你们保管它吧。"他说。

"难道你不要了？"唐纳德说。

"不要了，拿着吧。这是一件美好往日的愉快纪念品。"

我们谢谢他。他转身要走。"你们知道第一个在电台广播的乐队吗？"

"比利·韦恩？"唐纳德说。

"对了。匹兹堡 WRPK 电台，1922 年。"

比利舅舅怎么丢了他的管弦乐队，我一直没有弄清楚，看来跟一个狡诈的企业经理以及他自己的不称职有关。此后好几年他打过很多工。他适应我们家是够容易的——一两个礼拜内就令人感到，好像他是一直跟我们生活在一起似的。他是个正派、厚道的人。我母亲赞许他帮助照顾外婆。比利舅舅跟这个老妇人说话，安抚她。她很高兴见到他，可是见他变得那么穷，她也摇头、哭泣。"妈妈，"他说，"您别为任何事担心。我手里有好几张王牌呢。"

事实上他现在在闹市区第六大道音乐店"赛马场"为我父亲干活。每天他们一块儿离家去乘地铁。我母亲的看法是比利会把客户带进店来。有些顾客甚至或许还记得他的名字。薪水没有多少，但他可以在大笔生意上挣得佣金。比利舅舅表示感激。他不是一个受过很高教育的人，对我父母家里的书籍怀有很高的敬意。有一次，我见他挑了一本，捏在手里，飞快地翻阅书页，又放了下来，笑着，摇摇头。我父亲跟他谈论政治或历史，他感到幸运。"戴夫，"他说，"你应该当教授。"

"谢谢，维利。"我父亲说。我注意到，父亲和母亲都交替着用"比利"和"维利"这两个名字，好像两者并无区别似的。后来我发现，母亲的姓氏是莱文。比利·韦恩的原名是维利·莱文。我弄清楚这个后就总叫他"维利舅舅"。

维利舅舅有时候给我们变戏法，我特别记得一个我最喜欢、他演得很出色的戏法。他站在我房间门口表演起来，一只属于另一个人的、隐蔽不见的手,正抓住他的喉咙要把他拖走。他说不出话来,呼哧呼哧直喘气,两眼鼓得大大的,尽力扯开那只像脚爪一样的手;在搏斗之中他的脑袋一会儿消失了,一会儿又出现了,有时候演得那么逼真,我会尖叫起来,赶到门口,求他停下,我跳将起来,在这个邪恶杀手的手臂上摆荡,当然,我知道这只手就是舅舅自己的手。我知道这戏法是怎么变的,但这并不重要,反正一样令人毛骨悚然。

随着白昼的延长,我在户外也待得久了。黄昏,温和的清风阵阵吹来。女贞树的新叶片片嫩绿。人们打开窗户,迈出门来,妇人们推着婴儿车,儿童们在玩游戏。我在提前学更难或更冒险的游戏,等我年龄够大了就可以玩了:弹子游戏"命中和指距",这游戏会带你去排水沟,用最厉害的子弹发起进攻;难打得要命的板手球,小红球由一根长长的橡皮绳和球拍连在一起,一打它就飞出去,然后又回到球拍上,再打出去(节奏最为重要)。有棒球的变体,包括街头棒球、拳球和棍球;还有利用建筑物周边或人行道裂缝来做的球类游戏,如"强击"或"击棍"。

当然,冰淇淋小贩们开车来了——行进得很慢,响着铃铛,直至有孩子跑来。卖平房餐柜牌冰淇淋的卡车,顶部装饰得像一座童话里的房子。

一块带棍的好脾气牌冰淇淋要一毛钱,贵一倍,不过如果你的棍子上烫有"好脾气"字样,你可以免费再得一块。跟这些机动化公司相竞争的是皮肤晒得黝黑、风雨无阻的乔。这个"甘薯人"现在是春天打扮,戴一顶顶部凸出的草帽,他的推车改装后改卖冰了。像以往一样面无表情,乔收你两分钱给你一勺或一球刨冰,他把脏兮兮的果汁浇在冰上,你可以挑选——樱桃汁、柠檬汁或酸橙汁。

母亲们自己出门,朝哈里的蔬菜马车走去。水果和蔬菜一排排端正地斜放在板条箱里,菜价潦草地写在仍折得平平的、塞在板条箱前面的纸袋上。一台弹簧磅秤挂在三根链条上。哈里是个粗壮的红脸汉子,嗓音沙哑,嘴里念念有词,很有兜售的本事。他一边为顾客装货,一边对着收付钱款的窗口报出一连串信息:他在卖什么,货有多好,价钱有多公道。他的交际是一种双重模式,柔声软语用于已购货顾客,大嗓门儿是向还在来的顾客播送的。我也喜欢哈里的马,一种浑身是跳蚤、背部有疮疤的古老动物,它嚼饲料袋里的燕麦的样子引起我的兴趣,它缓慢而不停地咀嚼,那双傲慢的眼睛呆滞出神。

不常来访的,有磨刀、磨剪子的人,他们在卡车上干活,他们的脚蹬磨轮的声音很大,散发出钢的火花,对我而言,火花的出现是最令人遐想的转瞬即逝的现象,好像几乎没有存在过似的就迅速自我损耗掉了;有头戴圆顶高帽的小贩,他们买旧衣服,大包扛在背上;有废品收购商,他们推着双轮车,车上的报纸、破衣、压平的铁皮罐、坏掉的椅子和床、餐具箱堆得高高的;有按响门铃的人,他们或推销盒装鲜蛋,或征订杂志,或推销"美国军团"①义卖的红色人造罂粟花;还有留胡须、戴黑帽、穿黑色冬衣的男人,他们上门来乞讨,手里拿着硬币盒和犹太学校的成绩报告单。"我的上帝,"有一天我母亲说,另一个过客还在按门铃,她却关上门,"这有没有完啊?我父亲带我们到布朗克斯来的时候,我那时还是个小女孩,他不知道这整个下东城②会接踵而来。"

这些流动的小贩、乞丐和小业主往往都是邋里邋遢的样子,或衣衫褴褛,或脏了吧唧,眼睛浑浊呆板,失去了所有光彩。可我不

---

① 美国最大的退伍军人组织,成立于 1919 年。
② 纽约市曼哈顿东南端社区,早先为贫苦移民聚居地区。

记得有受他们中任何人威胁的感觉。

有一天,市政建设局一队工作人员前来填补街上的一个坑。他们的卡车载着柏油罐,拖着一辆双轮车,那是一种给沥青加热的装置。这加热炉一生火就发出吼声。这队人操纵长柄"烙铁",一上一下地把沥青填充物烫平。其中一个工作人员穿一套细条子衣服和背心,戴一顶浅顶软呢帽。他的装束就像我父亲。但他的衣服皱巴巴的,脏兮兮的,因为感到热,他的领带给弄松了。他的帽子推到了后脑勺。我感到困扰不安。我希望他是老板,可那老板正坐在卡车上看报。

活儿干完后,这个穿细条子衣服的人,像其他人一样,把他的长柄柏油"烙铁"扛在了肩上,跟在卡车后面,沿街缓步而行,去找下一个坑。

每年暮春,公园管理局的农场巡回展览会被安排在大公园,即克莱蒙特公园。有一天,我母亲自己兴致勃勃,便带上我去参观。我们跨过亚当山大道和椭圆公园,再跨过另一个方向的亚当山大道,来到大公园圆石挡土墙下。我们飞快地登上石台阶。这是一个开阔而令人心旷神怡的公园,有好几个游乐场和运动场,还有一条条林荫小径。与街市相比,公园里很凉爽。树木茂盛的草地上有巡回农场的帐篷和卡车。那里没有大门,没有入口。不知不觉之间,我们便已置身于羊及其羔子、牛及其犊子、马及其驹子之中,看来它们都乐意温顺而耐心地让城里的孩子们触摸。只是偶然咩咩、哞哞或嘶嘶的叫声才显示出它们更愿意待在别的地方。可鹅和鸭子会在翅膀要被剪短的惊恐中发出呱呱叫声,不让我们靠近它们,其实,在我看来,这是合乎逻辑的反应,显示了它们的聪明才智。有人要我抱抱一只兔子,我抱了。禽畜是亲切友好的。我摸一匹马驹的背摸得太快,它的皮抽搐起来,好像我是一只苍蝇似的。在一个约莫沙箱大小的木围栏里，有一群叽叽喳喳叫着的雏鸡，它们轻微晃动着，仿佛是太阳的一面鲜亮的黄旗在地上舞动。干草被放进围栏里供家畜享用；我闻着干草味道，还有马粪味道，那不完全是难闻的，而是一阵阵强烈的气味，不知怎的，使你充分意识到一定要有比你所知的更广阔的生活。由汽车拖动的活动房屋的后台阶上，一些晒黑的、身穿浅绿色衣服的年轻姑娘正微笑着演讲。由母亲们赐福引领，我们来到正值生殖期的动物之中，应邀欣赏它们的真实生活，我热诚地欣赏着。

  但是春天最理想、最大胆的活动是由我父亲发起的，他的探险精神总是吸引我们外出。平时礼拜天，他一般爱去探望他的母亲和父亲，即我的祖母和祖父，他们住在大康考斯社区国王桥路。可在春季，他要更多地满足他自己，要享受做寻常事的乐趣。所以有个星期日，我们去了莫里斯大道和一六七街交界处的网球场——适合步行前去。他先跟我母亲打，打得白色的球在网上飞来飞去，接着跟唐纳德打，他教他正手击球和反手击球。"就那么打，"他说，"好。好球。"我年纪太小，一只手拿不动那木球拍。轮到我打时，我就像拿棒球棒那样拿着它。我不想打得太久，因为我害怕把球打到另一个球场上去打扰别人。"别担心这个。"父亲说。他穿着白帆布裤、衬衫和网球鞋，我觉得，他看起来很帅。他如此这般冲上前击球之际，他的黑眼睛闪闪发光。他打得似乎毫不费力，球在哪儿，他就在哪儿。"你得弯起你的膝盖。"他说，"你得先发制人。保持你那边冲着球网。球拍往后拿，你挥动时，要做随球动作。"我仔细地听，听得真是太高兴了。我母亲打得很好，尽管她不像我爸爸那样跑得快，但击球敏捷，球会准确地飞回他那里。她不是你所预料的那种笨手笨脚的女子。她身穿白色衣服，头戴阔边遮阳帽，脚穿只到脚脖子的短袜。

  那儿有很多网球场。我数了数，有十二个。在整个场地四周有

"鸡铁丝网"栅栏[1]。网球场是红泥地,把我的袜底也染红了。白色边线是用石灰画的,因为会被打球人的鞋子擦掉,所以球场管理员常得重画。

我父亲总是鼓动我们干这干那。那是他的主意——劝诱他的朋友、我们的家庭牙医珀尔曼大夫,说是我们两家应该来一次乡村野餐。珀尔曼大夫住在街对面的公寓楼里,有一辆汽车。于是我们就干了。我在珀尔曼大夫的黑色普利茅斯牌汽车的后座,坐在母亲的腿上,对其驾车功夫我并不欣赏。我不知道是不是所有的普利茅斯车都是这样,但珀尔曼大夫的车肯定如此,好像这种车的设计就是为了要晃荡、要颠簸、要滑行,然后再晃荡,而从不以平稳速度前行。在布朗克斯北边锯木厂河绿化公路的一个什么地方,我脸色发青的样子被注意到了,我便被扔到前座的椅背,跟父亲和唐纳德坐在了一起,前面的旋转小窗被完全推开了,给我送来阵阵清风。

然后我们出城到了乡下,我出生后最远也就到那儿了。乡村是一个无边无际、没有路径的公园。我们置身于无数毛茛植物的广阔草地上。我们,唐纳德、我和珀尔曼家的男孩杰伊,在阳光下赛跑。杰伊年纪比我小一点儿,却比我高、比我有劲,这就使他得不到我的好感。我父亲召集我们举行赛跑,他用卷起来的报纸当麦克风,我的贝雷帽竟戴在他的头顶上。他的背心敞开着,夹克衫扔在地上。我母亲和珀尔曼太太——一个走路一瘸一拐的女人,还有梅伊·巴斯基,坐在树荫里的毯子上,摆放三明治、水果和柠檬汁。唐纳德用我们的万能牌摄影机拍摄家庭电影。父亲朝摄影机扔球。父亲击球。父亲面对珀尔曼大夫站着,大夫的狭长面孔好像马儿的脸,戴一副无框眼镜。父亲"霍克斯-波克思"地念着咒语,两臂画了一个

---

[1] 一种轻质镀锌六角形铁丝网,因常用来做鸡笼,故名。

圈，两根食指往前一指，珀尔曼大夫就消失不见了。冰淇淋拿出来了，我吃一块梅罗洛尔牌的，吃得好高兴，嘴上抹得一塌糊涂。我朝摄影机笑着挥手。

这地方叫肯斯科，是个印第安名字。我们玩的地方在一座高而陡的山崖之麓，崖上盖满了灌木、树木和藤蔓。纽约中央铁路的轨道就沿崖顶而行。火车沿崖顶而来，但它们远远高于草地和树木，所以看起来不比玩具电气火车大多少。一听见机车的汽笛声，我们就停下正在做的事情，在瞅见火车前安静地站在草丛中。火车来了，小小的，我们挥手，机车司机小得看不见，但他拉响汽笛致意。

但是春天有我不太看得到的狂躁的敌意斜睨，威胁性的惨淡笑容。整个地球在向上拱动，万物都在开动、开放。我的手臂和腿都发痛，母亲告诉我说，我得了"发育期痛"。我想，我宁愿不觉得自己在发育。我感到心脏怦怦直跳，明白生命就像什么自个儿活在你体内的东西，一种无可抵御的驱动力，它没有头脑，却有足够的力量摆脱控制，就如发条玩具里的弹簧，没有预警就杀气腾腾地蹦出来，把自个儿打个粉碎。

街坊四邻中有一个和蔼可亲、名叫悉吉的人，他每天都从我家门前走过。他的头有西瓜那么大，面部器官都小，包括含笑的小嘴，样子很显眼。他走路走的是碎步，拖着脚走，膝盖直不起来，太重的脑袋来回快速晃动，所以看起来他随时都可能倒下来。悉吉一看见令他开心的事，就会像小孩一样大笑、拍手。我母亲告诉我说，她听说他是个数学天才。

即使在儿童中间，我自己这辈人中间，也有人行动不利索，或手脚哆嗦不协调，或得了四肢半发育症和畸形足。我认识一对我这个年龄的孪生兄弟——他们来参加过我的头几个生日派对；一个通常很烦人，爱耍嘴皮子；另一个是弱智。他们是一模一样的双胞胎，小时候并排坐在那柳条编的褐色双推车里。

春夜，从我后院后面的住处，传来了各种各样急促而愤恨的哭喊。我的房间在我家房子的后部，在车库上面。许多晾衣绳从各家窗户伸出来，连在一根涂过杂酚油的支杆上，仿佛是大桥的许多缆索。我目睹了我并不希望看到的东西，灯火通明的窗户里，人们穿着内衣内裤，女人们脱下她们的紧身胸衣。有时在黄昏时分，或大家都还在睡觉的寒冷的雨晨，一些不是我们社区的年轻的陌生人，鬼鬼祟祟地跃身跳过栅栏来到我们的院子。他们爬上护墙后就消失不见了。这是些憎恶分界线和直线的男孩子，他们的旅行好像是一件以离开街道为准则的大事，好像他们需要擅自侵入他人的土地，以显示他们对财产的鄙夷。他们戴的毡帽，帽边已被剪掉，帽顶沿棱往后对折，给整成了三角形。他们衬衫里面还穿着汗背心，脚蹬高筒球鞋，不穿袜子。他们把香烟别在耳后。弹弓插在他们的后裤袋里。他们就是那些偷乘有轨电车的男孩，他们站在车后保护板的最窄处，手指抓住窗框。他们像摔跤一样费力地原地搬开下水道上的钢盖，爬下去在污物中找东西。他们就是那伙人，我知道，用粉笔在我家车库门上画下莫名其妙的符号。

有一天我在后院时，注意到了这些粉笔画的符号。唐纳德和他的朋友们正在做一张乒乓球桌。这将是一张极好的桌子，中间用铰链连接，漆成标准的绿色，桌沿画上直线。桌子正搁在几个锯木架上。为一场引起争议、喊声连天的乒乓球锦标赛，唐纳德及其伙伴们正在安静地、同心协力地赶做桌子。我指着车库门上的符号，叫他们停下活儿来看一看。我想知道这是怎么回事儿。

我没有想到他们会全神贯注。他们停下正在干的活儿，站着细看那粉笔涂鸦。唐纳德走上前来，抬起手臂，用他的运动衫袖子当橡皮。其他男孩子也一样严肃。他们对这整件事情的态度都很认真。

"这很坏,"唐纳德对我说,"不论什么时候你看到这个东西,一定要擦掉它。用你的鞋底、吐上唾沫,用土来擦,用各种办法。这是万字饰①。"

这天晚些时候,我母亲为此信息又补充说了些话。"下次你只要看见那些男孩中的一个人,就告诉我,"她建议,"如果你看见谁明显不是这个社区的,不归这里的,别站在他旁边,要回家来告诉我,或者告诉唐纳德。那些孩子自作聪明。他们乐意当纳粹。他们很不光彩。他们带着刀。他们碰上犹太孩子会说,他们杀了基督。他们抢劫。如果你看见他们,你要进屋来。"

我的视野因此而逐渐开阔。据我所知,在伊斯特伯恩大道那边,克莱蒙特公园远侧和小丘地区是东布朗克斯社区,爱尔兰人和意大利人贫穷的弹丸之地,劫掠行为的渊源。那些爱尔兰和意大利社区在我们南边较远的地方,位于低洼地区,与有轨电车的铃声共鸣,与通过高架铁路的列车共振。人们住在工厂和仓库中间那些拿焦油纸当墙板、东倒西歪的房子里。

我有幸住在我们这个社区,但它的边界并非不可侵犯。我的房子是红砖房,从三只小猪的故事②我知道砖房是绝对必要的,这也就激起了我最深的感谢之情。不过,夜间躺在床上,在熄灯之后,有时我还是听见外头夜色里脚踢垃圾箱的声音,或是警笛之声,然后是靠我耳朵比较近而又模糊不清的、某一个监视我的人的呼吸声。在我睡眠中,几个人影会以威胁姿态赫然出现,又倏忽后退缩成旋转的五彩光点,我自己的四肢好像被绑在一个轮子上,那轮子转得飞快,那些五颜六色竟融合在一起,成了一个靶子。

---

① 即德国纳粹党党徽,纳粹德国国徽,反犹太主义标志。
② 美国民间故事,说的是一只小猪用稻草、另一只小猪用树枝造房,结果都遭狼破坏,第三只小猪造的则是砖房,狼无法推倒,便从烟囱进入,结果掉在小猪为其准备的一盆滚烫的开水里而丧命,小猪用狼的肉煮了一顿晚餐。

罗 兹

只是现在,我才发现我们的生活可以朝一个全然不同的方向迈去。那时候我们年轻而有活力。可渐渐地,两个家庭都在接纳我们。震惊逐渐淡化。这开始于唐纳德诞生之时。另一代啊!唐纳德生在罗克韦海滩圣约瑟夫医院。一个天主教医院。那里的护士对我很亲切和善,她们是修女。这是一所让人感到心情舒畅的医院,什么人他们都接受,这对他们来说不是个事儿。只是修女们都穿长袍,前厅墙上有一个巨大的金十字架,每个房间里都有一个耶稣受难十字架,多少有点特别的是,耶稣是画在十字架上的。哎呀,你可以想象,到了生孩子的时候,我的整个家族全都从布朗克斯赶来了,他们要以传统方式来庆祝这一盛事,带来了蛋糕、葡萄酒和少量威士忌酒,除了我母亲、父亲、姐姐贝西、哥哥哈里和比利之外,来的人中还有我的婶婶、姨妈、叔叔、伯伯和堂表兄弟姐妹。他们都是不辞辛苦从布朗克斯赶来的,当时那还真是一次旅行,谁也没有汽车,谁都买不起,你得乘公共汽车、高架火车,接着是真的火车,得花上几个小时。他们又带着包、购物袋和礼物。他们一进圣约瑟夫医院瞧见墙上的大十字架,就都吓呆了[①]。我的一个舅舅,一个极端的犹太教徒,一个自负得可笑的人,瞅了十字架一眼就转身走了出去,当即回家了——他是舅妈米妮的丈夫,托尼舅舅,英国人,戴一顶霍姆堡毡帽,自视甚高。米妮当然跟他走,她一直让他带着

[①] 十字架为基督教和天主教的信仰标记,被钉死在十字架上的耶稣是犹太人。犹太教的信仰标志为大卫星(或称大卫盾),由两个三角形组成的六角星。

四处走，还有一两个人也跟着走了。但我亲爱的母亲，一个受尊敬的妇人，她和我父亲留了下来，而他们对自己的宗教的虔诚并不亚于托尼舅舅。墙上那些十字架深深地伤害了他们的感情，但他们并未因此受到困扰，他们知道什么是重要的，重要的是他们又有了一个外孙，他们的女儿需要他们在她身旁。

包皮环切是由一名固定医生在手术室做的，这是我们要的方式，我们不想要割礼执行人。修女们另辟了一个房间，这样我们可以聚在一起分享蛋糕和葡萄酒。她们就是她们，我们就是我们，一切都办得顺顺当当的。连女修道院院长也来了，还抿了一小口威士忌。我和所有修女都相处得很好，我也很喜欢这个院长，她能来，是我的荣幸。

你父亲很滑稽。唐纳德快要出生时，他在城里上班。估计还要过一两个礼拜才会有唐纳德。我是一个人去医院的，他们打电话给戴夫时，我已经分娩了。他急忙赶来，对我说的第一句话是"你为什么不等我！"。你能想象吗？他是那么激动，那么关切。唐纳德是个小不点儿婴儿，生命的头几个星期里就得了新生儿黄疸病，我们很为他担心，戴夫担心着呢。我们把他带回家时，把他裹得严严实实，从他的毯子里微微探出一个小小的脸蛋，你应该看到他的父亲多自豪，多激动！

可这仅仅是返回两个家庭的开始。因为有了孩子，在他们眼里我们是值得尊重的。或许只是看来如此。尤其是我婆婆，一直在催促戴夫带我们搬回布朗克斯。"你们离得那么远，"她说，"我们都在这儿，这不大对头，两个家都在布朗克斯，互相离得那么近，你、罗兹和小孩却离得那么远。"需要帮忙，能找得到人，这也是个事儿。戴夫虽有个好工作，可我们暂时还雇不起保姆或住家女佣，我需要我母亲。我需要她告诉我怎样做各种事儿，我不想出错。有那么多事儿要做，洗尿布，煮尿布消毒，缝衣服，我们老的家庭医生格罗斯大夫在布朗克斯,等等。这些都是要考虑的事情。但我想,如果戴夫愿意,我就留在罗克韦海滩不走了。他看来要让步,或许他害怕负责任,或许他觉得从布朗克斯到曼哈顿比从罗克韦到曼哈顿交通更方便些,他可以离家晚些,回家早些。可谁知道他究竟怎么想,在很多方面,他,你的父亲,神秘得很,守口如瓶。那时候,做丈夫的不特别帮忙干活,体力活儿的界线划得一清二楚,大家都严格遵守,所以谁知道他在想什么。不过,不知怎么,事情就决定下来了。我们在克莱蒙特公园旁的威克斯大道和亚当山大道交界处找到了一套公寓房间,又真的回到了我们的老社区。就这样我们回来了,我的心直往下沉,我多爱罗克韦那儿的景物。我爱那有盐味的空气,我爱那海洋和天空。一切都那么明亮而清新。直至我们在新的公寓房安顿下来,我才意识到我有多遗憾。

七

你通过黑色符号来了解世界,也通过诸如弹弓、击彩盘[①] 和"污物袋"[②] 一类的邪恶器具来了解世界。有一天我发现一个做得很好看的弹弓。有人一定被弹得很痛很痛。那 Y 形框架是一截修剪过的树枝,两侧近乎对称。那根很重的橡皮带正中间缚有一个软皮小袋。那关键的着力点要像绕风筝线一样绷紧而又稳固。我立刻把一块小圆石放进小袋里,让它飞出去。弹得不是很远。我又试了一次,这次我用右手以最大的劲儿往后拉那根橡皮带,左手臂保持不动,左

[①] 20 世纪 30 至 50 年代盛行于美国的赌博游戏。
[②] 美国俚语,指保险套。

手捏紧那框架的把手。那石头像子弹一样飞了出去,当的一声击中了一辆汽车,留下一个凹痕,然后反弹出去落在一辆童车旁,车里坐着一个小孩儿,就在我家旁边的阳光里。

那个母亲顿时火冒三丈。她走上我家台阶,按了门铃。可在我母亲开门之前,我就已经把弹弓扔进垃圾箱了。这是强大的魔力,它自身就有某种神奇之力,远远超过我这个小孩子的臂力。难怪它和弹簧小折刀都是那些纳粹小子所选择的武器。

有一天我和娉姬坐在台阶上,一个年纪稍大的男孩停下来,给我出示击彩盘上的一张彩票。击彩盘是个纸板盒,上有棋盘式排列着的许多小孔,孔里塞着白色纸条。顶部有一幅女孩的漫画,她穿着扎脚管宽松长裤,她在跳舞,两臂举在头顶上。用五分钱我可能会赢一毛钱、五毛钱,甚至五块钱。我口袋里的五分钱本来是要买冰淇淋的,但我把它交给了他。击彩盘是日本造的,所有小孩儿都知道,这个国家是那些很快就会坏的廉价玩具和新颖玩意儿的来源地。我用穿孔"钥匙",那种用来开沙丁鱼罐头的"钥匙"的缩小版,推出我的彩票——一张半英寸长、折叠得像手风琴风箱那样有多道褶裥的纸片。我打开纸片,那卖彩票的主儿凑到我肩上来看。我感到他朝我耳朵呼出的热气。那张彩票是空白的。我意识到我损失了五分钱。

事后唐纳德问我:"那击彩盘是满的吗?"

"是的,我是第一个。"

"就算那击彩盘是诚实的,"唐纳德说,"你只是听了那个小孩儿说的话,你买你的彩票时就会影响'可能性'。你知道什么是'可能性'吗?"

"不知道。"

"好吧,瞧,如果那击彩盘有一半被打了,那孩子告诉你说,奖金还没有人认领,那你就有更多赢的机会。你懂了吗?你的可能性就会多些。"

我努力弄明白。

"好了,不管怎么说,你最好还是忘了它。这是赌博。赌博是非法的。你会被抓起来。拉瓜迪亚市长[①]已把吃角子老虎机请出糖果店了,现在他要关照击彩盘了。里头就是些纸嘛。所以你倒不如把这事儿忘个干干净净,如果你知道什么对你有好处的话。"

我预备这样做。几年之后,我在学校里偶然听到几个男孩把一个年纪稍大的女孩说成是"击彩盘"。我没有能力做这种跳跃式的比喻,尽管明白被说成这个样子是件坏事。

可污物袋,啊,这污物袋,这东西那么讨厌,那么邪恶,连发这个词的音都很可怕。这个词似乎含有深不可测的隐秘涵义,暗示着下流、堕落,触及我这个将永远生活在天国的阳光里、人生现阶段年轻王子所不知道的那些阴暗秘密。为了具体而确切地理解污物袋究竟是什么东西,而不限于这个词发音的龌龊歹念,你得获取有关知识,即病态和险恶的刺激因素可以达到使你的灵魂受到永久性伤害的程度。当然,我最终确实学到了这种知识,就在一个夏天,在一个海浪汹涌、人体沾满沙粒、被称为"罗克韦"的海滩上。

罗克韦海滩是我父母一致认同的地方。他们为何喜欢在布鲁克林海边的"遥远的罗克韦",我很不理解。到那儿去是一次长途跋涉。或许我的记忆有误,或许我们去罗克韦从来不是一日游,而是在那里租了一个礼拜的平房,是在夏天,在那些我父亲经营得比较好的年份。可我记得,在乘地铁进城之后,我们站在宾夕法尼亚火车站幽深如洞穴的候车室内。我们带着包裹和毯子、报纸和野餐篮子。高高在上的是钢和半透明玻璃的穹窿屋顶。那些支撑屋顶的钢

[①] 费奥雷罗·H. 拉瓜迪亚(1882—1947),1934 年至 1945 年担任纽约市长。

肋弯弯曲曲的，仿佛是故意用曲线锯锯成的装饰。在上面支撑一切的是间距较大、细长的黑钢圆柱，比杰罗姆大道上支撑高架铁道的圆柱还高。阳光透过屋顶照耀着飞扬的尘土，给所有东西都蒙上了一层淡绿色，使全体旅客的大片鼎沸之声安静下来，他们在等候火车，等候推行李车的小红帽搬运工，等候有线广播系统发出带有回声的通告。

即使乘火车到了海边，仍要在太阳下走很长的路，穿过许多平房建筑群，跨过好多条一半是沙的街道。

晒日光浴的人或许已超过罗克韦的容纳量，海滨木板人行道上挤满了人，几乎没有地方可以躺下来，可由我父亲领路，我们够神奇地在一个除我们之外谁也不可能看到的地方扎下营来。我们是在一条湿沙隆脊上，面对着大西洋。

我母亲变得快活了，她所特有的忧虑表情从脸上消失了，此刻，太阳照耀着她喜悦而出神的脸庞，她费了点儿劲戴上她的橡皮游泳帽，蹚入了激浪。这会儿好像就她自个儿，旁若无人似的。我父亲更习惯于悠闲松弛、自得其乐，斜倚在毯子上，读他的报纸，不时地换换姿势，然后躺回去，用一个胳膊肘撑着，把脸对着太阳。

麻烦的问题是，我难以接受当众换上或脱下游泳衣的主意。父亲游出去到了拍岸大浪以外的地方，回来后就让他的紧身毛料游泳裤在太阳下晾干，一点也不当回事。唐纳德也穿着那条有腰带的游泳裤游了好多次。可母亲坚持说，当我身上湿了，如果不再下水，就得换掉游泳裤，穿上一条干的短裤。

我不懂其中的逻辑——又不是在陆地上，在水里弄湿没有什么大不了。父亲设法打圆场。"干吗要不舒服呢，"他说，"你把毯子盖在身上，扯下你的游泳裤，再穿上短裤。一二三就完事了。"

我没被说服。我看到其他孩子这样换裤子，我知道，他们见我在瞧他们时就感到害羞。母亲觉得我很可笑。可我也从未见过她当众更衣，父亲也没有，除了别的小孩儿，没有任何人。我听到过有人说我认识的一个小女孩好蠢，竟拒绝在泳装外再穿一套普通的棉布短衣短裤。"你没有东西来遮住上面啊，"她母亲对她说，指指她的前胸，"没人看得见。"既然她尚无那些假设她会有的东西，她会有可能向这世界显露什么吗？我们尚未像成人们那样配备齐全；我们还幼小，还没有毛发。那就是羞怯的理由。然而我们的梦想和渴望是太阳上的大阴影，是我们心脏莫名紊乱的大而朦胧的可怕攻击。一丝不挂看起来就是一个小孩子，一种降低了的身份。

于是我被带去木板人行道后面的公共浴室——我猜想我们租的平房在好多个街区之外——在一个用深色木料造的小隔间的闷热空气里，一根用十分钱租来、穿在有弹性的细绳圈上的钥匙套在我的手腕上，我匆匆忙忙地换了裤子。那空气纹丝不动，满是木柴烟熏味。我闩上门闩，可有人能跪下来往里偷看，因为那门没有着地。人们在别的小隔间里更衣。我听得见从四面传来的声音。我从墙板缝里窥视以确定哪一侧都无人偷看我：我朝充斥着赤裸肉体的方寸间张望。我听见有弹性的噼啪声。我听见远处的咯咯笑声。我听见一记耳光声。我听见一个女性的急迫要求放过她的声音。

然后我发现一个白兮兮的扁平橡皮套粘在我的大脚趾上。由于感到本能的厌恶，我抖了抖我的脚，把它甩掉了。

1936年的罗克韦海滩：大翅膀的单翼飞机拉着字母表横幅飞过天空。经激浪冲刷过的，有已死的水母，马蹄形螃蟹那面朝下的宛若浅碗的壳。在木板人行道下面凉凉的深色沙里，我遇到了那些充满扁平橡胶玩意儿的名副其实的"沃土"。它们黏糊糊的，不宜触碰，它们黏在一起，气味难闻。来自海上的所有东西气味都很难闻——一片片油腻腻的球茎状绿海藻、水母、被吃掉一半的有壳水生动物，还有木板人行道底下那些白色橡胶玩意儿。我捡起一个。

"别碰它！"我哥哥叫了起来，"你知道这是什么东西，你这傻瓜？"

啊，阳光灼热、喧嚣闹哄的海滩生活！沙里管状细孔在冒泡。禽鸟的腿像牙签似的在拍打的波浪前疾行。海鸥在沙滩外盘旋滑翔。唐纳德和我跑到木板人行道两旁设有商店的拱廊的阴凉处。海风吹过宽敞的游戏房。我们赤脚而立，把一个木球投向滑道；我们转动轮子，让微型蒸汽铲在玻璃罩里攫取奖品。我们想要真的袖珍折刀、银的抽烟打火机。可我们只得了粒状口香糖。

沙子进了我的裤裆。我的肤色变红，太阳在恢复我的元气。我在毯子上吃三明治，我喝酷爱牌软饮料，它就像液态的吉露牌果子冻。人们都喊叫着说话，浪涛拍岸哗哗有声。我只害怕两件事：海水哗啦啦地猛冲我的脚，我身处沙滩人海却可能会迷路丧命。全副武装的警察把哭叫着的小孩们送到了躺在毯子上的家人中间。在这儿，生命处于原始状态，有更多警察，身穿深色衬衫和长裤，头戴船形帽，系着沉甸甸的皮带，别着枪，站在木板人行道上，俯视着裸露的人体。在他们背后，从露天公共游乐场临时门面里，丑角们的大脸盘儿展现笑容。警察们没有被糊弄住。祸事到处发生。救生员们领来一个筋疲力尽的孩子。一辆救护车倒退到木板人行道通向沙滩的台阶。我在挖我四周的沙堆。我在创建保护我自己的工事，把自己的腿埋至膝盖。我在盐碱滩里，在阳光里，在声音的海洋里。一切都朝我猛冲直闯，可我没有被淹没。

此时在我看来，在这个原始粗犷的地方，在这些处于一天中最明亮、最自然的光线中的拥挤的公共沙滩上，我发现了对这个行星的启蒙性忧虑。我到处看到男人们摩肩接踵。女人们的肉身席地入沙而睡。超乎任何名义的认知，置身于礼拜日半裸体仪式上世间民众吵吵闹闹、熙熙攘攘的生活，在我体内有某种难以言表的人生阶段的悄然显露。我是在清醒状态中受到启示而悄声说出污物袋这个词的。仿佛所有的声音——人声，海鸥的尖声鸣叫，警报声，激浪的轰鸣声,都停息了,就为了能清晰地把这个词的音发出来而使其易于理解。我通过我的手指感觉到尸骸变成的沙粒在流泻,就如某个劳而无功的考古学家,他所考查的古时候的矿物已化为齑粉。我意识到沙里的高温就如某种远光的无形力量。从那波光粼粼的蓝色海水,我感觉到了永不停息的运动和寒冷得无法想象的深渊。所有这一切都令人惊愕;我亲身感受,双膝下跪,感到脱离尘世的原始感,自由自在,既害怕,又快乐。

八

我亲爱的外婆的精神状况变差了,这应该是夏天或之后不久的事情。她已习惯于逃跑。有天下午我正在屋外,见前门开了,她走下台阶。她嘴里骂骂咧咧,还朝我挥舞拳头。她头发也没有梳。我退到一边,可当她走到台阶的最后一级,她不朝我而朝另一个方向走了,给我的明显印象是:她骂了我,只因为我在她的视线之内。她在一七三街拐了弯就不见了。

我跑去找我母亲,她正在洗衣池里搓洗衣服。她甚至不知道外婆出去了。在围裙上擦了擦手,母亲跑着找她去了。她找到了这个老妪,把她领回家来,可这只是她那些逃跑经历中的第一次,每次外婆都哭喊着,祈求上天降祸于我们的家,把一块披肩裹在肩上就跑出去了。

在她的咒语中,她会暗示说,如果霍乱病能把我们全家人都害死就好了。我问母亲,她说了些什么,母亲冷漠地给我翻译了一下。外婆希望发生的不测事件是一群哥萨克骑兵把我们都踩死。母亲劝我不要把这些话当真。"外婆爱我们,"她说,"可怜的外婆不知道自己在说些什么。她记得她小时候在俄国村庄里的生活,这些事情都是那时发生的。人们喝了污染的水就得霍乱死了。哥萨克是沙皇的骑兵,他们对犹太人村庄搞集体迫害。她从来没有忘记,好可怜啊。"

我理解,我并不认为外婆的疯话是针对谁的。实际上,在她精神失常时,我努力做到对她更体贴,让她知道我爱她。早晨我已习惯在她起床后给她端茶。她喜欢我这样做。母亲会顺便看看她好不好,然后在厨房里把她的茶倒在玻璃杯里,把玻璃杯放在茶托上,旁边再放两小块糖,我呢,两手端着这杯茶顺着过道给她送去。

可现在我们大家又都平添了外婆白天黑夜随时会失踪的忧虑。我们担心她会被汽车撞着,因为她在街上徘徊时专注于自己内心的怨恨,连汽车也不注意。外婆出逃时,如果维利舅舅在家,他会把她找回来。这方面他最拿手。他叹口气,穿上鞋,出门跟在她后面,说些温和的安慰话,稍微地责备一下她。"啊,妈妈,"他说,"回来吧,你会着凉的,你会得感冒的。行了,妈妈,你不是那个意思吧,别说这个,你这样说,你知道以后你会感到很后悔。回家吧,妈妈乐①。"他说道,伸出他的手,掌心向上,犹如一个邀请人跳舞的男子;从伊斯特伯恩大道过来有好几条街,她的怒气得到了宣泄,该骂的话都骂了,她也就转过身来,同意把她护送回家。

邻居们当然知道我们的烦扰。孩子们在街上躲开外婆的路,却又着迷地在安全距离内跟踪她。我母亲相当羞愧。当维利舅舅在街道中间设法把外婆带回屋里来的时候,母亲等在起居室窗旁不会被人看见的暗处。她哭泣、摇头、咬着嘴唇。"我真活该如此吗?"她咕哝着,很像外婆的样子,"上帝啊,我们究竟干了什么才活该如此?"

有一天夜里,外婆彻底消失了,谁也无法找到她。我父亲最后

---

① 原文为希伯来语,意为"小母亲"。

报了警。好几个钟头过去了。谁也没有睡,连我也没有。后来有一辆绿白两色的警车停在了我家房前的路缘边。两名警察下了车,打开了后车门,小心地扶着外婆下车、上台阶,仿佛他们是她的男仆似的。她很听话。他们告诉我父亲说,他们是在一座过街桥上发现她的,那座桥竖立于横贯公园大道的纽约中央铁路之上。

所有这一切中传递给我的信息,其本身并不针对我作为一个好孩子的理性存在。不过我唯一自觉意识到的是,我犯了冒失鲁莽的错误而遇到麻烦。我很野。因为跑得太快和摔倒,我弄伤了膝盖。我的膝盖和胳膊肘以痂块为这些事故留下了记录。我很少不挂花带彩。有天下午,我在我房间里听到哥哥放学回家;我沿过道直穿过整个屋子跑到前门。唐纳德在按门铃,我瞧见他在门帘上的身影;这门从上到下镶有玻璃。我一边跑,一边把手伸向门把手,伸近了,伸近了,怎样来解释我的激动?我有什么事情要告诉他吗?我有关于娉姬的故事吗?或许只是因为我知道唐纳德放学回家就是一天活动的开始?我的手竟错过门把手而穿过了门玻璃。我感到手被切割开,灾祸临头却毫无知觉。一阵紧张的呼吸甚至还没有停下来,我就先高兴得喊了起来,接着惊骇得尖叫起来。整个手疼痛彻骨,我自己的血弄脏了门帘。我哥喊母亲,她从房后跑来,玻璃掉在了地上,我站着看我的手掌,很多血从手臂上淌下来。惊恐波及了全家人,大家先后知道了这件可怕的事情并做出了反应。他们给我止血,洗涤,安抚,可同时也开始了调查,我母亲从我哥给她的回答中探究他对此事负有责任的可能性,他则理直气壮地、大声地、巧妙地为自己辩护,我外婆把一只手放在脸颊上,顺过道走来,摇着头,说着"亲爱的上帝,亲爱的上帝"。① 以此暗示宇宙无穷大的力量又

---

① 原文为希伯来语。

一次袭击了我们。娉姬拼命地叫,维利舅舅这天休息,睡午觉醒来,只想了解这件新奇的事是如何发生的,因为谁也没有抽时间停下来告诉他。我站着一阵阵地抽泣,最后,这整个事件的中心人物伸出了一只手,伸在洗澡间水池上面接受手术,母亲用镊子取出碎玻璃片时我痛得直皱眉头,不过,或许在我愿意停止哭泣或感到内疚之前,我就找回了内心的自信和镇定。大家都站在我周围看着。这种不必要忙乱的因素本身就为我的行为作了补充说明,我意识到了我的幼小地位的优势——家里最小、最低等的声音,对我与之生活在一起的有权势的家伙们,对这个"万神殿"里的每一个人,都得始终如一地恭顺,每一个人具有不同的权力并要求我忠诚,每一个人有资格吩咐我做什么和怎样做——我并非没有意识到此时此刻权力归属于我。我是为可怕的预言所利用的工具。更甚于此,我知道我发现了他们这些成年人的力量和决心的脆弱——灾祸会通过我而降临到他们头上。连我外婆的注意力也全被转移了。

这是一个令人振奋的消息,迟早会传给所有儿童,让他们知道他们可以取得平等权利。我几次三番在街上看到,有孩子弄伤了自己,然后他的母亲就因他弄伤自己而打他的屁股——真是痛上加痛,在弄清楚那母亲是否凭直觉感到那孩子的表现是邪恶的行为之前,这样做看起来是残忍的,或是愚蠢的。她伤心难过,所以用同样方式来回敬。我母亲则从未因为我弄伤自己而打我,既没有跟我保持距离也没有讥讽我;在她身上有着十分可贵的对诉诸意识的永久性危难的领悟,可怜的妇人,她这是在经济大萧条时期,有一个有病的母亲,一个无深谋远虑的哥哥,两个孩子,一条汪汪乱叫的狗,要维持整个家庭,经济上依靠她的那位摸不透的丈夫。在她看来,我的受伤如果可以视为一次教训的话,或许倒是救了我,免得我遭更大的罪。

"得了,"她说道,"别抽抽搭搭了。事情没那么坏。现在你可能知道了，别在家里跑得像个疯子。"

我母亲决定为我缝一套毛料衣服，一定程度上是感情的表露。在缝毕之前，我耐着性子试穿了好多次。秋天的一个礼拜日的午后，我打扮一新走出家门，身穿一件驼色束腰外衣，一条与之相配的裹腿裤，头戴一顶颜色协调的深褐色贝雷帽。我可以感到橡皮圈箍紧了我的前额。束腰外衣的纽扣一直往上扣到我的脖子，最上面的一颗紧紧扣住那军衣式领子。我感到身受束缚。裹腿裤的脚踝部位有一排用来模拟鞋罩的揿扣。裹腿裤一直下垂到我的用系带束紧的褐色新皮鞋的鞋面。

我在人行道上来回骑了一会儿三轮脚踏车。父亲后来跟我一起玩了几分钟，在我家门前台阶旁的后缩车库门前面做接球游戏。我掉球了，跟在球后跟跄而行。我不能行动得很利索。我也不想忘乎所以，跌一跤把新衣服撕破了或弄脏了。母亲一出来，我们就要出发，路过第七十公立学校，穿过一七四街，沿伊斯特伯恩大道小丘去康考斯社区，在那里我们要乘公共汽车去拜访我父亲的父母亲，即我的奶奶和爷爷，他们住在国王桥路北边。唐纳德够大了，并非一定要去。这是一个明丽而寒冷的晴天，我得眯起眼来注视飞向我的球。父亲穿着一件大衣，大衣敞开着，露出他的双排纽扣服装和领带。他的帽子像惯常那样歪戴着。我们在等我母亲，等她出来后我们就上路。

此时从街角来了一个流动照相师，肩上扛着一架方镜箱照相机和三脚架朝我们走来，身后跟着一匹小型矮种马。父亲顿时神采飞扬。"你找对了顾客！"他呼唤着向那人挥手，可就在这一会儿工夫，我的这一天变糟了，仿佛天空突然布满了乌云。

我不愿照相。我不想骑那匹小型马。这东西浑身粗毛，眼睛没精打采，我能看见从它鼻孔里呼出来的热气。我立刻知道，这是一种有人以犬儒态度滥加使用的动物。可这种碰巧的事情却令父亲高兴。这正表明了他的生活态度。"正是要这东西，正是要这东西！"他说。我不同意。我们交换了看法。这个油嘴滑舌的照相师自以为有特权站在我父亲一边来加入这场争论，说什么小型马喜爱小孩子坐在它背上。我知道这是要花招。最后我父亲忍无可忍。他用双臂抱我起来，把我放在马背上，我的双腿在马鞍上分得开开的。我感到那马在跺脚并来回晃动。那马鞍我觉得似乎是松动的，在嘎吱嘎吱作响。马儿嘶叫着往后退了一两步。父亲一只手扶着我的背脊，另一只手拿着缰绳，那照相师赶紧架起相机。我觉得小型马的生命在我两腿之间战栗，以前我从来没有骑过马，我不会把脚卡在马镫里。"放我下来！"我叫喊着，并作这样的挣扎——把身子扭来扭去，滑来滑去，以猛烈的扭动和踢腿来做落马的威胁，那马开始笃笃有声地在人行道上转圈儿。此时照相师设法使它镇定下来，拍拍它的脖子，抓抓它的鬃毛，我父亲则用手臂托住我而不抱我下来，他说："你没问题的！你不觉得自己可以吗？这匹小马更怕你，比你怕它还怕。停止大喊，停止尖叫，你没问题，没有什么可害怕的，得了，你行的，来试试吧。"

我把纽扣从上扣到下，让衣领紧箍脖子，几乎透不过气来，这符合我母亲的眼光，我父亲却怂恿我勇敢而冒险地冲向高地。

我在绝望中考虑妥协。我表示同意照相，但是得在我的三轮脚踏车上，而不是在马身上。

我保留着那张照片。我的小手紧握把手。我的脚搁在超大型前轮的两块踏板上。我身穿相配的夹克衫和结实的毛料裹腿裤。贝雷帽只是有点儿歪。我同意这个可爱的自我以他崭新的衣装留下纪念。我是个好看的男孩，有一张坦率真诚的脸，一头亚麻色头发，我听吩咐而笑，可这是怯生生的谨慎微笑。我在世上的举止行为，假如行得通的话，准备和解、让步；可我的脚搁在踏板上，假如行不通的话，准备乘风高飞。

　　这并不是说，我好像不热衷于学习他们的生活方式、听取他们给我的指示、设想我在生活中的位置。可我的众神中的每一位都以不同的实力、不同的启示说着话。我四周的一切都是情绪激昂的幸存者的儆戒，可我从未觉得万无一失，关于如何把事情办成，什么是谬误的限度，什么是对错误行为的容忍，我都持有相互冲突的争论。

九

　　从我母亲和父亲那里展开的是家庭的双翼，它们的力量不相等，因而使我们的飞行不稳定。我的爷爷和奶奶不是富人，住在一个三房公寓套间里，在我们北边，离这儿几英里远。可他们身心健全、生活完满，为他们自己及孩子们感到骄傲——我父亲是其三个孩子之一，另两个是我的姑母弗朗西斯和莫莉——对大多数事情持有明确的看法。我们搭乘红黑两色的康考斯公共汽车到那儿，这种公共汽车有很长的引擎罩、双份后车轮，备胎用锛条栓在车后，挣挡装置甚为复杂。我喜欢乘这公共汽车，可一坐完车就得度过拜望这一关。不是我不爱我的爷爷奶奶，这两位瘦小老人热情洋溢，见到我就眉开眼笑，塞东西给我吃，还亲我。可那里有险情。
　　奶奶喜欢在他们的起居室兼餐厅的深色大餐桌上铺一块网眼花边桌布。她招待大家饮茶，用的是精致的瓷器，其主色是苹果切片那样的淡绿和乳白，还拿出尤尼达牌饼干，自己家里做的放了丁丁香花苞的李子酱，一个大的雕花玻璃缸子里放满水果，一个较小的缸子里装的是开心果。大多数情况下我们也从面包店买蛋糕来。大家都坐在桌旁说话。我祖父削苹果有妙招，用他的便携折刀，苹果皮变成连接不断的狭长条就下来了。有时候我姑妈中的一个或另一个也在,但没有我的表兄弟和表姐妹,他们像我哥哥一样,年纪够大了,可以不参与这样的探访。所以我很无聊。我透过双层玻璃窗凝望庭院。祖父母住在这座房子的后部,看不见街道,我发现自己望着的是不透光的花边窗帘,或是已经拉上的遮阳帘子。屋角里有一把祖父最喜欢的椅子,旁边有一台很大的桌上收音机,我坐在其下方,试着找到什么有趣的东西听听——这并不容易,在星期日下午两三点,纽约爱乐交响乐团看起来是最明智的选择。或者是在他们的卧房里给落地式"维克托拉斯"——留声机上发条,把一分钱硬币或坚果壳放在旋转着的转盘上,看它们飞出去。有时候我匆匆翻阅我自己带来的图画书,有时候我浏览祖父放在前门门厅里的书橱。他有很多书,有些是俄文的。书橱都塞满了,塞得乱七八糟。书橱内的每一块搁板都有玻璃门,从下往上抬起来,从上面一块搁板底下滑回去。可因为书多,玻璃门都滑动不了了。从祖父那里我第一次听说了托尔斯泰和契诃夫的名字。他也有成套的书——同一版本的,如《世界著名演说》和《哈珀氏南北战争图片百科全书》。我爱看北方军队跟南方军队打仗的钢版画。每一幅画都有最薄的纸加以保护。

另一个可供消遣的东西是厨房里的"升降机"。祖父让我打开墙上的小门,把脑袋伸向户外昏暗的"机井"。灰烬和垃圾的味道在又冷又黑的空中升腾,一根粗绳子把柱形夜色一分为二。我把绳子往上拉,把那木箱吊起来看,各租户就用这木箱把垃圾递送给公寓管理员。

我祖母腿脚不利索却忙忙叨叨的。她驼背,戴眼镜,总把稀疏的浅黄头发在中间分开,梳成辫子,紧紧地盘成一个圆发髻。她眼睛水汪汪的,两手颤抖,可这些苦楚并没有使她感到气馁。她里外忙活,效率很高,从不枯坐。她是管家。我祖父与之相反,是一个行动很迟缓、说话很缓慢、性情温和的瘦小老人,浓密的灰发剪得恰到好处；他偏爱一件穿在白衬衫和领带外面的棕黄色卡迪根式开襟毛线衣，爱穿棕色裤子和室内便鞋。他抽奇怪的摄政王牌[1]椭圆形香烟，是从一个灰、栗两色的盒子里取出来的。他喜欢我把手掌压在他的手掌上来量我们手的大小，他说，这是他追踪我成长轨迹的方法。我的成长是一件令他欣喜的大事。他总是因发现我的手比上次量的时候大了而大受鼓舞。他拍拍我的脖颈儿。他是个退休画家。他是年轻时从俄国明斯克地区移居来的——明斯克也是我祖母的故乡。显然，他们在孩提时就互相知道，可只是在他们分别到了美国之后才真正相识，谈恋爱结婚。把我尊敬的老祖父伊萨克想象成一个黑发直竖、甚至比我父亲还年轻的小伙子，想象他，比方说，像我父亲有时抱我一样抱我父亲，这对我来说，只是一时的兴致。我父亲叫他"爸爸"。我没有细想这些怪事。我觉得我不完全相信这些怪事。另外，祖父源自富有思想内容的知识领域的话语满含哲学韵味，以致关于他除祖父之外还可成为其他什么人的虚幻想象是不可能持续很久的。他告诉我说，他曾三次，在三次不同的总统大选中，投票给一个名叫威廉·詹宁斯·布莱恩[2]的人。但他是个社会主义者，属于进步的犹太青年一代，这一代人懂得，宗教是置人民于愚昧和迷信、因而甘居贫穷和匮乏状态的手段，布莱恩却不懂。我并不真正理解他对我说的话，可由于他一再重复那些理念和说法，我对那些看法倒是耳熟能详，最后能把他定位为流行观点批评家。他与流行观点相左——我明白这一点。在他的书橱里，有些作家的名字在我知道他们是谁、他们主张什么之前我就熟悉了：拉尔夫·英格索尔[3]，易卜生，萧伯纳，赫伯特·斯宾塞。尽管我祖母是

---

[1] 这种香烟最初产于伦敦摄政街。
[2] 威廉·詹宁斯·布莱恩，国会众议员（1891—1895）、国务卿（1913—1915），三度竞选总统均未成功。
[3] 拉尔夫·英格索尔（1900—1985），美国作家、编辑、出版人。

敬神的,维持着一个犹太教家庭,我祖父却是个无神论者。他珍视托马斯·潘恩[1]写的那本题为《理性时代》的书,用书中和他自己的论据来取笑我祖母,向她指出她逐字逐句细读《旧约》的荒谬愚蠢和自相矛盾。"我自己的思想是我自己的教堂。"他引用潘恩的话说。然而,祖母即使在跟他生气时,也骄傲地对我们说,整部《圣经》他已读了很多遍,理解得比她还好,上帝在帮助他,这个无神论者。

所以说这是一个自立而稳固的家,一个很久以前建立起来的家,我母亲那个身穿孀妇丧服、可怜的半疯妈妈与之并不相配。我那先前颇有名气、现在背时倒运、自轻自贱的舅舅维利也配不上这个家。你得去看看我的祖父母。他们有一个家。他们是我父亲以及他的两个姐妹的祖先——他的姐姐、我的大姑妈弗朗西斯;他的妹妹、我的小姑妈莫莉。这两位女士都以各自的方式帮助我了解这个家族的复杂性。大姑妈弗朗西斯嫁给了一个事业有成的律师,住在威切斯特县佩勒姆庄园,一个城边的基督教社区。弗朗西斯姑妈不仅有汽车,而且还会开车,这对女人来说是不寻常的。开车时她戴白手套。她文质彬彬,轻声细语,气质高贵,有如我的祖父。她的两个儿子在哈佛上大学。我父亲的妹妹莫莉,相比之下,有她母亲自然朴实、讲究实际的作风。除了是个喜剧演员外,莫莉又是一个对宗教不虔诚、胆大泼辣、不修边幅的女子,邋里邋遢的样子恰与她姐姐的精心梳妆相反。莫莉吸烟,烟灰常掉落在胸前。她在缭绕烟雾中眯起眼睛。她读的《镜报》在我父亲看来是破玩意儿,因为该报的赛马报道在全市首屈一指,还因为该报以她所崇拜的专栏作家沃

---

[1] 托马斯·潘恩(1737—1809),英裔政论作家、爱国者,移居美国后撰写《常识》等小册子,支持美国独立革命,引起强烈反响。

尔特·温切尔著称。她赌马，她丈夫费尔也赌，他是出租汽车司机。他们有一个女儿，我的表姐伊尔玛。全家在礼拜日下午聚集在祖父母局促的公寓房时，两位老人说英语的声调上有明显的意第绪语的抑扬变化，弗朗西斯说的是一个上层阶级威切斯特主妇的高雅语调，莫莉有很重的布朗克斯口音。在这种生活方式混杂、社会意识融合情况的中间地带，站着我的父亲。他姐姐明智有远见，他妹妹反叛地下嫁给一个社会地位比她低的人。属于他的是尚未决定的命运。他们在我父亲身上下的赌注更高。他是唯一的儿子。是弗朗西斯最后将成为家中的特例，还是莫莉？那不仅是他悬而未决的命运，也是他们所有人做的最终决定。

我怎会知道这些？在那些光线渐渐变暗的礼拜天下午，我只是时不时听到他们的谈话。谈话开始十分平静，他们说了很多轻松的打趣话，可后来，情况不知不觉之间就变糟了。这一天，我祖母格西拿起我的新的手缝驼色束腰外衣，要看看我母亲的缝纫手艺。"很好，"她说，惊奇得眉毛上扬，嘴角下垂，"衬里居然也安得很好。我儿媳妇原来什么都会做呀。"

话音里可以听出我祖母生活的勤俭。她抱这样的态度，认为我母亲没有动手能力，随便乱花我父亲的钱。母亲认为这不符合实际。这是严重的诋毁，对她伤害甚深。使她难过的是，我祖母格西觉得自己有权发表她的种种看法——我母亲给她的孩子们穿的衣服好不好，她如何管家，她照顾丈夫是否周全。尽管奶奶语调温和、口气俏皮而含蓄，可她会使我母亲伤心流泪，就如她此刻所为。有如暴风雨来临，我母亲开始朝我父亲大叫大嚷，父亲要她压低声音。我找书里的图片。我给留声机上发条，让那转盘转起来。我祖父母在鱼缸里养了两条金鱼，我盯着金鱼看，探究它们的情况。

拜访显然已经结束。我母亲不会道别说再见。她给我穿上外套扣上纽扣，拉起我的手走出门去。祖父穿着便鞋跟在我们后面。"罗兹，"他在过道里说，"原谅格西。她就是那样，她并不是存心伤人，她最尊重你啦。"

"噢，爸爸，"母亲说，"那不是尊重。那甚至不是礼貌。你是个富有同情心的厚道人，或许太厚道了。"她拥抱了爷爷，我们走下通往门廊的楼梯，等我父亲。她不会赞同误导我祖母的挂虑，不管这种挂虑是不是大家普遍的判断，或者也许是上帝的判断。这位老妇人使她彻底明白，她没有好到足以嫁到这个家里的程度，她没有好到足以配得上我父亲的程度，她不是他所需要的。

我生活在母亲的情绪变化之中，在那些时候，在那些拜访之后，天空变暗淡了。父亲走下楼梯，吹着口哨，每当有什么坏事发生，他试图乐观以待时，他就吹口哨。已是黄昏，我们在公共汽车站等车。"你为什么让她这样对我说话？"母亲问，"你就不在乎我的感受？我干什么事都不够好，都不够正确。要是我洗了她的一套餐具，她会在我洗完之后再洗一次。你就喜欢这种行为。你就喜欢这副德性。你就从来没有一次在尊敬而可爱的格西面前为我辩护。"

不过母亲和父亲直至回到家才真正开始吵架。这里可以发现她自己家族的可悲遗风夸大了她所感受到的不公平：我父亲那一边有谁询问过她妈妈的健康状况？我父亲整个兴旺之家视她如草芥，把她的可怜的母亲看作社会的贱民。他们哪个礼拜天邀请过妈妈？他们邀请过比利吗？我回自己的房间，关上门，不过这没有用，这太有趣了。看来是父亲吸取了奶奶的观点，母亲则坚持己见。

随后他对我母亲提出了一个批评，我认为，这批评有部分是准确的。"你总是把事情想得更坏，"他说，"你多疑，不信任人。"她对他说，见你的鬼去吧。他说她是大叫大嚷的卖鱼妇。神秘王国确实是这些争吵的用武之地。好与坏的归属之争就像风暴、幽灵一样来回折腾，以形成美妙的真理或邪恶的诋毁。真理之光在所有等着照亮的事物上空盘旋，在我长大一些的时候，我发现，真理从未用多少时间来照亮任何地方。我感到内疚的是，我更喜欢的是住在北边康考斯社区的奶奶和爷爷，而不是住在我隔壁房间里有病、瘦小的外祖母。有时候我发现格西奶奶确实喜欢恶作剧，爱嫉妒，没干好事。可在很长时间里我不能相信任何有关他们这些人中任何一个的坏话，因为他们看起来都是那么爱我。

十

事实上，一切都与爱有关。不论痛苦会有多大，就像高温、严寒、暴雨是气候的特征那样，夹杂在这些元素——喊叫、强令、争吵——之中的我的日常风暴，也是爱的特征。但它们有其狡诈的方式：我偷偷地为我父母在其隐秘关系中所做的神秘、诡异之事感到伤心。我并不完全知道这是些什么事情，但我知道它们有失脸面，需要隐蔽。它们从不在光天化日之下被提到或被承认。我父母生活中的这一方面就如阴影一样出现在我脑海里。我的母亲和父亲，我们这个天地的主宰者，让他们所无法控制的什么东西给抓了去。这真成问题，真叫人不安。有如我瘦小的外婆念咒语，他们是以一种自制的方式来折磨自己，事后他们看似又正常了。关于这些我不能告诉任何人，肯定也不能告诉唐纳德。如果他不知道，那是他的造化。令人沮丧的事实是，有这样一些时候，我的父母亲竟不是我的父母亲，我不在他们的心里。这不是一个可以细述的话题。我讨厌上床时间到了的那个时刻，一方面是因为我的上床时间比别人的都早，另一方面它会带来很长一段时间的黑暗，那些我并不完全知道的事情就发生在这个时候；我只能将就对付，像一个侦探一样，通过最细微的蛛丝马迹、几乎听不见的话语、模糊不清的惊恐慌乱的响声、暗淡的灯光，作出判断又放弃判断，一切都包含和隐藏在我的睡梦中。

但我在某些方面还要依赖我哥哥，因为父母非常紧张的生活不允许我依赖他们。唐纳德坚毅稳重。他过着作为一个人、而不是两人中的一个的严肃认真的生活。他仍然是"立等可取"。他教我扑克牌戏，容易的如"战争"和"钓鱼"，难的如"卡西诺"。我们在地板上玩儿，我在地板上觉得舒服。我们去糖果店时，他拉着我的手。晚上父母出去了，他在家。唐纳德做功课的情景令我感受到了明确的生活目的以及向可见未来的迈进。他很快就要从第七十公立学校毕业，然后上中学。他现在约莫十三岁。他在精心制作飞机模型，全神贯注，露出他那蹙额皱眉的特有神态。用西印度轻木做的飞机模型轻如鸿毛，他用缝纫线把它们吊在我们房间的天花板上——是一些机头扁而微微向上翘的赛机，另有一架"福特三引擎"飞机。机翼和机身的外壳是湿润后绷紧的彩色薄纸。他还在用结实的木料制作一架仿"中国快速帆船"①的"斯特罗姆-贝克尔飞机"模型。他阅读《大众机械》和低级侦探小说杂志，而在父亲给他的一本名为《无线电工艺》的杂志里，他发现了制造晶体无线电收音机的操作说明，做一台只要六角五分钱。他正在攒钱。

当然，我们有我们的问题。当他的朋友们围着他时，他就不愿意我跟他们在一起，对此我能理解，尽管我还要抱怨，还缠着他。缠住唐纳德及其朋友不放，对我来说是个原则问题。对此，他们当然不是没有对策。他们了解我的软肋，比方说，要是我周围的人有谁哭了，我也会哭。那是真的，我会受感染而哭，好像哭是一种传染病似的，我情不自禁，我泪水涟涟，活像一块感情的墩布。唐纳德为摆脱我而装哭。其实，他已完善了他的装哭艺术，他只是装出

---

① 泛美航空公司的大型快速飞机，1935年自旧金山越洋飞至马尼拉，其名源自中国的大型快速帆船。

要哭的样子，把手臂举到眼前，发出最初的啜泣声，从他手臂底下窥视，见我咬着嘴唇、眼睛充满泪水，他就准备莫名其妙地放声痛哭，连怎么回事也不知道，有什么苦恼也不知道，不管怎样，就势不可挡、无法抑制了。我倒承受过这种极度苦恼——我的朋友、来自威克斯大道的赫伯特竟有一双斗鸡眼，一个跟我在公园一起玩儿的小男孩竟有一双内八字脚。这是没有办法的，只能希望他们长大后不再有这样令人伤心流泪的事情。这些事儿起初害得我透不过气来，后来影响到我的视力，我得闭上我的眼睛。这是胆怯的表现，或许也是为世间艰难生活感到悲伤的表现。有时候，我哥哥跟他的朋友伯尔尼、塞莫尔和厄温一块儿假装哭泣，我会被这一大规模袭击搞得涕泪俱下，尽管我知道他们是在逗弄我，就是在他们停止假哭后兴高采烈哈哈大笑的时候，我发现自己还抑制不住地嘤嘤啜泣，似乎真是大祸临头，像是大拇指给击伤了，或被割破了，或是把什么珍贵的东西给丢了。当然，这要很久我才能逐渐平静下来，在着手做我的事情之际，我还有几分钟要发出一连串伤心的、打着嗝儿的饮泣之声。

　　弱点和缺陷看来是我命中注定的。我有灰尘过敏、花粉过敏，得过伤寒、咳嗽、流感。季节转换时分，我多多少少要卧床养病。所有这一切，在我不甚理解的情况下，导致了我与家兄之间关系的重大危机。有一天，父母做出决定说，娉姬，我们的狗，将不得不被处理掉，因为我对它过敏。

　　问题是它的毛，而非它的性子。它的毛掉在地毯上，落在家具上。唐纳德不相信这是永远失去他的狗的原因。"你不喜欢它，"他对母亲说，"这才是根本原因。你从来没有喜欢过它。"

　　"你这样指责可不对，"父亲过来为母亲辩护说，"有一次她还救过娉姬的命呢。"他让我们记起了那件事。有一天，狗狗从地下室走上来,我们作为娉姬的保护人却谁也没有注意到,但母亲注意到了——它正万分疲惫地拖动着自己的身子。母亲看见娉姬鼻尖上有绿色东西留下的斑点。"啊,我的天哪,"她说,"这只傻狗吃了灭老鼠的毒药。"她迅即在一个碗里打了几个生鸡蛋,把狗和碗放到院子南边、唐纳德房间窗下那一小块草地上。正如母亲所料,娉姬咕嘟咕嘟地喝了鸡蛋,又呕了出来,它便得救了。

不过争论仍延续了几天。在这期间我们有理由来回顾我们和这条狗的经历。它多次让汽车从它身上轧过去,却安然无恙。绿色毒药的故事不胫而走,尽管从我母亲对街坊邻里的说法来看,她是不想承认在我家地下室里有什么啮齿目动物需用毒药来严肃对待,所以她说,史密斯让门房里那个装有工业用品的箱子敞开着,那只笨狗就钻进去了。娉姬还对我们的生活有所启示,有一天在唐纳德床上生了三四只小狗。这是一件我在门口张望、得空瞥上一眼的大事。小小的狗崽们蠕动着从它的后侧钻了出来。它用舌头照料一切。它耳朵平垂,神态难得这样庄重,每只小狗一出来,它就舔啊,舔啊,又以同样的神情舔它自己和床罩,仿佛是狗中最负责任、最端庄高雅的那个。我哥哥称之为"胞衣"的东西它整个儿都吃光。我尚未弄清楚"生育"这一概念。我家里没有人认为这是一件我需要受到教育的事情。使我感到诧异的是,母亲对娉姬随地拉屎撒尿倒并不生气。在我看来,从肉体内出来的东西某种程度上都是令人讨厌的,我把小狗们也包括在内。我们找来一个又大又浅的盒子,铺上撕开的报纸,它就成了"保育室",狗儿娉姬,现在被赋予"母亲"这一令人惊骇的头衔,进保育室去喂奶了。最终,小狗们都给安置妥了。

我哥哥争辩说,这一切都属于终生托付性质。娉姬对我们以及我们对它。在我们大家相依为命的关键时刻,我们怎么可以把我们的狗踢出门去呢?难道就没有任何神圣不可侵犯的东西?或许可以采取不太激烈的措施。也许他可以每天给整个屋子吸尘。

是的,他准备这样做!娉姬大概可以在室外消磨更多时间,他可以训练它不逃跑。或许可以把它关在地下室里。诸如此类,不胜枚举。

唐纳德善于辩论,他是个好学生,能够动用源自科学、伦理学和心理学等领域的所有呼吁方式,可这次看来任何方式都未能成功。"这不公平,"他说,我觉得这是他最为犀利的言辞,"就因为一个无足轻重的小小子拖鼻涕,全家就丧失一条狗,这不公平。"不过,看来他相信,仍然还有时间,仍然还有谈判的余地,或许父母亲也真的以某种方式给了他这种印象。他训练我来一篇我自己的慷慨激昂的抗议讲演,我呢,一会儿打喷嚏,一会儿咳嗽咳得眼泪汪汪,同时郑重其事地准备讲演,而恰恰就在此时,唐纳德正在跟他的朋友们商谈,希望他们中有一个人可以帮助照料娉姬。他的想法是,狗送走之后,如果我继续显示过敏的歇斯底里的症状,那就证明这并非娉姬的过错,而应该把它领回家来。不管怎样,一天早晨他上学去了,等他走后,父母亲突然采取行动:由我家的朋友、住在街对面的牙医阿布·珀尔曼协助,没去上班的父亲要把娉姬送到某个地方,他坚持认为,这个名叫"比德·A.维"的收容所是与狗的理想生存关系最密切的地方。在那儿娉姬会得到照料,跟别的狗交朋友。过一两天它就不会想我们了。对此我深感不安,并执意要搂抱狗狗,尽管这可能会让我哮喘病发作。我询问有关比德·A.维收容所最详细的情况,对所提供的证明我信以为真,因为我不愿自己一生都是一个涕泪交流、气喘吁吁的女气的男人。我没有忽视我父亲和珀尔曼大夫之间意味深长的瞥视,也没有忽视大夫脸上几乎遮掩不住的假笑,他假惺惺地笑着向我保证,狗儿到所去之处会比在我们家里得到更多的爱,可我还是决意相信一切都会顺顺当当。我并不认为那是可能的,但仍然半信半疑、忐忑不安却又平平静静站在人行道上,目送他们乘珀尔曼大夫的普利茅斯车离开,娉姬把脑袋伸到车窗外，因为珀尔曼大夫开车会弄得它晕车，就像把我弄得晕车一样。

唐纳德放学回家见不到娉姬，听到我给他的汇报后勃然大怒。他碧眼大睁。"你相信那些关于比德·A.维收容所的胡说八道吗？他们把它送到ASPCA[①]去了！他们逼它去长眠！你就让他们哄骗你！娉姬已经死了，这是你的罪过！"他扔下他的书，抓住棒球外野手的连指手套，开始连连猛击衣兜。他踱来踱去。"我恨你！"他说道，"我恨妈妈，我恨爸爸，我恨珀尔曼大夫，可我最恨你，因为是你首先挑起这个问题的。你是个小坏蛋。离开这儿！走吧。滚开。"他说道。他把我推进过道，砰的一声关上了门。

我走到门外。这事情我越想越糟。祸乱临头的恐慌在我心头油然而生。我知道，哥哥话里暗含的意思是对的，你可以爱大人们，但不能相信他们，唯有唐纳德是可以信赖的。他总是告诉我实情，他热诚地服从于现实，总可以指望他准确告诉我事情的原委。他指导我怎样做事，当我按他教我的该用的方法去做了——你这样拿球棒，你这样接球——事情的结果就会像他所预言的那样。唐纳德从不犯错。我辜负了他，我背叛了他，我听任他们把我们的狗弄出去给杀了。我们的娉姬死了！我该受谴责。我在门前台阶上坐下。我被吓得昏昏沉沉，病病歪歪。我知道最可怕的情况就是无可救药地遭到天谴。我干了这件怵惕之事，又无法加以纠正，这是灾难性的行为，无可挽回。自知之明之弦可怕地在我心中鸣响。娉姬，现在负载着我的道德灵魂出逃了，最后一次出逃了。它将永远不再回来，以它疾步如飞、因被遗弃而毛皮紧贴身子的方式跑着，跨过街道，穿过庭院，穿过地道，跑在桥上，跑在车下，离我越来越远，越来越远，远远超过可听闻我呼唤的范围，对我的沮丧绝望无动于衷。

---

① 美国防止虐待动物协会的简称。

我不是一个像我哥哥那样的激进者。在我精神痛苦时，我从不迁怒于父母。我可以理解他们的性格特点，但我不会去对他们作出道德评价。我所有的小聪明都用在如何避免他们批评我、指责我上。

然而，此时此地，我确实应该提出大人们完全无视孩子们的感情的清楚证据。他们这种丢弃娉姬的方式不是光明正大的。为避免与其十三岁的儿子发生冲突，为哄骗其五岁的小儿子，我父亲神秘地带走了我们的家犬。对他而言这难道是轻松的吗？我知道他喜欢娉姬。他遛它时会解掉拴住它的绳子，而且知道怎样跟它说话，不让它离开他。或许他后悔作出抛弃它的决定。要急急忙忙这样做的该是我母亲。可他，我的父亲，是很迷人的。他不提高嗓音，尽说好话。他不下命令，诉诸理性。他罕用肢体之力，不像我母亲会扔掉帽子扬长而去。我意识到这个规避式"绑架"是他的主意。

我父亲喜爱戏法，喜爱"现在你见到了，现在你见不到了"一类温和而切合实际的玩笑。他喜爱填字游戏、谜语。我从他那儿第一次听说芝诺悖论[1]，赛跑者把到终点线的距离一分为二，后又一分为二，越来越接近终点线，可就是无法达到。他喜爱双关语和五行打油诗。

  鹈鹕鹈鹕古怪老鸟
  胃里食物比嘴里少
  它的长喙能存食
  一个礼拜够它吃
  你奇怪它怎会有此诀窍

---

[1] 古希腊哲学家芝诺曾提出"两分法"、"阿基里和龟"、"飞矢不动"等悖论。

如果他在书店里发现一册幽默诗,他就忍不住要买上一本。他喜爱阿瑟·T. 奎勒·库奇爵士[1]。

狮子是好战的野兽

它在平原上蹦蹦跳跳

如果你用尽全力奔走

它用它所有的鬣毛快跑

他对歌曲或民间故事中有关好恶作剧的精灵的传说兴趣甚浓。他十分欣赏传奇式企业家 P.T. 巴纳姆[2]。他告诉我巴纳姆试图让人们川流不息通过他鼓捣的奇异动物展览会、以便让现场容纳更多人,但还是出了纰漏。巴纳姆的解决办法是在出口处放上一块指示牌,说是"**此路通往伊格蕾丝**"。人们以为"伊格蕾丝"[3]是又一种珍稀动物,便从此处拥散出来。

我父亲四十出头,精力充沛,雄心勃勃,尽力争取事业成功。他热情实践权威人士的行为准则。他出售收音机、留声机、乐谱。他店里唱片的储存量相当大,有数千张放在褐色纸质防护套里的紫胶唱片,有很重的歌剧和交响乐唱片盒,有欧洲的唱片,也有美国的、古典音乐的、爵士乐的、摇摆乐的。他甚至还出售来自南方的不出名的黑人民歌手的唱片。他确乎精通其业务,有些他备有其唱片的艺术家到他店里来向他买唱片。他总是很骄傲能认识著名的音乐家并与之打交道。"今天斯托科夫斯基[4]到店里来了。"他回家后

---

[1] 阿瑟·T. 奎勒·库奇爵士(1863—1944),英国诗人、小说家、选集编者,以编纂《牛津英国诗选》和《牛津歌谣集》著称。
[2] P.T. 巴纳姆,美国马戏团创办人、主持人(1810—1891)。
[3] 伊格蕾丝(egress),"出口处"之意,为罕见词,一般常用"exit"。
[4] 斯托科夫斯基(1882—1977),英裔指挥家,长期指挥费城管弦乐团,创办美国交响乐团。

会告诉我们说。或是,"鲁宾斯坦的秘书打电话来,给了我五十美元的订单"。我明白这种内幕的价值。在那些令人兴奋的星期六,我跟唐纳德一块儿到市中心父亲的店里去,我见很多人进店,见他得心应手地让他们购买他所建议、劝说的东西,我为他骄傲。他身穿蓝色细条子衣服和背心,系红色领带。他的皮肤白里透红,褐色眼睛明亮而机敏。但我不喜欢他的合伙人莱斯特,一名个子很高、虚情假意的男子,金黄头发梳成一个大包头。他主管收音机部门。莱斯特发现,有不少顾客把丝毫没坏的收音机拿来修理。附近社区的旅馆配备的是直流电。插头插在电源插座里时通常会插错,只消把插头的分叉反向插一下,莱斯特就能使收音机工作了。可他却对顾客说,修理要花上好几天;他会给收音机里面掸灰,把机箱擦亮,再写张账单,就这样修好了收音机使之完好可用。"噢,顺便说一下,"他会对拿着收音机离店的顾客说,"你开机时要是没有声音,只要把插头反插一下。现在它运作得很好。"我父亲从某种美学角度赞赏其合伙人做的手脚。他说,他让莱斯特把价格控制在适当的数额,所以没有一个顾客被敲诈得很多。但他告诉我们这一做法时是期望我们能领会其幽默。这是熟知内幕、了解内情者的本性。

他从一本带回家来的书上得到了很大的乐趣,这是一本中小学生考试和作文所犯错误的选集。这些错误被称之为"出丑",他念给我们听。澳大利亚的主要动物是袋鼠、拉卡斯婆、布魔狼和佩卡迪骡①。中世纪大教堂由飞臀支撑②。莎士比亚和他的风流娘儿们住在温莎③。苏格兰的两条主要大河是河口和福思④。在匹兹堡人们生产铁和

---

① 袋鼠为正确答案,其他三个词分别意为翠雀属植物、回飞镖和轻罪。
② "飞臀"(flying buttocks)系"拱扶垛"(flying buttress)之误。
③ 《温莎的风流娘儿们》为莎士比亚的戏剧作品。
④ 此为两个港湾,而非河流。

赃物①。四种属于猫科的动物是雄猫、雌猫和两种小猫②。"Acrimony"是"婚姻"的同义词，有时又意为"神圣"③……这些错误中有的惹得我们大家哈哈大笑，有的只有父亲一个人笑。正是在他的指导下，我向堪萨斯州吉拉德的 E. 霍尔德曼·朱利叶斯公司以每册五分钱函购了第一辑"小蓝书"丛书：《腹语术自学》和《催眠术和复仇故事》。他教我知道在由缺乏幽默感的女人管理的世界里有用的求助对象。就如我一样，他自己有他深爱而又能够与之争辩的母亲。我那住在北边康考斯社区的祖母格西有很强的主见，喜欢掌控大小事儿。我的祖父伊萨克是个书生气甚浓、热爱和平、才智非凡的人，就像我父亲一样。所以在我父亲的双关语、五行打油诗以及喜爱文字游戏的背后有着某种绝妙的格局，一种基于典型男女关系的道德世界的表述。由何而来？这是农民观点、滑稽报纸和方言笑话一类的东西。它打破所有界限。它来自古老乡村。在街上我从小孩儿那里听到更为蒙昧的粗俗表述：妻子是由你在床上操的东西，它干所有家务活儿。

罗　兹

事情的进展一时还算顺利。我母亲给我很大的帮助和安慰。每天午餐时分我都裹好我的婴孩，把他放进童车，到我母亲家去吃午饭。我爱我的父母。我哥哥哈里正在找工作，暂时跟他们住在一起。对我来说，这就像旧时一样，我的家就在附近。我母亲是一个和蔼可亲的妇人，那么安静，一个笃信宗教的妇人。她是犹太教会和慈

---

① "赃物"（steal）为"钢"（steel）之误。
② 四种猫科动物应是狮、虎、豹和野猫。
③ acrimony 意为"尖刻"、"严厉"。

善妇女会最初的成员之一，还在他们砌第一块砖时就入会了。我跟她很亲，我愉快地照料我的小不点儿，给我丈夫创造一个舒适的家。那时他赚相当多的钱。他为唱片业里一个名叫马克尔的人干活。他就是这样进入这个行当的。马克尔是留声机和留声机零件的批发商或销售商。在二十年代，那时还没有无线电，没有别的东西，销售留声机是很好的生意。人们买那些旧式的带大喇叭筒的留声机，买唱片搁在上面放，跟着跳舞，除了弹奏你自己的音乐外，这是第一种家庭娱乐。先是上发条的"维克托拉斯"，后来是电动的。对习惯于只在音乐厅里听音乐的人来说，这是一个惊人的新事物。所以那是一宗生意。我不喜欢马克尔，他为人不诚实，我自己给他干过活，当他的秘书和会计。戴夫给我找了这个工作。可当我发现马克尔是何等人物时，我就离开了。他常向维克托、爱迪生等所有这些制造商订货，可他竟不付账单。他的办公室在"东二十年代"大楼的顶层。整个顶楼就是他的办公室和仓库，他的办公桌后面的窗户有消防太平梯。那时候人们收债收不回来时就委派执法官去收。这个挺差劲的马克尔一听到执法官上楼来，就沿太平梯溜下去了。你父亲外出在全城推销。这样我就被留下来应付问题。我可不喜欢。那样我就辞了职，在西格蒙特·安特伯格那里找到了工作，后来又通过他找到犹太福利委员会的工作。我现在觉得马克尔对你父亲有坏影响。不错，他教他做一门好生意。可他还教他什么了？正是在这个时候，我想，你父亲对赌博、玩牌产生了兴趣，我觉得那是马克尔干的好事。戴夫热衷于冒险，总是梦想飞黄腾达。这使他变得脆弱。他原是很优秀的，有教养，有文化——他爱动听的音乐，爱歌剧——现在却沉湎于不良行为。我从不知有何事发生，他从不告诉我任何事情，他给我生活费用，仅此而已。

不管情况怎样，戴夫的妹妹莫莉在跟她丈夫、出租汽车司机费尔分手后有了个早产儿。莫莉便得带着这个病恹恹的小不点儿婴孩，她母亲格西有何反应呢？她对莫莉漠不关心。而莫莉高雅的姐姐，住在北边威切斯特的弗朗西斯，则袖手旁观。莫莉是家里的反叛者，一只有辱门第的黑绵羊。她没有念完中学，她跟下等人交友谈恋爱，嫁给了一个身价比她低的人。费尔是个正派人，就是不太聪明。他说话没有分寸。但这不是问题。问题是莫莉和他结婚后跟另一个男人好上了。我记得他的名字叫波布。事情就这样乱了套。莫莉央求要来和我们一起住。她无处可去。我到医院去看她，她哭得很伤心。我喜欢莫莉。在那个家里，除了爸爸，除了爷爷，她是唯一令我感到可以坦诚相处的人。她不矫揉造作，她没有给我那种我不如她好的感觉。所以我对她说，来跟我们一起住吧。戴夫也同意了。

当时我们在维克斯大道只有三间公寓房。所以这在相当程度上是一种牺牲。这是一套明亮、宽敞、通风的公寓房间，但只有一间卧室。所以莫莉跟我睡一张床，戴夫睡长沙发。我以为她不会待很久。我想，她会做些安排，把她的生活安置妥帖，一两个礼拜后就会搬走。可事情并非如此。她一待好几个月。我有个女佣帮我清洗唐纳德的尿布。唐纳德那时或许才一岁吧。但那女佣不洗莫莉孩子的尿布。所以得由我自己来做，为这个小不点儿女婴——厄尔玛。莫莉在哪儿呢？她出去到处跑。这个波布不断到我家来带她出去幽会。她丈夫费尔常常晚上来，一来就大吵大闹，大叫大嚷。邻居们怨声载道。这是整个家庭的丑闻。我几乎要疯了。你父亲却乐意让莫莉留在家里。他对他母亲说："妈妈，我想给罗兹增加些零花钱。"他万事都要问他母亲。我呢，当时照顾着莫莉和她的孩子，从平时家庭开支中缴付一切费用，可那位老妇人却说——我们去那儿探望他们，我就在隔壁房间听见她说——"不，够了，她足够了，已经绰绰有余了"。你能想象吗？那样差劲的女人？我在照顾她自己的女儿，她和她的另一个女儿什么忙也不帮，她竟说这样的话？戴夫跟她们是一伙的。他从不跟我商量，什么也不告诉我。他母亲才是他的顾问。

你可以想象，我那时很不愉快。我的生活不正常。我不是跟我丈夫一起睡觉，这是很苦恼的。连隐私权也没有。我试着让莫莉离开，可他总阻止我——看来他就是要她留在那儿。对此他连提也不提。正是在这期间，我想他开始寻找别的女人。午饭时分，我常会抱着我的小男孩去我母亲那里哭诉。"妈妈，"我说，"我想离开他。我不能这样继续下去了。我难过得甚至想自杀。"我母亲会安慰我，抱抱我，亲亲我，但她的为人之道十分老派，最为守旧。"你是个已婚女子，"她说道，"你应该尽力而为。你应该照顾好你的孩子，为你丈夫照管好家。不管怎样。"

于是我就回去了。要不是为我母亲，我早就走了，离婚了，可我不能违背她，我不会这样想。但最终我还是干了件事。一天，莫莉出门了，她那个闹出所有乱子来的男朋友又来了，我就说了他。波布。我不是讨厌他。我对他说："听着，波布，你是个挺不错的年轻人。你让自己蹚这浑水。难道你就不为自己感到害臊，居然来看一个有夫之妇？她刚有一个孩子，她母亲把她踢出门外，她姐姐因此对她不闻不问。她在这儿跟我住，我丈夫把他的床让给她，好让她待在这儿。你觉得这公平吗？你这个年轻人真是太厉害了，偏要混进这样乱七八糟的局面里来。"

嘿，这次简短的谈话肯定产生了效果。我不完全知道事情的真相，可有一天费尔按响门铃，把莫莉和她的孩子、她的包和箱子都带走了。波布不见了，莫莉和费尔重新生活在一起。我也就把丈夫弄回来了。可这事儿并不容易淡忘。下次会发生什么？假如不是莫莉胡闹，还会有什么事？我是背上了这个家庭包袱。他们控制我的丈夫，他归属于他们；不论何时发生冲突，他总是站在他们一边。我什么也算不上。你生下来了。有了两个孩子，我们需要更多空间，当时我遇见了塞格尔太太，我们便搬进了伊斯特伯恩大道上的私人住宅。现在戴夫干得很好。他感到有足够的自信凭借自己的力量来经商,他做得颇为成功。他销售留声机唱头,又在维姆斯公司——一家体育用品和器具商店,是一个连锁店的组成部分——取得了唱片特许专营权。这家公司位于第六大道和四十二街交界处。他在公司后部有个楼厅,可以俯视主店。他按百分比向维姆斯公司缴付部分赢利。我们有钱,我们购置了一些家具,这是1931年或1932年,到处是失业者,可不知怎么,在纽约中心地区的生活却仍然照旧。你是婴孩时,大约一岁,我父亲突然去世,我可怜的母亲来跟我们同住。对她而言,这是最后一根稻草。她在自己房间里祷告,健康状况每况愈下。她的脑子也受了影响,我可怜的亲爱的妈妈。

十一

死亡盘踞在我脑中,我思索着死亡,冥想着死亡,研究着死亡的表现形式。我有一本旧的童谣书,已有一段时间没有翻阅了。书里字母很大,图画是淡雅的浅橙色和浅绿色。童谣书中的孩子和其他生物都诡异古怪,轻灵飘逸,他们居住的国家和星球我都不熟悉。他们的性格特征源自绞尽脑汁的想象。穆菲特小小姐:我不会把我认识的任何女孩子称为什么什么"小姐";这个小小姐一本正经,少女时代过得俗不可耐,完全活该拥有她那种命运。我不喜欢汉普蒂·邓普蒂[①],他缺乏充满男子汉气魄的爽朗,脆弱易碎而不可挽救。乔吉耶·吉耶、杰克·霍纳尔、杰克和吉尔,在我看来一个

[①] 古老童谣中的蛋形人物,或鸡蛋的拟人化,又矮又胖,爬上墙后摔了下来,跌得粉碎,国王所有的人马都无法使其恢复原样。

个都是儿童生存中反常的抽象概念；在他们周围环境中潜藏着某种威胁性宣传，但我没能琢磨出来这究竟是什么东西。他们居住的星球很是奇特，是某种极为可怕的孤独和受惩罚的地方。或者他们好像都死了却又活着。发生在他们身上的事情，不论是吉是凶，发生了一遍又一遍，在这种命运的反反复复中我悟出了一个真谛，这种重复是他们生存缺陷避免不了的结果。他们遭受耻辱、伤害，感到羞愧，那都是死亡的形态或死亡的感觉。他们仿佛是我的梦想——鸟儿从馅儿饼里飞出来，小孩儿跟着国王和皇后一起奔跑，那些动物中最温驯、行动迟缓的绵羊居然逃跑了，尽管春天在克莱门蒙特公园农场展览会上的那些绵羊，你就是触摸它们，它们也纹丝不动。在这些故事里，人也好，动物或鸡蛋也好，行为都相当不正常。我最终不可更改的断定是，童谣是为小娃娃们写的，我将不再受罪去听它们了。

　　前厅书架上，在一套用柔韧的书皮装帧起来、用颜色线扎起来的对开本美术书中，还有另一种损伤和死亡。这些大号书每本都有一个大画家作品的几幅彩色复制品。我很感兴趣的是人体，那些画所描绘的人体：手持弓箭或号角飞翔的胖乎乎的婴儿；脸庞圆如月亮的裸体淑女，长长的金发，小小的——完全不像我母亲那样的乳房；胡子蓬乱、几乎全裸的男子，他们看起来十分苍白，眼睛往自己的头上瞧，双臂伸展放在木杆上，手和脚上都有钉子。或是同样胡子蓬乱、十分苍白、满脸愁容的男子们躺在几个女人的臂弯里，她们戴着面纱，穿着好几层轻薄透明的衣裳，她们哭着，有更多的飞翔婴儿盘旋在她们的上空。有些图画画着阴云以及坐着的老爷爷，他们的手臂伸展着，太阳的光线透过他们的手指射出来，或者又是那些胡子蓬乱的男子，看起来他们有很多很多人，他们似乎是同一个家庭的兄弟，或是宗族成员，这次坐在毛驴背上进入小石村，毛驴们的眼神和脸部表情就如骑着它们的人那样忧伤凄楚和萎靡不振。

我想画画，却发现我所用的蜡笔画不出我在那些奇怪图画上看到的线条、形态，甚至颜色的层次。假如你把那些画看了足够长的时间，你就觉得所有的画讲的都是一个故事，而又是些确实很神秘的大事情。看来它们描绘的是死亡。这些脸色苍白、病态毕露、肤色淡黄的男人，身上有钉子，眼睛往上瞧，有时死在沙漠，有时死在豪华宫殿，难以猜测他们究竟是那些飞翔婴儿的父亲还是泣妇们的丈夫。他们被惩罚，被杀害，可我不知道是因何故或由谁执行。被惩治而死的人何其多也！把画放回书皮里时，我觉得有点恶心，感到我看了不应该看的东西。这些图画，不管其意图何在，传递给我一种精神压力，我因此感到最轻微的恶心和最细微的需要休息的暗示。

因感冒卧床，我大声地叫我母亲送橘子汁来。我听见她急匆匆忙碌的声音，冰箱门砰的一声关上了，脚步声沿过道而来。我急忙把上半身探出床外，把脑袋往后仰，眼睛睁大凝视不动，舌头伸出，两手垂在地板上。尖叫声。玻璃砸碎声。我坐了起来，哈哈大笑。最后，在我床上坐下透不过气来然后又恢复常态后，她也大笑起来。"干这事，多可怕。"她说。我母亲经受过死亡和灾祸的磨砺。她敏感而脆弱。她失去了两个姐姐和她父亲。她悲伤、痛悼了三次，对她这个经历我只能感到惊诧。她每天愁眉紧锁忧心忡忡地照顾外婆。她的蓝眼睛变得忧悒不安。她有空时弹弹钢琴，几乎像是一种祈祷形式。大和弦，有力的琶音。母亲庄重地坐在钢琴旁。她的手臂伸展得很宽很宽。

一天早晨，用过燕麦片、牛奶、烤面包片和果冻的早餐后，我给外婆送茶去。两手小心地端着玻璃茶杯和茶托，我沿过道慢慢走向房子后部、我房间旁她的卧室。茶托上玻璃杯旁边有两小块白糖——唐纳德用自来水笔画了跟这白糖块儿同样大小的尺寸，要为他的一种游戏做一个家制骰子。我轻轻敲她的门，等她用犹太语说

"进来",然后我可以用脚踢开门,把茶放在她床边的茶几上。在这些早晨的会面时刻,外婆令我很感兴趣。在床上,她还没有梳理头发——枕头上是一条长长的灰色辫子。她看上去就像个姑娘。她的淡蓝眼睛凝滞不动,在从窗户射进来的阳光中,她脸上细腻而干净的皮肤很光滑,你可以看见这儿那儿有些细小的雀斑。早晨她不担忧会被毒死。我欣赏她的认可。我沐浴在她的爱的阳光中。我内心深处也有我的想法,即逐步增加亲密感情的储备,这样即使她在白天变得不开心、开始骂人和尖叫时,她也望着我,记得早些时候她多么爱我,对我宽容以待。

我想此时我听到她叫我进去。我推开门,立刻发现有什么不对劲儿。"外婆?"我叫她。我又低声叫她:"外婆?"她仰卧在床上,毛毯拉至下巴,两手紧抓毯子两边。她发出一种奇怪的声音——弹子散落在地板上的声音。毯子的簇簇绒毛团在她手指下。她面色蜡黄。那声音停了。她的眼睛半开半闭——眼睑好似半睡半醒。不知怎么,她的下巴看似塌落了,嘴巴是松弛的。此刻我觉得她已完全静止不动,这是生命终止的宣告,在此作为另一种生命为我记录的死亡大事件,紧接而来的状况可能有着超乎我想象的明显痛苦。我把茶放在离她的床很远的梳妆台上。我沿过道奔往厨房,母亲和父亲正在那里吃早饭。我觉得,外婆就在我身后,要来抓住我。父母看见我在厨房门口,我说道:"我想,外婆死了。"在我短促的生存岁月里,我尚未被人料到可当某事的可靠见证人。父母亲交换了眼色,好似在互相确认一下,我所说的话不可能是真的。但他们知道她岌岌可危的健康状况,她濒临绝望的边缘,时常恍恍惚惚。父亲把椅子朝后一推,急忙往屋子后部跑去,母亲则盯着我看,把一只手放在了脸颊上。

稍晚,事情得到正式的证实,电话打了多次,医生前来出诊,我感觉安心了一些。大人们料理此事的情形安慰了我,从发现外婆的状态后，我倒没有片刻感到非常难过。大家都轻声低语。我还没有开始想到她是死人，只觉得她死了。"死人"和"死了"在我心目中是两种不同的概念。她仍然躺在她的卧房里。那仍然是她的房间。我透过半关着的门窥见格罗斯大夫用听诊器给她做检查。他是我们的家庭医生，一名个儿矮、胖乎乎、双下巴的男子，留着变灰的黑发和八字须。他戴在背心前的一根环形链子上似乎挂着一枚成员证章。在他诊治我的气喘、干咳和耳疼时，我曾多次仔细瞧过那个小证章。他的门诊室就在几条街之外。他从我外婆身上掀掉毯子，脱下她的睡袍。她平卧着，身体白皙又苗条；我看不到她的脸，可她的躯体，其女性的洁白，令我惊讶不已，根本没有皱纹，也不蜷曲，而是很挺直。我只是瞥了一眼，母亲就看见了我，叫我去做自己的事儿，便把门紧紧地关上了。我纳闷，不知是不是死亡使外婆返老还童。

翌日，我母亲、父亲和维利舅舅都穿上黑衣服，前往那座犹太教堂，它位于往南一个街区、一七三街与莫里斯大道的拐角。唐纳德没上学，待在家里，他和我都不被允许去参加丧礼。但不知怎的，对那儿我们都心驰神往，于是两人就手拉手去了，到了教堂街对面可以站立的地方，隐约可闻音乐声和祷告声。这是一座四方形大教堂，外观为卵石与混凝土结构，我曾多次触摸过。教堂前有下宽上窄的白色花岗岩台阶和曲线形黄铜扶手。它的正门两侧都有圆石柱，像一座邮局，还有半透明的圆屋顶。在鸽子栖息的最高顶部有两块包含《十诫》的铭刻板。我们所站地方的一侧，彩色玻璃窗户斜开着，却不让你瞅见教堂内部。我们听到了唱歌声。

"可怜的外婆，"唐纳德说，"她唯一的乐趣就是去参加宗教仪式。"

我们看见了黑色灵车，后面还有一辆黑色汽车，缓慢地开到了教堂前面的停车处。"一会儿人们就要出来了。"唐纳德说，我们便走回家去。

　　我有个特别的感想：死神是犹太教的。死亡发生在我的说犹太语的外婆身上，每个人都立刻前往犹太教堂。一根插在玻璃杯里的悼亡烛现正在厨房桌上为外婆闪烁不定，我曾见她为自己的死亡点燃过类似的烛杯。玻璃杯标签上有希伯来字母，跟鸡市橱窗上有的一样，鸡市上的死鸡两脚被挂在钩子上，它们的毛有的全给拔了，有的给拔了一半，有的一毛未拔。我知道，鸡是犹太教的。外婆葬后数日，我们家里的镜子都给蒙了起来，母亲穿着长筒袜踱来踱去。朋友们来拜访我们，他们带来很多用细绳扎起来的白色糕饼盒，把它们放在厨房桌上。咖啡煮了一壶又一壶，我不认识的女人——我母亲的朋友们，不寻常地站在厨房水池边洗涤餐具。母亲当着来访者的面搂抱我，搂我到她身边，抱我直到我透不过气来。她眼泪汪汪，无比伤感，又亲切随和。她称赞我，告诉所有人我有多聪明。"他就是比我们谁都知道得早的孩子，"她说，"是他来告诉我们，他准确地知道发生了什么事儿。"可她跟这些人说的也是犹太话，就像跟我外祖母说话一样。我去了外祖母的房间。床上已空无一物，壁柜也已撤清。但在她的雪杉木嫁妆箱里还有她珍爱的物品，绣有花边的方形披肩和折叠整齐的衣服，毛线衫以及所有包在薄薄的白纸里、各层都放有樟脑丸的针织品。还有她小时候全家的深褐色老照片，许多小女孩和小男孩斜靠着站在几个留白髯、戴黑帽的老头儿四周，老头儿们正襟危坐在椅子上，他们后面站着几个正颜厉色、把手搁在他们肩上的女人。小男孩和小女孩们穿得古里古怪，一个个看起来都像拉长了脸，黑头发垂在耳朵上，垂在发直的黑色大眼睛上。嫁妆箱上面放着外婆的祈祷书，她的"西都尔"，封面上那几个犹太语字母在我看来就如同骨骼的排列。我在自己房间里玩挑棍游戏用的小棍儿，看我能否把它们排列成犹太字母，可它们缺少骨头的宽度。

现在，每个礼拜五晚上，是我母亲把插在放不稳的铜烛扦儿里的安息日白蜡烛放在厨房桌上。她随手取一块方头巾蒙在头上，点亮蜡烛，祷告，双手遮住她那亮晶晶的蓝眼睛。

十二

眼下更经常到我家前门来的是些一身黑服的老头儿，他们在外套下面披着晨祷时用的长方形披肩，拿着拉比们写的信函和犹太神学院的毕业证书。现在他们被请进门来。我母亲让他们坐在客厅里，给他们端茶。他们用神秘的语调讲他们的故事，或者只讲犹太语，所以我偷听也听不到什么特别的内容。可我在抓取事情的主旨。终于有一个能讲够多英语的人道了个明白。"从学校出来的孩儿（子）们很困难，所以现在他们不能走。父辈们的生意从他们那里给夺走了，一点儿一点儿地。在街上，他们，那些褐衫异教徒，骂他们，朝他们吐唾沫。他们得向警察爵（局）报告。好几千人正在离开，太太。他们的家，他们的生计，都没了。啥都没了。去巴勒斯坦，乘船，去哪儿都行！可他们能到哪儿去呢？他们有啥办法呢？"

母亲从钱包里取出两张皱巴巴的钞票，把它们叠好，放入老头儿的硬币盒里。这是个蓝色的盒子，上面有白色条纹和一颗白色六角星。

母亲加入了犹太教堂的慈善妇女会，开始参加礼拜六上午的礼拜仪式。先前她对宗教从未这样热心。"我从来没有耐心，"她对她的朋友梅伊说，"我小时候常使妈妈难堪，因为我不去教堂。我觉得那全是老一套，没有必要。我们，戴夫和我，都是波西米亚式不拘陈规的人。可你看我现在。"

有个礼拜六我跟她出去，就想看看这一切究竟是怎么回事儿。在犹太教堂里女人们坐在楼上。男人们，他们是头儿，坐在楼下。那里时而哭声阵阵，时而歌声盈耳，唱的大多是些死词。犹太噩耗正在散布开去。

我离开教堂，独自往家奔去。透过教堂一七三街一侧人行道上的铁栅，我可以看见地下室的窗户。那是另一个教堂，在地下，穷人们在那儿祷告。

我熟悉人行道结构与建筑物侧面的砖墙装饰。大多数砖墙是红色的，表面有凹痕、裂缝，能刮伤手指；有的砖墙是黄色的，比较光滑。我家门前的台阶是用旧了的白色花岗石，摸起来非常光滑。

这个夏天之后我就要上学了。此事父母亲已讨论过好多次了。对此他们满心欢喜。上学去，我已准备好了——实际上是渴望——可现在母亲说，一个礼拜两个下午我也得去上希伯来学校。她讲这个似乎郑重其事，把手搁在我头上。我默然决定要推翻这个命令。在我看来，这是一个不顾后果、甚至是荒唐透顶的公开暴露身份之举。我已然知道，假如我发现自己在克莱蒙特公园走错了地方，我就会因自己是犹太人而遭刀刺、被抢劫。我从前面客厅里老人们的低语诉说中知道，类似的、甚至更严重的事情发生在欧洲，尤其是德国。一个去上希伯来学校的小男孩将生活在永恒的危险的同心圆内，始自我的公园，再波及全球。在一个生存圈里相关的一切，不幸地，注定让我们拥有受害者的宿命，犹如俄罗斯大草原上，或非洲南部草原上，一群群美丽的斑马或牛羚被追获捕杀，这种或那种动物被隔绝、被屠杀，当做食肉的猫科动物的晚餐。我不能存心推断说，欧洲文化在新大陆扎下了复仇之根，那根已移植到新大陆来了。对我而言，说意第绪语的家庭不是外国人，他们是美国人。我不说这种语言，但在我外祖母跟我母亲说的时候，或我父亲的父母用不那么纯的语调跟他说的时候，我还是能听懂一点儿。我在一七四街角糖果店里买的那些连环漫画书里，或那些泡泡糖卡片上面，讲的都是些帮派之间的冲突或国家之间的战争。飞机俯冲轰炸老百姓，人们叫喊着，满面痛苦；坦克有如用后腿直立起来的马，赫然耸现在哭喊着要他们母亲的东方婴孩面前；还有联邦政府警探与窃贼坏蛋，他们的衣服很相似，互相用冲锋枪打来打去。对我而言，这一切都似乎是一个片断，只要在与幸存策略有关的范围内，我都参与。我明白，我有我自己，有我哥哥，有我父母，或许还有罗斯福总统，来一起谋略。

当然，除了几则《圣经》故事以及相关的节假日，我对宗教其实是一窍不通。我至今认为，大多数犹太节日都不像正式节日那样有趣，其背后总有某种强有力的要求。7月4日或新年或感恩节可不是这样的。普珥节① 有那么点好玩，你可以得到苹果、葡萄干、噪音发生器和蓝白两色小旗；哈努卡节② ，你当然会得到礼物。但像死亡赌棍那样玩旋转陀螺，看哪个希伯来字母会掉下来，我并不喜欢。普珥节故事，我觉得不像是编造出来的那样的胜利故事。一个坏蛋是被羞辱和废黜了，但国王仍在那里，他才是真正的难题。

逾越节③ 是犹太节日中的重头戏，有许多话可说。故事也好，食物也好。从严格意义上说，此节要持续八天，不过最忙乱的也就一天。此节在春季，但由于犹太节日的特点，到的日子很不确定。我发现，当大人们谈起逾越节，他们不是说晚了就是说早了，从来

---

① 普珥节为纪念以色列人挫败波斯宰相企图把犹太人斩尽杀绝的阴谋而设。"普珥"在波斯语中意为"抽签"，波斯宰相想用抽签方式确定屠杀日期。
② 哈努卡节亦称净殿节、献殿节或光明节，为纪念犹太民族反抗异族统治起义胜利、收复耶路撒冷而设，以九枝灯台来庆祝。日期常与基督教圣诞节恰巧重合。
③ 逾越节纪念摩西领导古以色列人摆脱埃及奴役这一历史事件。据《圣经·出埃及记》，上帝命每个犹太家庭宰一只羔羊，将其血洒于自己家的门柱，使天使惩罚埃及人时见有血迹人家逾越而过。节日期间不吃面包，只吃象征苦难的无酵饼。

不是准时的。今年来得晚了。母亲为此买了花，郁金香和黄水仙。逾越节要重打扮穿礼服，用一大笔钱和鲜花来举行一个盛大的庆典。

我们准备了大半天。一到下午，这个对我来说难得干干净净、打扮整齐的时刻，我们——唐纳德、母亲和我就出发了，往东沿着托品大道小丘上的一七三街，往下渐渐走到韦布斯特大道的低洼处。这是诡秘危险的东布朗克斯；有家人在我身边，我倒并未焦虑不安，尽管要是父亲跟我们在一起还会好得多。可他得工作大半天，晚些时候才能跟我们会合。

我们乘上一辆红黄两色的有轨电车，正是交通高峰时刻，座位都被占了。这是 W 线电车，往北而行。它当当有声地沿韦布斯特大道往上开，这是一条通衢大道，路旁有加油站、仓库、储木场和汽车修理行。我们越往北，站与站之间的距离就越长。我们一个接一个都有了座位。母亲最先坐下，把大包小包都放在了腿上。在一八〇街，电车猛地向右摆动，车轮发出尖锐刺耳的声音，所有乘客身子都同时歪歪倒倒。就在此刻，唐纳德开始留神观察。他是我们的导游。我们乘到他所等的高架铁道站底下的那一站，下车换乘另一辆车，A 线电车。现在，布朗克斯一马平川，只见大片空地、泥地中央的学校、尖塔教堂，偶尔甚至还有带院子的木屋。最后，拐了一两次弯之后，我们忽然开入了芒特弗农市郊区的清静大道。电车在此开得平平稳稳，我们几乎已是仅有的乘客了。我们坐在一起。我喜欢电车的褐色木地板，车壁、窗框和天花板也都是木头的；感觉真像是一个简易宿舍或一艘内河船，我想。一切都安置在钢制的底盘上。对我有吸引力的是，不论开得快或慢，不论是一路风风火火疾驰或在拐角处嘎吱嘎吱作响，那电车只能根据轨道指引的方向前进；一切都按部就班，司机所能做的就是用曲柄发动引擎，用轮缘来使车轮顺从地沿指定的路前进。当然，司机偶尔也会停车，走下车去，用铁橇这样那样地扳动一下道岔，可他的操作原理总保持不变。

空气凉爽。街道不是用大卵石、而是用光滑的奶油色无缝铺路石铺成。我们两旁都有绿色的公园和田野。快到终点时，售票员已沿通道走动，为回程车使劲把椅背拉直。电车抵达佩勒姆庄园的某个街角，在我记忆中，世界上最安静、最漂亮的街区就从这儿开始了。我们在此下了车，沿着名儿起得很美的"蒙卡尔姆平台"①走去，蒙卡尔姆是法国与印第安战争中的一位将军。这里是弗朗西斯姑妈居住的地方，在一条种养草坪、房屋豪华的街上。她的房子有斜度很大的斜屋顶，用铰链装的窗户，以及压入灰泥墙板的深色木梁。

弗朗西斯姑妈在门口以微笑迎接我们。她身后是她的全职女佣克拉拉，一个修长而瘦削的黑妇人，身穿与白鞋相配的白色制服。令我们惊喜的是，惯常迟到的父亲已经在那儿了。他是从大中心车站乘纽约中央铁路来的。"你们晚了，"他说，"你们怎么花那么长时间！"大家都笑了。然后，这家的主人出现了，伊弗雷姆姑父，脸长如马面，彬彬有礼，实际上有点矫情——一个说话总像在演讲的肥硕男子。他低下头盯着我看，那谨严的才智仿佛火星一般从他的眼镜中喷射出来。他的牙齿很大。"埃德加怎么样？"他问道。我可以察觉出他对他妻子的家庭有优越感。他有一种屈尊俯就的神气。在逾越节的第二个晚上，他们会为他的一家举行家宴；这两个家庭从不一块儿相聚。也确实如此，我们是喧哗闹腾的一群。伊弗雷姆姑父在餐桌一端主持我们这次家宴。他旁边坐着我的无神论者祖父，

---

① 蒙卡尔姆（1712—1759），法国将军，驻北美洲法军司令，与英军交战负重伤而死。"平台"指的是"街"。

有关事物的形式他也同样循规蹈矩。他们一起祷告，为我们大家指导圣餐时刻守则，而我们，走了神儿，谈笑，嘀咕，唐纳德和我表姐伊尔玛在桌子底下试着互相踩在对方的脚上，我父亲则与出租车司机费尔姑父进入一场政治辩论，后者不认为出租汽车司机应该组织工会。费尔姑父没有戴这家发给他的用于礼仪场合的"天灵盖"无沿黑帽，戴了同样的毡帽，却是他开出租车时戴的帽檐上翘的那种帽子。嘻嘻哈哈的莫莉姑妈不时来一段喜剧里的急口词，引得我们哈哈大笑。她看起来总是衣冠不整的样子，即使穿着节日服装，一绺绺头发也都没有挽在一起，脸色通红，胸部佝偻，衣裳因其自身的静电而紧贴其身。"你们设想温莎公爵和夫人今夜在哪儿举行他们的逾越节家宴？"她问道。连我的祖母格西也大笑起来，尽管她虔诚敬神，畏惧上帝，试图在她再笑之前用嘘声让大家安静。一旦热闹过分，伊弗雷姆姑父就头不抬目不举，摊开手掌，拍打桌子，大约有三十秒的时间，大家都克制自己，直至某人止不住而咯咯发笑，此人通常就是我，因为莫莉姑妈做出的滑稽面孔只能逗我笑出声来。

现在，我们全体都坐在餐厅的长桌四周，餐厅自然是你只用来吃饭的地方。想象一下吧，逾越节家宴仪式上，在必要的时刻，抿上几口甜美的节日葡萄酒，在酒开始给大家的脸带来酡颜的时候，连我母亲与我祖母之间的敌意都暂时缓解了。烛光闪亮在每个人的眼睛里。由许多水晶灯组成的枝形吊灯璀璨夺目。大家要我为以利亚打开前门，为这位以色列先知，餐位餐具都已安置好，葡萄酒杯已经斟满。这是一扇沉重的木门，带有类似大教堂的拱形和黑色的铸铁装置。我透过"蒙卡尔姆平台"的夜色窥视，要查明以利亚并不在那儿。我把他想象为那些留胡须的老头儿中的一个，带着可怕的故事来到门口，手里拿着一只募捐盒。他没有来，我就宽心了。那夜空缀满了无数熠熠闪耀的星星。

我哥哥被大家劝服，要问四个问题，逾越节家宴上这四个问题通常由男性中最年轻的一个来问。他先是不服，可被否决了，于是皱着眉头对我说："这是我最后一次做，下一次你最好知道该怎么做。"他感到有辱身份——一个汤森德·哈里斯中学的学生居然要问为什么逾越节之夜不同于其他所有的夜晚。四个问题的希伯来语答案，看来不仅对我，而且对这餐桌上的大多数人来说，都是冗长不堪的。"听他们那边儿的，"莫莉说的是爷爷和伊弗雷姆姑父，"犹太人是世界上唯一的民族，在他们让你吃饭之前要给你上一堂历史课。"那盛大的时刻终于来了——真正的晚宴。弗朗西斯姑妈摇响一个小钟，一会儿，克拉拉从厨房里出来了，开始端来菜肴。我勉强吃了几小口那带苦味的草，对盐水里煮老的鸡蛋几乎闻都不闻。好，我的时机终于到了。克奈德尔鸡汤①，那有多鲜啊！鱼，我"逾越而过"。那是我父亲逗得大伙儿直笑的笑话。"不，谢谢你，弗朗西斯姑母，我逾越而过那个。"然后是烤羊肉，烘土豆，我甚至还吃了四季豆。甜点是蜂蜜蛋糕和用水冲淡的葡萄酒。然后，在这无法逾越的仪式的简短重复之后，到了唱歌的时候了，这时候每个人都兴高采烈，既是感谢这个令人疲惫不堪的活动终于结束，同时又是赞美上帝，尽可能大声地唱起了传统歌曲。我最爱的是那些类似《有个吞了苍蝇的老太婆》的附加歌曲中的一首。这首歌描写一个父亲买了一个"孩子"，也就是一只小山羊②。后来有只猫吞噬了小山羊，接着来了条狗把猫咬伤了，来了个雇员把狗打死了，火来了，烧伤了雇员，然后水来了，灭了火，接着公牛来了，喝了水，根据最后的诗节，我们终于了解了这整个的偶然持续发生的事件：来了个屠夫，杀了公牛，公牛喝了水，水扑灭了火，火烧伤了雇员，雇员打

---

① 汤里放有用未发酵的薄饼粉做的汤团。
② "小山羊"和"孩子"在英语口语中都称为"kid"。

伤了狗，狗咬了猫，猫吃了小山羊，我父亲用两个硬币把小山羊买回来——独一无二的小山羊，独一无二的"孩子"。我不明白这都意味着什么，也怕得到回答而不想问，但这使我感到很高兴。

告别时刻来了，弗朗西斯姑妈站着跟我母亲谈她亡故的母亲，接着两人拥抱。伊弗雷姆姑父有根金牙签，他把它放在钥匙圈上。他剔牙时举起一只手遮住嘴巴。我们都挤进了费尔姑父的有折叠式座位的德索托出租汽车。是很挤，可我们都挤进去了。我坐在父亲腿上，在往回开向布朗克斯时睡着了。费尔姑父先把老人们放下。然后他把我们送到我家门前。父亲抱着我上前门台阶，我睡在他的臂弯里，春夜凉爽的空气在我耳边轻拂，仿佛是逾越节歌曲在我脑子里回响。

十三

学校离我家只有半个街区远，跨过一七三街的拐角就是，可一旦我开始上学，我的整个生活就变了样。我六岁了——不再是个小孩儿。我穿着白衬衫，戴着红领带。早晨，我的时间就跟任何人的一样重要。就像我哥哥和父亲，我得在某个时刻出门；十二点我跑回家吃午饭，十二点四十五分回校，下午放学回到家，仅几个小时后我就得开始考虑家庭作业。我欣赏我对学业的认真态度。阅读对我来说毫不费力。即使在略具阅读能力的情况下，我有时也能理解书本里的意思，而不知不觉地就能毫无障碍地阅读了。可数字要难得多。

我的老师卡利西夫人，我第一天在她班上她就问我，我是不是唐纳德的弟弟。他是个聪颖的学生，她说，当时她最喜爱的学生。这种对照最终会令我烦恼。可此刻我为这身份验明而自豪地微笑。

我是个自信的学子。学校无恐怖可言。我在教室里从未呕吐过。工人有一套行之有效的办法来对付这种祸事。他来时带着氨水桶、拖把、铲子，还有一个垃圾桶和一袋锯木屑。他会把锯木屑撒在那一摊令人恶心的东西上，铲将起来，然后用氨水拖洗那一大块地方，把臭味驱走。第七十公立学校的孩子们为什么呕吐得那么多？说来奇怪，大小便失禁的事故倒不是经常发生，那可能是因为上厕所的规定还算宽松。

学校的许多材料使我很感兴趣，厚实的彩纸啊、白糨糊瓶啊、粉笔啊，还有比褐色肥皂块还大的黑板擦，得拿到外头去用力拍打，把粉笔灰去掉。被选中做这件事儿，被授权离开教室，走出去，在天井里，在阳光下，独自一人，那是一种荣誉。另一种荣誉是被指派为遮阳窗帘监管员，整个白天随着太阳横过天空，阳光会照进我们或老师的眼睛，这时百叶窗便需要调节。在学校里，荣誉看起来与我常常不期而遇，不需我付出多大努力就可获取。其他孩子都喜欢我，选我当班长，尽管我和他们都不大知道班长该做些什么。可我还是喜欢当班长。楼梯监察员有更大的权力，不过也没有什么大不了的。

在拼单词比赛中，我是男生中最好的，结果总是男生中的最后一名面对教室另一边的三四个女孩子。女孩子们拼单词真是好得出奇。我或许会击败她们所有人，可正像我是男孩中的冠军那样，黛安·布拉姆伯格领先于其他女孩，不可逆转的是，每当我与黛安决一雌雄，她总会赢。她的数学也好，个子比我高，小脸颊胖嘟嘟的像松鼠一样，嘴巴时刻准备作出表示鄙视的判断。黛安·布拉姆伯格在方方面面都扬扬得意而令人难以忍受。

罗斯福总统的水彩肖像画挂在课堂前面的黑板上方。窗台上放着我们最喜爱的内容之一——自然课做的各种东西：盆里长大的鳞茎，或小动物饲养箱里的一只青蛙。我们有一钵在石头上晒太阳的乌龟，春季一两天里我们有一只复活节兔子，是一个母亲赠送的。亚伯拉罕·林肯出现在一幅招贴画上，肖像上面印着"葛底斯堡演说"。教室一侧带移动门的长壁柜里，雨天会有看来是从我们的橡胶雨衣和高帮胶鞋里冒出来的水蒸气。凡是能让我走出教室的事儿我都喜欢。我们常作极短途旅行，下楼到大礼堂去看每周电影，从来没有哪部影片像我们盼着在真正的影院里看到的一样好，片子老而乏味，如《甘蓝地里的威格斯太太》或《汤姆·索耶》。每盘胶片放完后灯就会亮，我们就闹哄哄的，互相扔"唾沫球"[①]——这些时候纪律不那么严格。平时最有意思的课间休息是做消防演习，因为这时我们可以在户外行走，在那里待上不可揣测、没完没了的时间，全校师生都排着队安静地站在微风中，社区所有的公寓楼都围着我们校园，看起来好像是校方管理遇到了麻烦，正在悄悄地作自我检讨。凡有消防演习的上午，午餐时间总是来得很快。

我在自己身上发现了由学校造成的双重性格：课堂上专心致志的男孩，课间休息时在校园里喧哗闹腾、不受约束地狂欢。显示主宰力是个有争议的问题——要秩序还是要自由。班上另有一些男孩儿更大，气质更粗鲁，他们的野性是我们大家的榜样。我身上那个老师的文静小孩儿在我后脑勺坐了下来，而那个淘气鬼到处跑，呼么喝六、横冲直闯。你发现他们的软肋，便像猎豹一样追赶他们，我知道猎豹是世界上短距离内跑得最快的动物。女孩子们的弱点是她们的内裤。看见内裤，或说起内裤，都会使她们的面孔尴尬发红，或眼露恐惧之色，或恨得直发嘘声。她们半弯膝盖，手抓裙子，保护着"什么东西"，样子很难看。我总是知道适可而止，假若不能露出毒牙飞奔跳跃的话。有一两个男孩不知道，他们有一种无法无天的粗野习气，搞破坏，把人的手臂往后弯，羞辱捕获物，使他们自

[①] 指用唾沫弄湿的纸团。

己在我们大伙中间，在女孩和男孩中间，受到鄙视。他们令人害怕、讨厌，其不得人心之处受到无情的嘲笑，连续几个月就这样过下去。当我回到教室，我就变得严肃认真，好像我的性格只能用更替的对立面来维持。我在课堂和校园里试验不同的埃德加。在短短半个街区从学校回家又回校的往返途中，我从一个我跑成了另一个我，只觉得我耳朵里响着急促的呼吸声，脑子里有寒气味，冬天的某种刺激性元素，短暂显示我自己变长的双腿。

上学使我易饿。午饭我爱吃涂黄油加盐的烘土豆，喝一杯牛奶。或是加土豆的卷心菜汤和酸奶油。根据父亲的建议，我在培养爱吃酸东西的口味，这种口味，他宣称，比爱吃甜东西的口味要持久得多。母亲给我买了第一条膝下束紧的灯笼裤。这裤子是灯芯绒的，跟多色菱形花纹长袜一起穿。我喜欢我在镜子里的形象，一个穿灯笼裤、秋季羊毛套衫的年轻学生，一头蓬乱的金发遮住了一只眼睛。我喜见我的柔弱气质在消失，瘦颧骨在显现，还有颌上一道纹路。

在我二年级班里有个最小的女孩梅格。她的眼睛是灰色的，很淡的麦秆色头发留得很短，她母亲更偏爱玩偶式样的裙子和水手领罩衫，裙子和罩衫是女孩子们习惯穿的——裙子有向外张开的挺括衬里，同时穿齐膝白袜和每天早晨都要擦干净的白褐两色搭扣鞋。她是班上最矮的一个，又极为安静，她明显地过分纤弱、微不足道，不会引起其他女孩子的嫉妒和憎恶，也不会引起男孩们予以折磨和戏弄的欲望。她显然不愿利用她所有之物或其出身来谋取我们社会里的地位。我们都知道一个娇生惯养的孩子是什么样的，她可不是这样的孩子。她并不像我们中有人甚至因有一个新的铅笔盒而要求别人敬重他。我们的社会生活是竞争性的，我们建立同盟，却又用民族的狡诈手段加以破坏，可她明显不属于我们的粗野血统。她做事认真规矩、考虑周到，不炫耀卖弄；她从不自愿回答问题，但每次叫到她回答，她总知道答案。每天课上完了，她不会逗留在校园里，而是像女孩们做的那样，把课本叠好，捧在胸前，穿过校门，走到街角，看清路的两边，然后穿过一七三街，沿伊斯特伯恩大道走去，正好经过我们家到伊甸山大道的拐角，在那里她穿过椭圆公园，往左转弯，沿着克莱蒙特公园的墙到她的公寓楼，那楼俯瞰着门罗大道附近小丘上的椭圆公园。尽管梅格母亲的戏剧趣味令她把梅格的内裤做得比大多数内裤更易被人瞧见，但她并不在乎这个。谁也不去找她的茬儿，我更不会。或许是她的身材使她在我们的心目中是个婴儿。可因为同样的原因，即其身材，我也许在她身上发觉一个可称之为"婴儿时期"的假设，对这个时期的向往在我身上是越来越少了。我感激她。我很高兴没有人打扰她，否则我会不得不揭示我自己作为她的保护人的身份。可要是有人说我爱她，那是不恰当的。她的上唇丰满，红得像火，我觉得很有吸引力。我尚未有足够的勇气走在她身旁，虽然她的路正好经过我家门前的台阶，可她的娴静，她所具有的内在的自信素质，在我注视她或想她的一瞬间，就把类似的至关重要的缄默传给了我，于是我感到，我仿佛在沿一条寂静的走廊前瞻，一直看到我的镇定自若和刚毅果敢的成年时期。

一般而言，学校带来了更广阔的社会生活，我已经被允许在星期六出去吃午饭，然后跟我的一个或更多的学校伙伴在电影院里度过整个下午。我这个电影之旅由每周两毛五分的零花钱来补贴。两个带芥末、泡菜的热狗和一瓶百事可乐，在一七四街的熟食店要花一毛五分钱；找回来的一毛钱正好是伊甸山大道萨里影院的入场费，伊甸山大道就在康考斯另一边。萨里影院放映卡通片、新闻片，要么是纪录片，要么是短片，如卢·莱尔[①]的猴子电影之一，那里的

[①] 卢·莱尔（1895—1950），美国喜剧演员、幽默新闻片编辑。

猴子骑自行车、包尿布、坐在高高的椅子上吃婴儿食品，系列片如《悌姆·泰勒的运气》和《布克·琼斯和幽灵骑士》中的一两章，最后是两部正片，A片和B片，A片一般是有关帮派和联邦政府警探的，B片是劳莱和哈代①的喜剧片或陈查理侦探片②。下午电影快完的时候，我晃晃悠悠地走出影院。我惊讶地看见外头还有明亮的光，人类并不生活在永恒的黑暗之中，只要用炮火的闪光或汽车猛撞出来的火焰就能照亮黑暗，事实上，日常事务正在以看不见的戏剧方式在四处进行着。这沮丧心情，或者也许是这光亮，或者是我脑袋里依然回响着的整个影院里孩子们开心的没有节制的叫喊声，都必然会让我带着头痛回家，不过，我不能向我母亲坦承我头痛，以免下星期六我会受到警示。

有时候这一例行活动也会因市中心之旅而有所变化，如果我们能说服某个母亲或哥哥或姐姐与我们同行的话。我们不选老师们为上课时间公车游览所选的地方——比如自然历史博物馆啊，或弗洛恩西斯客栈，即华盛顿向其部队告别的小旅馆。我们喜欢看广播现场节目。有一天我们参加了贝布·鲁思③节目，这位大人物自己站在麦克风前面，没有穿他的棒球服，却穿着一套普通的双排纽扣服，打着领带，叫人有点儿失望。他结结巴巴地念广播稿，和从观众中挑选出来的幸运孩子玩智力竞赛。事实上，作为一个运动员，他已经过了他的全盛期。可从贝布的节目中可以得到多达五元的奖金，还有许多有关诚实正直生活的忠告。到最后他的嗓子哑了，领带松开了，头发乱了，可他毕竟扛下来了。我们用不着导演用告示牌来提醒我们喝彩，停止扯开我们的嗓子倒更为困难。

遇上这样一些旅行，若在可到范围内，我喜欢顺访我父亲的店，

---

① 一胖一瘦的好莱坞滑稽演员搭档，活跃于1927年至1945年。
② 20世纪30年代好莱坞曾拍摄过多部以虚构的华人侦探陈查理为主角的影片。
③ 贝布·鲁思（1895—1948），美国棒球史上最杰出的运动员之一。

给我的同伴们炫耀炫耀。"嘿,小家伙。"我一进去父亲就会这样说。唐纳德会在那儿把货品放到货架上去,维利舅舅或许是在电话上接受订单。我警告我的同伴们不要弄出噪音来。在我们从顾客中间经过时,我压低声音用神秘的语调给他们当导游。

市中心是我父亲的王国。在我心目中,这王国属于他。每天他乘地铁而去,就如一个潜水大铁钟里的潜水员潜入了深深的海洋;他在那里发现东西,把它们买回来。他那永不安静的脑子每天晚上有如晚潮一样拍打我们的家,把他酷爱的珍宝送到我家岸上——歌剧票、美术书、期刊、报纸、印刷粗劣的激进思想小杂志,新的有发光拨号盘的电钟,一套奇妙的银色电动列车。当他带我去市中心跟他过上一天,那是最好不过的出行。那时我就可以向成人文明的混乱状态敞开我的思想,知道他会为我找到秩序。他指着一座座建筑物,说出它们的名字,告诉我里面是干什么的,他向我解释"街"和"大道"的区别,他根据标在电车前面的字母说出电车运行的路线,他毫无差错地知道怎样从一个地方到另一个地方去,他清楚卖这样那样的东西的最佳商店、最好价格,他无所不知。父亲是个乱穿马路专家,带领我们勇敢地穿过交通繁忙的街道而又不失体面。当母亲领我去城里时,她异乎寻常地听从他作出的决定,他才是这个王国的主宰者。他爱这座宏伟的石头城——它使他屏住呼吸又放声大笑。研究后我发现,他的脑子在规划这个城市。该市的景象,我是熟悉的:令人昏眩的噪声,各不相干的意向,街头打孔的手持式风钻,交通堵塞之后接踵而来的小汽车和卡车,带天窗的黄色出租车,双层公共汽车,港口鸣响浑厚喇叭的大型豪华客轮;而实际上这一切都是以某种方式安排停当的,这是一个满足人的欲望的地方,它在同一时间里支持数百万人的不同意向,他知道这些,并给了我理解它的信心而不担惊受怕。成百上千人的脚踵咯噔有声地踩在人行道上。他诞生在下东城。纽约是他的家乡,他爱纽约的音乐,通过"赛马场无线电"门前的扬声器向街头播送交响乐和摇摆乐，就仿佛在播送他自己的声音。

不过当我从家走到一七四街上的地铁车站、通过弹簧装得紧紧的旋转式栅门进入阴冷的地下走道时，通常都要由我母亲陪同，她自己是个极棒的导游。她也是本地人。紧拉着我的手，她带我去参加专为儿童安排的活动——戏剧演出，木偶戏，感恩节游行。正是靠我母亲，我才会进入宏伟得像大教堂、有冷气的无线电城音乐厅，当时白雪公主在树林里奔逃，树木活生生地抓住她的长发，把她的衣裳刮得破破烂烂；是我母亲提议观看这些森然可怕又栩栩如生的超现实主义景象的。

有一天她带我去十四街麦迪逊广场花园看林林兄弟与巴纳姆和贝利马戏团表演。父亲弄到了几张免费票。这是工作日的下午场演出，他不能去。我的学校放假了，可唐纳德还要参加中学升学考试，所以只有我和母亲两人。离我挺远的下方，在圆形表演场的中央，一个满脸愁容的小丑把他身上的聚光灯拂拭成越来越小、越来越小的圆周，直至灯光和他一起消失。另一个小丑阔步行进，六只小猪跟在他后面小跑。他在一颗纽扣上按了一下，他的鼻子就亮了起来。有个人往他身上泼水，他就打开一把茶碟那么大的小伞，把长长的伞柄高高地举在头上。我观看了了不起的一流空中飞人表演队在空中翻筋斗。我看到大象们齐步前进。

令我特别感兴趣的是，马戏团里有个冥思苦想的小丑，在高手们表演之后，也去爬那高高的钢丝，他爬上去那劲儿滑稽得令人捧腹，笨拙得不可思议，把他自己和我们都吓得够呛。他滑来滑去，溜来溜去，帽子掉了，软鞋也掉了，为保住宝贵的性命紧紧抓住钢丝，而实际上他是在表演比前面任何一个走钢丝的人难度都大得多的绝技。这一点得到了确证。在他一件一件地脱掉他的小丑服装，从那套可怜又不合身、腹部鼓起的小衣服中解脱出来时，他俨然就是明星，是他使走钢丝节目受到了瞩目。他穿着紧身衣，躯干光溜闪亮，他拉掉他的球状鼻，站在舞台上，被聚光照亮，举起一只胳臂，接受我们最热烈的鼓掌，因为他带着我们时而大笑，时而惊恐，最终是纯粹的敬畏。我从这个古老的马戏团的保留节目中得到了深刻的启示。这不仅仅是说，我这个红着鼻子呼哧呼哧喘气的人，有一天在我的好日子里会显示自己是男子汉中的一个超人；在这个节目中有艺术，有幻想的力量，有在其背后的真实的更强大的力量。原以为真实的东西，后来成了假的，人是他自己生出来的。我自己的所有问题就是我不是真实的我，我知道。在我自己眼里，我是个男人，尽管附着在我脸上的日常迹象恰恰相反。但存在着向尚未怀疑的世界把事情戏剧化的手法，这是我理解的敏锐之处。你不必一下子就宣扬你所知道的一切，而可以有悬念地逐渐透露出去，使人们先是害怕得叫起来，然后使他们大笑，而最重要的是，在他们最终看到你承接得那么好、你取得了什么样的成就、其实是一个小孩子的喜剧本性时，使他们鼓掌喝彩。

当然，一旦马戏演完了，灯又全亮了，那幻想就难以保持了。我渴望我自己的权力。我每天都在拼搏，但自己并不总是意识得到。学校有助于我，因为在那里我表现良好，我与他人势均力敌，我在证明这是事实。可在家里机缘总跟我作对；不论我长多大，学到了什么，我看起来总不能改变自己的地位。不让我自立的种种规矩一成不变，迫使我返回去再当个我当过的小孩，尽管我已不再是了——比如，母亲决定这是再来一次闹市区短途旅行的时候了，可去的是一个我瞧不上眼而很讨厌的地方，联合广场上的 S. 克莱恩百货公司。

我不认为半年拉我去一次 S. 克莱恩有任何意义。她也讨厌去，她这样说，可她还是去了，在差不多准备停当可以离家时，她劲头十足，意味着她怀有快活的愿景。有时候理智地沟通，这对我们来说是有可能的，但这要在她承认自己的真实感觉之时。所以我知道一切都完了，在濒临灾祸之际，我孤独无助，什么也安慰不了我，即使是乘地铁的长途旅程——在地铁我常站在靠司机室的窗旁——或答应我在外头吃饭也不行。我会立刻进入消极抵抗的生闷气状态，我的脚看起来不能正常活动了，手腕得端着，我用这手段蹒跚、摇晃着往前走，鞋尖在人行道上磨蹭，或在旁侧拖着脚走，有几分跟跟跄跄，有几分磕磕绊绊，直至一七四街地铁车站。

"走路要像个样子，埃德加，"她会说，"你要把你落在后面吗？别以为我不会！唉，你这个傻孩子，你想我为谁这样做？你的衣服，我给你一穿上你就长得穿不下了。你知道我们多幸运还有一点钱？别的孩子穿的是人家扔掉的旧衣服，他们还高兴呢。"

假如我执意不改，她就会说："我警告你，我的耐心穿薄了。"并特别使劲地拉我一把。我总是赞赏母亲的隐喻。即使这些隐喻用多后我都已耳熟能详，但仍然很中听。"耐心（像衣服一样）穿薄了"就很棒。过一会儿她会说："要是你走路不像人样，我会把斑点从你身上打出去。"这话也很妙，尽管我一直不是很明白这一短语的来源。有些人有雀斑，可我没有，当然，天花和麻疹会带来斑点，可没有人会去打一个病孩子，用这种方式来治疗他，我母亲也不会。另外，这个短语应是"把斑点从你身上打掉"，她不是说"打掉"，却说"打出去"，所以这真叫人大惑不解。我见过她把枕头或毯子放在窗台上晒之前，先要把这些东西从窗口伸"出去"猛"打"或抖搂；也许这是个灰尘的隐喻吧。不是我有很多时间来回顾这个，而是因为几乎紧接而来的就是她的杀手锏：我会被残忍地杀害。对此我从未有闲暇去思考。可这是大声说出来的话，足以使街上的人转过身来看个究竟，这意味着，除非我甘愿遭受肉体上的摧残，否则我就没有得救的办法，而只能屈服，乖乖地让自己被推进地铁站的旋转式栅门。

可我不能原谅她。走出清凉的秋日进入克莱恩的秋季拍卖，即使对一个成人而言，也是不可想象地有悖常理。受到一股股嗖嗖地从外门与里门之间地板格栅中冒出来的热气的欢迎，我们往前走进了一片光线刺目的荒漠，那里的烟筒架呀，垃圾箱呀，上面挂着、堆着各种可以想到的从婴儿、学步儿童到男孩、年轻小姐、青少年、男人和女人的不同性别、年龄和体型的服装。这些服装，一件件似乎都在接受从精神病院释放出来的疯子们的凌厉检查。某种狂乱的盛大仪式正在进行中，且称之为"纺织品的乱摊子"吧。像被催眠了一样，我母亲立马投入了，我呢，为保命，紧抓住她不放。她扭着身子，用胳膊肘给自己开道，挤过羊毛衫柜台——也有可能是围巾柜台——周围三四层像是领受圣餐的人们，立刻像所有人一样，开始把羊毛衫或围巾抛向空中，同大伙儿一块儿创造出一种色彩上下起落的喷泉。她这样干了一会儿，摇头表示不满意，便往外抢道，冲进那股涌过此处年代久远的木头地板的购物者洪流，这洪流仿佛大群骚乱迁徙的野牛，那蹄声如雷一般震响在辽阔平原。她只是为了发现另一个柜台，去那儿站一下，然后再往前挤出一条道来，所以到处都重复一遍同样的喷泉行动。在这无穷尽的"朝圣"队伍中，我们一点儿一点儿地开出自己的道来，我慢慢脱掉衣裳，就像一个外籍军团士兵在连绵沙丘上空太阳无情的炙烤下踉踉跄跄地走着，先摘掉帽子，后脱下麦基诺厚呢[①]短衣，还有羊毛衫。我紧抱这些衣帽，想着别把它们丢了，可在 S. 克莱恩百货公司有一条生活定律：甚至就在你确立对新服装的忠诚态度时，你的旧衣服就像一种鬼怪，从道德上谴责你，试图从你身边逃走。我几次三番发现帽

[①] 产于美国密歇根州麦基诺岛的厚呢。

子或羊毛衫没了，或夹克衫从我手上溜掉了。我得返回人流去，发现我的帽子被踩在某人脚下——性命攸关的事儿：要是我滑一跤，摔倒了，那就是猝死，这是毫无疑问的。或者，我会发现我的羊毛衫在另一个母亲手里，她正在四处张望，脸上流露出为羊毛衫主感到可惜和同情的神色；然后我得感谢她，并为这个妇人的缘故遭受我母亲戏剧性的笑骂。我们继续往前走，像庆典上的舞蹈者一样被前呼后拥，听百货公司特有的那些奇特的铃铛发出叮叮当当的声音，听有线广播喇叭里讲得像布道一样的对购物者的劝勉忠告。身穿灰色上衣的货物库存管理员推着、转着有轮衣箱，就像露天游乐场上的碰碰车驾驶者，在人群中横冲直撞。长蛇阵拐到整个走廊，大家手里抱着一大堆带有价格标签的衣服要尽自己的天职，可挤得在柜台四周也见不到收款处。母亲们叮嘱孩子们站着别动，孩子们则抓住母亲的裙子和外套不放，他们嘴里哼哼唧唧，鼻涕往下直滴，互相凝视，张着嘴发呆。人们叫喊着，可以见到的临时员工一概拒绝顾客们所要求的任何满意服务，我的脑海正受这人海冲刷，每个人都渴望竞争我们渴望的东西；我感到，他们是我们的倍数，我们衰变分解，融入了烦躁不安地动个不停的成千上万人中，融入了一面怒气冲冲、衣着褴褛的"上流社会"的游乐场哈哈镜里。这大批人群升起一大片起伏不定的音乐，有如一阵难听、刺耳的海风，刮我走，腐蚀我，我身上的大块肉正在飞走，很快我最多就是一颗沙粒，随后将被掸除。

可我母亲仍昂首阔步。我们四周的场面越是混乱得像人间喧嚣的浮华地狱，她就越发坚定不移，拿这个拿那个，扔了这个要那个，她来这里要的东西便逐渐积成了堆。不知怎的，她会发现某个憩息处，某个僻静处，也许是在上一层楼，那里人变少了，气氛比较安静，我们便暂时歇息，查查我们有了什么。她的办法是从货架上各种衣裳都拿几件——几件衬衫或外套，或几条灯笼裤，或几件运动衫——都在我身上一试，看哪件最合适。所以我现在就可以**试穿**。"试试这件。"她会说，一件套衫就会从我头上套下去。"不，太小了。试一件大一点儿的。"这件套衫被脱下来，另一件又套下来。我在这惯例中的作用就是听命令举起或放下手臂，要忍受得住我的脑袋被裹在羊毛衫里的可怕时刻，直至她发现领口，让我重见光明。我常得转身，衣服举到了我背上，再转回身去，衣服便举到了我胸前，或者，最可怕的是，常要进入那讨厌的小隔间，在薄薄的门帘后面脱掉我的裤子试穿新裤子，那门帘是任何人都可以撩开的。你在"试穿室"里感到的那种精疲力竭没有别处可比。这就像被弄进暖房的蔬菜，现在你这蔬菜在打蔫儿，或在枯萎。"站直了，埃德加，你这样垂头弯腰，我怎能知道这合适不合适。"可在这个煎熬困苦的时刻，我所能表现出来的不是抵御反抗，不是顽固不化，不是任何方式的执拗任性，因为我已一无所有，我已没有行使意志的力量，就如一个牵线已经松弛的木偶。

不管怎样，我们会闯过所有难关，满载选购之物。然后就来到"排队处"，你瞧，我是那些悲惨的小孩儿之一，在我们以令人痛苦的慢速往收款处移动时，他们抓住他们的母亲，凝视着跟他们自己一般大小的小人儿，或显而易见地不予理会。除了我现在重又健全、完好外，我母亲购物后的凯旋也在我心灵中建立了这样的信念：在这所有下层民众中，我们毕竟是特殊的人，有我们自己的秘密和优势。"这件羊毛衫买得好，尺寸正合适，你能穿，可以把袖子卷起来，你穿着它长，穿得久些。你会喜欢这条灯笼裤。它是用最好的羊毛做的，我想他们弄错了，把价钱标低了，整个店里就这么一条，很合身，不是很幸运吗？我会把腰身缝小一点，等需要时再放大。"如此这般。毫无疑问，她又一次发现，在这家卖旧衣服、次货和粗制滥造的便宜衣服的大百货商店里，只有这几样东西还值得买。

我们走出百货公司，找到一家便餐馆或奈迪克快餐店，我常吃一个烤奶酪三明治，喝一杯橘子水，她常喝一杯面条鸡汤；我会奇迹般地恢复元气，我的眼睛对纽约及其令人兴奋的事儿十分敏锐，所达到的兴奋程度一般就像"闪光的戈登的大小书"丛书的最新一本出现在报摊上的时候。我们乘纽约区间高速地铁系统列克辛顿大道线回家，这条曼哈顿的地铁线就在布朗克斯扬基体育场的南边出洞见光，然后迅速上升，沿杰罗姆大道上空的高架铁轨驰去。在车上我坐在她身旁，车厢座位在车窗下沿厢壁一直过去，我斜倚着她，我的折磨者和补偿者，她坐在那里沉思，神情漠然，脚脖子交叉着，克莱恩购物袋都放在腿上。我耸起两膝，读了"蒙戈星"统治者、诡计多端的东方专制君主"暴君明"的最新劫掠故事，读了弗拉希·戈登激烈、机敏而具运动家品格的回击。我喜欢弗拉西和他的女朋友黛尔。他们乘着火箭飞行器在天空中翱翔，穿得不多，却从不感冒。

十四

我想，那时候我在读二年级。我变得更了解母亲的苦衷，某种程度上是因为事情更显而易见了。有一天父亲去上班前，把两个五角的硬币放在她手里。他走了，她在厨房桌旁边坐了下来。"用这点儿，"她说，指的是硬币，"就要求我撑起一个家庭，养活一家，把饭菜端到桌上。"她是个坚强的女性，却也容易哭。我轻轻地拍拍她。她洗衣服用的是一块斜放在厨房洗衣池里的搓板。她的双手在肥皂泡沫中上上下下。"以前我用的是最棒的保姆，"她对我说，"在你还是婴儿的时候。一个来自牙买加的女人，她名叫嘉莉。她很喜欢你，用新的童车把你推到外头，谁靠得太近，她就嘘谁。嘉莉守护你，好像你是威尔士亲王似的。"

放学回到家，现在我常闻到香烟味，我就知道是母亲的朋友梅伊来访。梅伊做财务工作，只在上午上半天班。这是她所能找到的最佳差事。她跟她年迈的母亲和父亲住在街角，下午出门看望她的朋友——我母亲。而我母亲也离不开梅伊，梅伊听她吐露心事，这儿插个问题，那儿挖苦评论一下。她坐在那儿，身子前倾，两腿交叉，手里的香烟指向上空。她全神贯注，满怀同情。我喜欢她两腿交叉时长筒袜发出的声音。她知道我觉得她很有吸引力，便捏我的脸颊，但不至于弄痛我，或者用手在我背上转着圈儿按摩。有个晚上她身穿一件透明的丝衬衫，领子上有个花边蝴蝶结。她的肩膀和手臂都能看见，还有她的胸罩。"你在瞧什么，小鬼？"她笑着问道。

母亲跟她的朋友梅伊说话时，我听到了很多。"我确实只有三件衣服洗了又熨，洗了又熨，"母亲说，"我会继续洗啊，熨啊，直到纹丝不留。我几年都没有买过一件新衣裳。可他玩牌。他知道我们需要每一分钱，可他玩牌。"梅伊摇头。母亲想知道，房租从何而来。她嫉妒她的婆婆和大小姑子。"他一有空就跟她们在一起，"她说，"她们总是叫他给她们做事，好像他就没有自己的责任似的。她们喜欢事情都由他包揽。弗朗西斯住在佩勒姆庄园的一栋华屋，把两个儿子送到了哈佛大学，她还需要他包揽其他事？"

我记得母亲说到什么事情时，我感到心头好像突然变重："他一直把店开到九点钟——没关系，他或许是该这样——可接着干什么呢？他凌晨一两点钟才回家。他在哪儿呢？他在干什么呢？我全是自己在挣扎，想着让日子过得顺顺当当……可他一旦在家，就往他母亲那儿跑。"这时她站了起来，我正在厨房门外的过道里。她踱来踱去，"我是个好妻子，"她说，"我可以白手起家。我脑子很好使。

我知道世界上发生了什么事。我懂音乐。我保持我的身材。我不认为我这个人有那么坏,以致难以相处。"她嗓音变了,她在哭,哭声把我引向厨房门口。母亲背对着我,撩起她围裙的一角,轻轻地擦了一下眼睛。梅伊看到了我,递了个眼色,说道:"咳,多美的鱼缸。"

一个礼拜六,母亲决定我们进城到父亲店里去看他。"我们要他带我们去奥特曼特①吃午饭。"她说。她拿起一顶罗宾汉式蓝帽子,把它歪戴在头上,对着镜子审视。"你觉得这样看起来漂亮吗?"她问我。我说,看起来真的非常漂亮。她穿一件有腰带的灰色羊毛连衣裙,一双她称之为"泵浦"的浅口轻便鞋。她把一个女用小包夹在胳膊下,我们便出发了。我们乘第六大道的地铁。我们的站在一七四街,地铁在康考斯社区地下运行。我们走过我的学校,向左拐弯,沿路经过那个鞋匠、戴奇乳品店,还有那家面包店。罗索夫先生在他的药房橱窗后面,微笑着向我们招手。前面是大康考斯天桥的深色大拱门。第六大道地铁线在康考斯底下由北往南而行,所以实际上我们得从一七四街隧道走进地铁月台。

在我的要求下,我们乘坐第一节车厢,这样我可以站在车头司机驾驶室旁的窗前。列车在黑暗的隧道里发出哐啷哐啷的声音急速前进。一根根隧道支柱一闪而过。列车前灯照亮了前面的轨道,在我看来就像两颗不断发出光芒的星星。前面的下一站看得见了,像是一个光盒。车站越来越近,那新车站的白色瓷砖突然发出耀眼的亮光,一切都沐浴在光泽之中,我们缓慢地减速,但仍嗖嗖作响地经过等在明亮月台上的人。司机根据列车的车厢数量判断停车的位置。在曼哈顿一二五街,我们成了快车,一直驶往五十九街。这是途中最好的一段,从中间轨道经过许多亮堂堂的车站,光线如水荡

---

① 用自动售货机出售简单饭食和饮料的快餐店。

漾而去，列车开得飞快，从一边晃动到另一边，弄得自己的轮架砰砰直响。

"哈罗，年轻人。"我们走进店里，我父亲说。有几名顾客在活页乐谱架前，有两名在后面跟维利舅舅说话。莱斯特朝我母亲挥手。他在卖一台收音机给一个人。父亲在前门附近的柜台后面打开一个尤克里里琴纸板箱。"我们一直在卖这些琴。"他说。我在柜台后面坐下，自己试试这琴。我知道，这不是什么重要乐器，因为它们在这里卖，而不是放在后面跟小号、班卓琴和鼓一起卖。我问父亲，唐纳德在哪里，因为每星期六唐纳德都在店里干活。

"他出去送货了。"父亲说。

母亲对父亲说，我们希望他带我们去吃午饭。"那是完全可能的。"他说。他在等一些电话。他可能得跟一个卡内基音乐厅的人见面。"等一会儿再看吧。"他说。他不愿因承诺而受约束。他回了电话，到后面去查某种存货。柜台后面的墙上墙下都是一排排唱片集，书脊是深绿色的，字母是镀金的，很厚、很重的歌剧和交响乐唱片集，我不敢抽出来，因为我一张也不愿弄坏。莱斯特卖掉了一台小型收音机。他见顾客走了，便走到现金出纳机旁，仔细点着几张钞票；然后按铃打开出纳机，把所有钞票都放了进去。接着他拿下一张收据，放进口袋，关上出纳机。他发现我母亲在看着他，便笑了一笑。他弄正了领带，拍了拍头发。显然他知道自己很俊。他从柜台后的钩子上取下帽子。"告诉戴夫我出去了。我一会儿就回来。"

母亲在读一些乐谱。"你看见莱斯特做什么了吗？"她问我。我不知道怎样给尤克里里琴准确调音，不会把琴栓上的弦线绷紧。另一些人进了店。父亲不停地来回奔忙，动个不停。每次店门一开，街头喧闹声就涌了进来，仿佛小卧车啊，公共汽车啊，还有成千上万的行人，都要闯入店里来。这噪音突如其来，又突然终止。我在柜台后有种安全感。"我饿了。"我对母亲说。

"我们在等你父亲。"她说。我们对这种情形习以为常。他既没说好,也没说不好。

当母亲壮胆一说,他就答道:"你们先去,占张桌子,我很快就来。"

"我们凉着脚跟在那儿空等?"母亲说,"这次就不了。"我们坐下等着。不管怎样,对父亲要施加压力。除非有压力,否则他是信不过的。

维利舅舅终于在那安静的片刻对我父亲发话说:"看在上帝的分上,戴夫,我在这儿,莱斯特几分钟就回来了,你带家人去吃饭吧。"

奥特曼特餐馆在四十二街,一个天花板很高、墙上有壁画、光彩夺目的大厅,餐桌一排又一排。我把三个五分钱镍币投入自动售货机投币口,动了一下玻璃门旁的球形小柄,那奶酪切片和白面包上的大红肠三明治就是我的啦。一个五分镍币可让我转一下巧克力牛奶的控制杆儿。这是相当棒的。我父母有汤、面包和咖啡。四周坐的都是陌生人。有些人盯着我们看:有个小老太太,脸上有奇怪的鼓包,红头发乱乱的,戴一顶用钩针编织的帽子;还有几个老头儿穿着没有熨烫过的衣服,下巴上留着须茬。换零钱小房里的女士在大理石柜台上叮叮叮地敲击五分镍币。侍者助手哐哐哐地把盘子收在一起。因为我们是三个人,我们以为可占一张桌子,可客多人挤,有个男子在第四把椅子上坐了下来,吃着他盘子里的午餐。他头上往后歪戴着一顶霍姆堡毡帽①,身穿一件油汪汪的深色衣服,烟灰被擦在了翻领上,衬衫领子又皱又脏。他躬身耸肩,吃着"斯巴盖迪",像查理·卓别林一样吮吸着意大利细面条,发出轻微的吸溜声。

---

① 一种帽边卷起帽顶有纵向凹形的软毡帽,德国霍姆堡为其首产地。

对所有这些,父亲看起来毫不在乎,可母亲停下不吃了,用餐巾轻轻擦了擦嘴,把椅子往后推了推坐下,小包搁在腿上,准备要走。她看着墙上的壁画。她问我父亲,唐纳德到哪儿去送货要那么久。他说,唐纳德去布鲁克林了。

"他愿意做这事?"母亲问道。

父亲笑了。"我们让他选择。他是想去布鲁克林还是新泽西。他挑了布鲁克林。"母亲的眼睛眯了起来。"在这种情况下,"父亲说,"他觉得他得了个好差事。"他望着我。"任何事都是相对的。"他说。

父亲决意要吃甜点。"来些新鲜的水果沙拉怎么样。"他说。"不,谢谢你。"母亲说。

我跟他去那个食品柜。"他们有红色果冻,你最爱吃的。"他说。我不想使他失望,因为我知道这里的果冻是硬的,切成了小方块;我喜欢的是家里做的那种,在它还闪闪发亮、很容易在牙齿之间液化时,我可以用调羹把它舀起来。用这种方式我才喜欢我的甜点。我喜欢拿一杯迪克西冰淇淋,把它搅来搅去,直到成了羹才把它喝掉。母亲用手指轻轻地敲着餐桌。那个老头儿走了。她把她的盘子放在另一张桌子上。她说:"我看见莱斯特从出纳机里拿钱了。"

"那不可能。"父亲说。

"可我告诉你他拿了。"

"他就是拿了,也会放回去。"父亲说。

"这店赚不到钱就不奇怪了,要是有合伙人从现金出纳机里捞到好处的话。"母亲说,"我发现几台落地式收音机也不见了。你就不听我的。那人是贼。"

"罗兹,"父亲说,"这就是为什么我不喜欢你在店里。你这个人疑神疑鬼,你总是把人往最坏处想。你对生意一窍不通,为什么你就不能让我管?"

"生意上我可比你懂得多,"母亲说。

这时她很不高兴。冷漠，愠怒。就在我眼前，这一天变糟了。我知道，父亲回家后，事情会更糟。届时大叫大嚷、指名道姓，真正的争吵才开始。眼下我想，我可能已经意识到，在我们随时走出餐馆门之前，一切也就如此了。我不会感到惊讶。在我心里，我已为前面这个现已开始的没趣的下午换取了痛快地乘一趟地铁的机会。母亲拉着我的手走了出去，留下父亲在桌旁抽烟。在那旋转门里我来回走了两次，她在外头等着。我见父亲依然坐在奥特曼特里。他苦笑了一下，伤心地挥了挥手。

十五

  第二天母亲拒绝去拜访爷爷和奶奶。唐纳德选择行使自己的权利，即如果他不愿意，他可以不介入家庭事务，所以我是唯一陪父亲去的人。这样做我感到内疚，因为这比跟沉着脸、不说话的母亲一起待在家里要有趣得多。她常会听纽约爱乐交响乐团的广播节目，看书，缝纫。那可不是过节的气氛。
  礼拜六午饭时间一过，伊斯特伯恩大道往往就空落落的。上午校园里总是有大型垒球比赛，可等比赛一结束，整个社区就变得安安静静。我的伙伴们也得去拜访亲戚，或待在楼里接待前来拜访他们的亲戚。跟我父亲往北去开阔的康考斯社区一游，不管怎么说，跟大伙儿一样，合乎此日的节奏。离开家，他也振奋起来。他爱到处走走。他坚决主张，我们早两站就下公共汽车，然后再步行。他跳跳蹦蹦地走着。他声称，不论到哪儿去，轻快的步伐是唯一的走法，而且没有慢走那么累。我落在后面时就半跑着竭力跟上他。"把你的肩膀往后甩，"他说，"吸气。抬起头来。就这么走。眼睛里要看到世界！"我把这理解为一种精神教诲。可当时我不能理解这是一种自我鞭策，现在我才看到这一点——做家长的始终是这样，用祈使语气来向孩子表达他对自己的期望。出自同样的健康和卫生信条，他坚持要求我淋浴洗到最后要把水全变成冷水；我仍然致力于此，练习着先把脑袋放在冷水下，接着是肩膀，等等。但我还只能坚持几秒钟，久了就不行。他也示范给我看，淋浴后怎样用毛巾从上往下擦身子，在我背上用的是擦皮鞋的人用布条擦鞋的方法。"要擦得重，"他说，"擦到血渗进皮肤。"

我们一到，祖母立刻问道："罗兹在哪儿啊？"父亲没有尴尬，说她感到不舒服。祖母显然了解事态。她摇了摇头。我慈祥的祖父正坐在收音机旁的椅子上。我们伸出手，把手掌对住手掌，他说道："上次走后你又长了。"奶奶忙着端出茶点一类的东西。父亲曾在福特汉姆路附近的萨特面包店停了一下。他买的"婆婆"面包最引人注目，是一块圆鼓鼓的肉桂色面包，形状如面包师的帽子。

我们一直待到下午很晚的时候，父亲总是这样——到得晚，待得久。天色渐渐暗了，我慢慢感到无聊了。祖父在吸他的摄政王牌椭圆形香烟，祖母由于无须跟我母亲争执，所以很高兴，轻松自在，随意打听我家的经济情况。她向我父亲提供办店的建议，父亲崇拜她，用意第绪语叫她"妈妈乐"，意思是"小母亲"。然后他和我祖父谈论西班牙的战争。他们都认为，罗斯福总统不帮助西班牙政府打击法西斯分子是个悲剧。父亲越谈情绪越激烈。"希特勒派去俯冲轰炸机，墨索里尼派去坦克。我不能不怀疑，爸爸。在美国南方仍然抽人头税。黑人被上私刑。罗斯福究竟是何许人？我们如何看待他？"

祖父比较克制。"你不能期待一个不该成为政客的总统，"他说，"即使是我们崇敬的罗斯福。"

此时已够晚了，可以打开广播听《影子》[1]了。这个"影子"是拉蒙特·克朗斯敦，一个富裕的公子哥儿，具有模糊人们心智的神力，能变身成为隐身人。可这意味着他在与犯罪行为作斗争。"谁知道是什么邪念潜伏在人们的心头？"每次节目开始时他都用其无形的嗓音这样说，"影子知道"。接着他便发出带鼻音的咯咯笑声，使"他"听上去很是邪恶。这总是搞得我有点儿糊涂。影子进入隐形状态时，你可以判断出来，因为他的嗓音听起来好像是从电话里出来的；这倒合情合理，因为在实际生活中，当人们在电话里跟你说话时，你也看不见他们。但有什么东西阻碍了影子的冒险活动。这些冒险并非争夺。在影子故事里，典型的是，总要使拉蒙特·克朗斯敦过一会儿才意识到，他面临十分严重的危机而要变成影子。有时这也发生在他的女友马戈受到威胁之际。罪犯总是愚蠢的，说话或是带外国口音，或是用"死巷小子"[2]发出的那种粗重沙哑的嗓音。他们有枪，滥开乱射，无的放矢。影子会发出咯咯笑声，告诉说他们没有命中。其实我知道，一个动作伶俐的坏蛋，端着冲锋枪，会让手指往下扣扳机，转一个三百六十度，上上下下把子弹扫射出去，有充分的机会击中影子，不管他是不是隐形的，也不管他的嗓音传得多远。他那看不见的血在流着呢。可他们从没想到这点。

听广播节目，你是在脑子里看到他们。由音响效果你能想象一切的样子，由引擎声你可以判断汽车是否光洁，是否流线型，或者大得像一辆有很大伸腿空间和踏脚板的出租汽车。我想象拉蒙特·克朗斯顿的女友马戈长得就像我母亲的女友梅伊，只是没有戴眼镜，没有梅伊的玲珑笑话。马戈是个富有魅力的女人，但缺乏幽

---

[1] 20世纪30年代美国广播连续剧，后来先后被改编为连环漫画、电视剧、电子游戏，拍摄的电影至少有五部。
[2] 指戏剧《死巷》、电影《死巷小子》里的青少年犯罪帮派成员。

默感。克朗斯顿自己呢，我觉得，如果他真要采取行动，他的动作就有点儿迟缓；比如说，比起"青蜂侠"①来，他惯于久坐不爱动，如果他们明着干一架，青蜂侠或许会打败他。我不以为影子能跳上屋顶，或爬绳，或跑得飞快。话说回来，他又何必呢？另外，我想知道他在选择隐形时机时的自制力。我感到好奇，他究竟有没有占过女人的便宜，如果是我当然会。马戈·兰洗澡时他究竟有没有偷看她？我知道，假如我有神力变成隐形人，我会进第七十公立学校的女厕所，偷看她们脱下内裤。我会偷看女人们在她们家里脱衣裳，她们连我在场也不知道。我不会失误讲起话来或弄出动静来，她们甚至永远不会知道我就在那里。可自此以后我就永远知道她们是什么模样。具有这种神力的想法使我的耳朵发烫。是的，我会窥视裸露的女孩子，但我也会好自为之。我会无形地登上一艘船，或者，最好是"中国快速帆船"，我会飞往德国，找到希特勒住的地方。我会绝对安全，没有机会被逮住，进入希特勒的宫殿，或任何别的地方，把他杀了。然后我会杀了他所有的将军和大臣。德国人会发疯，企图找到这个看不见的复仇者。我会在他们耳畔轻声低语，显得仁慈善良，事后他们会想到这是上帝在说话。那个影子缺乏想象力。他既不瞧裸女，也想不到希特勒或墨索里尼这样的独裁者正在毁灭世界。如果"影子"节目不是放在星期六下午，我可能不会去听它。

　　希特勒占据我的脑子还要晚得多。我在无线电广播里听到过他的声音，他用德语叫嚣着，在我听来，就像是一种充满啐唾沫、狼吞虎咽和连蹦带跳声音的语言，那些话语几乎就像被牙齿咬得支离破碎了一样；听起来他似乎在嘴里嚼碎玻璃，似乎在吞吐火焰，让空气在他面前爆炸。他说了一些话，你就听到他用拳头猛砸讲坛，

---

① 20世纪30年代同名广播连续剧里与犯罪分子斗争的超级英雄，以青蜂为面具，此剧后被改编为电影、电视连续剧和连环漫画。

随即在听众中升腾起一片吼叫之声，有如呼啸的风声，接着声音开始颤动，无线电静电干扰一个劲儿发出噼噼啪啪的声音，电台播音员用英语平静地讲述，描绘这个群众集会上发生的情况，听众反复单调地叫喊时，每个人怎样按古罗马的敬礼姿势伸出右臂直指天空，手臂迅速上举，缀有斯瓦斯剃卡标志的红白两色纳粹大旗到处飘扬。

我在我房间的镜子前试过那种敬礼方式，胳膊肘挺直地把手臂急伸出去，试着同时让我的脚后跟发出咔嗒之声。唐纳德在我房间里来回行进，把一个黑色小木梳放在鼻子底下当作希特勒的小胡子，反复喊着胡诌瞎编的德语。他把头发往下梳到前额。这很滑稽。模仿希特勒是很容易的。实际上，我在一本杂志上第一次看到他的照片，就把他误认为查理·卓别林了。看来大家都注意到他俩很相似，两人都留着小黑胡子，都是黑发浓眉。查理·卓别林自己都注意到这相似之处，唐纳德告诉我，查理正在拍一部关于希特勒的电影，那一定会棒极了，因为查理憎恨希特勒。电影上映后，我一定去看。

不过，我发现，他们俩的相似竟令我烦恼。我爱查理·卓别林。我们对女人有相同的口味，都喜欢卖花盲女郎①，我们俩都觉得她既美丽又善良。他帮助她，我也会帮助。他是个了不起的小个子，他从不像别人对他那样朝别人发火，即使是在他们争执之时，尽管他常受他们的伤害。他只是鼓起劲，纵身一跃，跑了。《摩登时代》一片中，辉煌的现代工厂里扬声器发出的巨大声音告诉他该做什么，但他自己，查理，从不言语，不管遇到什么坏事，他都从不出声，比如这种时候：他追踪装配线上松掉的螺母，被开动的机器提起来，被送去齿轮之间绕圈。他吃午饭时，一部机器干掉了他的嘴。在我看来，他跟希特勒长得相像，那是倒霉的巧合。我父亲也留小胡子，他们仨都有小胡子。有天夜里我梦见父亲坐着，一个膝上是查

---

① 卓别林影片《城市之光》中的角色。

理，另一个膝上是希特勒；他抓住他们脖子的后部，他们就像会腹语的傀儡，他使他们的嘴巴咔嗒有声地张开、闭上，把他们轮流伸到我眼前，一个耷拉着两条小腿、身穿宽松灯笼裤和下摆裁成圆角的上衣，另一个穿着褐色军服和皮靴。随后我父亲哈哈大笑。

唐纳德

当然，我记得我们搬到伊斯特伯恩大道的那个时候。你坐在童车里，我把你推到那儿。这是次大搬家，搬到一个较大的地方。我有了自己的房间。我八岁，一个大小伙子。负责任的哥哥。

我们记得的事情不一样，这自然如此。在你加入我们之前的所有那些年里，妈妈、爸爸为我单独所有。我们安居乐业。爸爸在进入零售行业之前，做的是留声机唱头生意。在那个时期，唱机，也就是"维克托拉斯"，有发条马达，你用曲柄启动它们，就像用曲柄启动汽车一样，关键部件是唱臂之端的唱头。它是个金属圆柱，大约一英寸宽，直径三英寸，有个格栅凸面，里头有个振动膜片。你把钢针插进框边插座，弄紧固定的螺钉，把钢针放到唱片上，就能听到音乐声了。爸爸在熨斗大厦①一间办公室做这个生意。

林德伯格②在第五大道接受盛大欢迎的那天，我们是在办公室窗边看的。我还很小，大约四岁，我站在窗台上，见林德伯格乘着敞篷汽车，满天的五彩纸屑往下掉，群众都发狂了。我那么兴奋，以致过分往外倾斜，差一点失去平衡。爸爸得把我往后拉。

---

① 曼哈顿著名建筑，状如熨斗，纽约最早摩天大楼之一。
② 美国飞行员，1927年驾驶圣路易斯精神号单引擎单翼飞机由纽约飞至巴黎，完成世界上首次跨越大西洋的直达飞行，曾崇拜希特勒，反对犹太人。

你说他不用武力。你出世前后他也许变得温和一点了。对我，他可严格呢，一旦觉得必要，他就毫不迟疑地出手。我上学第一天，不肯走。母亲无论怎么哄我、求我或讨好我，都不能改变我的态度。爸爸发火了。他一把抱住我，挟在他臂下把我送去学校。我从不会忘记这个。他就是那样挟着我走上台阶，穿过过道，打开我教室的门，当着大伙儿的面把我扔在地上。

还有一次在罗克韦海滩。你和我跟奶奶爷爷在一起。他们在那儿有一所夏季用的平房。爸爸妈妈把我们送到那儿，让我们去避暑，他们自己没有去，爸爸得上班，妈妈不能离开外婆。所以你和我，就我们自己，跟那两个老人在一块儿。我们整天在海滩上跑来跑去，还玩便士游乐场①，那时候，我想我们俩谁都没有洗过澡。第二个周末爸爸妈妈来看我们。妈妈会给你讲这个故事。她看见街上有两个孩子向她走来，我拉着你的手，你的裤子耷拉着，我的袜子在脖脖子上，我们的脸蛋脏脏的，她起初以为我们是一对街头小混混，她没有想到她看到的是她自己的儿子。她一肚子火，奶奶自夸最爱干净，竟把事儿搞得那么不可收拾。于是她们大吵一场。爸爸叫我去洗澡间洗淋浴，我不肯。他火冒三丈，大家都非常恼火，就像我第一天上学那次，他一把抱住我，打开莲蓬头，把我连衣服带人扔了进去。

他是个出色的运动员。他花很多时间陪我，教我玩网球，或溜冰、游泳。他鼓励我要胜过其他人。总是让我知晓他对我的期许。我想，这多少说明了为什么后来一些年里我们相处有困难。你出生后，我弄明白了，我是在协助培养你，花时间跟你在一起，就像他花时间跟我在一起一样。我这样做了。很多我教你的东西是他教给我的。有人在把东西传下去。有人在为家庭工作。你知道爸爸和我

---

① 投入1便士可玩一次游艺机的游乐场。

为生意的事儿一起大踏步走在第六大道上的照片吗?——那照片在哪儿,你有吗?——那时我才十三岁。我很早就开始为他干活。你有机会时看看那张照片。我就像他一样穿男服,打领带,不过我穿的裤子是灯笼裤。这是一幅着色相片,我们的脸被染上了玫瑰色,爸爸嘴里叼着一支烟,臂下夹着一摞商业文件,他看起来很高兴,我们俩看起来都高兴、健康、生气勃勃、精力充沛,那个街头摄影师邂逅这对父子,拍下这张快照寄给了我们。

爸爸喜欢惠顾街上的人。你跟他一起走着,他会突然转向,冲着一辆手推车,或停下来向某人买一份小册子。他这样做似乎是件要紧的大事。他理想化地看待普通百姓。他具有政治意识。他乘火车去波士顿参加声援萨科和范塞蒂[①]的群众集会。他想带我去,可妈妈不让他带。这个案件使他深感困扰。他买了厄普顿·辛克莱[②]描写此案的长篇小说《波士顿》带回家,有上下两卷。他是他那个时代很了不起的人物。他贪婪地阅读报纸。在那个时期,大概每个人都比较激进。如今当人们抗议什么,他们就被看成是怪胎异物。但是,比如说,爸爸很早就谈起希特勒。他识透了他。现在这听起来没有什么特别的,可那时候人们对希特勒的了解之少会使你吃惊,我们在美国花了很长时间才确实弄清楚正在发生什么事情。爸爸是名反法西斯分子。他是左翼分子,就如咱们的爷爷,不过更是个战斗者。在那些大罢工中——钢铁厂的,煤矿的,汽车公司的——他都站在工会一边。他认为不能只顾管好自己的生意,他的脑子总是在活动。你可以确信,他会发表他对事情的另一种看法。比如当英国爱德华八世放弃王位与其女友瓦莉·辛普森结婚的时候[③]。嗯,妈

[①] 1920年马萨诸塞州一起抢劫谋杀案中被冤屈的两名意大利人,被判处死刑。此案轰动世界,1977年马州州长宣布审判不公。
[②] 厄普顿·辛克莱(1878—1968),小说家、社会改革家,代表作《屠场》。
[③] 1936年爱德华八世签署退位文件,与美国离婚女子辛普森结婚。

妈爱听这新闻。你知道，一个国王为爱情而退位。所有报纸、杂志都刊登这消息，国王的退位演说在电台广播，是由短波从伦敦送来的。人人都爱这报道。但爸爸不爱。他发火了，因为妈妈对此事看得太重。"难道你没有想到，"他说，"一个二十世纪的国王有这种想法是很可笑的吗？英国国王现在只是一块化石而已。像如今欧洲所有的国王，他们是一帮没有用的笨蛋，傲气十足地晃来晃去，用公共开支来随心所欲地享受。你的这个罗曼蒂克国王的生活，靠的是来自劳动人民的税收。我明白英国上流阶层为何发现他是有用的，而美国新闻界为什么要把这个当做重要新闻，至于你也迷上了，那是另一回事。"妈妈很生气。"你就不能对什么事都宽容一些吗？"她问道，"我不是知识分子，你是——行了吗？"就像对大多数事情的态度一样，在政治上他们也意见不合。

　　作为一个小孩，我对爸爸的生活了解得不是很多。我知道他生在曼哈顿下东城。奶奶和爷爷两人都来自明斯克地区，他们是在十九世纪八十年代移居美国的，我知道这个。他们那时还年轻，在这里结婚。但他们住在哪儿，爸爸是在哪儿上的学，你得问弗朗西斯姑妈，她会知道。爸爸结婚时已快三十岁。他已经错失了几个良机。一次是他在第一次世界大战中受训当海军少尉。他被安排在哈莱姆河上的韦布海军学院。他爱水，他常告诉我说，他小时候怎样在东河里游泳。他爱船。他曾极度渴望出海，可他还没有拿到军衔，战争就结束了。那该是大大的失望。后来，你知道关于《波琳的险境》的故事。他是个美男子，他们在为这部系列电影物色演员，有天到他在那里当出纳员的银行去了。我不清楚，当时他应该是二十一二岁。有个人进了银行，他是这部电影的导演，我不记得他的名字了，我只是听说他戴着贝雷帽和夹鼻眼镜，穿着马靴。他看了看爸爸，叫他去试镜头。他要他演男主角。爸爸拒绝了。我不知道为什么。或许他认为在银行工作更保险些。谁知道呢，他也许会成为无声片的大演员,也许不会。不过核心问题是,这不像是他在挑战面前退缩。他喜欢打赌,敢于冒险,喜欢新鲜的、不同的事物。没有人拥有可与"赛马场音乐"匹敌的唱片店。爸爸收存来自南方的黑人歌手的唱片,当时被说成是"人种唱片",有布鲁斯乐队、民族音乐、爵士乐,他确实见多识广,这些东西里头有些在营利上是有风险的,可对他而言,这不是事儿。有一天我送货回来,他向我点头示意,把我带到小隔间,放上一张唱片。"听这个,"他说,"有新意的东西。"这是一种绝妙的轻松活泼的音乐,一段极棒的单簧管独奏让你想跳舞。这是本尼·古德曼[①]的第一张唱片。"这不是很出色吗?"爸爸说,"这叫做摇摆乐。"

十六

唐纳德现在从汤森德·哈里斯中学放学带回来的学习用品都超过我的理解能力:计算尺、弯脚圆规、丁字尺。他把他用制图工具绘制、得到好分数的机械图带回家来,每幅图的上角有红墨水写的小小的"95"或"90"。这些图中有蓝图、剖面圆柱体和圆锥体、三维机器部件,每条线有另一条标示其长度的线作量具。他给我解释刻度概念。所有这些他都懂,而且充满自信。他有好几支特殊的自来水笔用来绘图。我可只有一支自来水笔,连在学校里我也觉得没有必要用它。但我喜欢打开我的船工牌蓝黑墨水瓶,打开笔侧小小的弹簧夹子,把墨水灌进去,再慢慢盖上。你可以听见墨水被吸进

[①] 本尼·古德曼(1909—1986),单簧管演奏家,三四十年代最著名的爵士乐独奏家,被誉为"摇摆乐之王"。

去的声音。笔内有个薄薄的橡皮管与笔尖相连——墨水就是这样被灌满的。我借他的炭笔画画。他很大方。可要是我对他的什么东西不注意，放错了地方，或弄坏了，那他的表现就像是我犯了大罪一样。有时候我借的东西是不值得我去小心保护的，我也就不在意了。

我得承认我哥哥变了的事实。他跟我在一起的时间变得少了。中学占去了他的许多时间，星期六呢，他跟父亲干活。我是越来越多地一人独处。

在一七四街罗索夫药房附近有一家糖果店——不是我常去的那家，而是另一家，稍大的男孩子们聚在那里神吹瞎扯，谈论女孩子。有时候女孩子们也聚在那儿。我哥哥和他的朋友哈罗德、伯尔尼和厄温把自己归属于这一社交圈。有时候他们下了地铁后就留在那里。打赌时，男孩们往墙上扔一分钱，或抛五分钱。在人行道靠墙一侧，他们"推销政策"，此话我很熟，可不明其意。哥哥不谈这些事情。母亲发现他为什么放学后晚回家，她很是不安。对唐纳德的伙伴她有激烈的看法，并总是要说出来。"现在他们可变成人行道牛仔了。"她说。"我并不感到奇怪。你在那家店四周晃来晃去，你最终会跟他们一起成为罪犯。"她说道。

唐纳德虽被她的话刺伤，却并未改变他的行为。他的碧眼流露出蔑视。我一直在想，母亲也一直在想，唐纳德过的生活多令人称道——他在学校里表现出色，拿到叫人激赏的好成绩，星期六整天干活，他还在学习音乐。而根据母亲的生动论证，我想象他会去蹲监狱。有一天下午，我谨慎地去观察那家声名狼藉的糖果店，在街对面，占据摩尔顿面包店的有利地形，小心翼翼做我的侦察工作。

我瞧见我哥哥和他的同伙在一群年纪较大的男孩和女孩中间。这群人不断地动来动去。他们斜靠着糖果店前面的书报亭，或坐在一辆停在旁边的汽车的防撞杆上。有个男孩从背后抓住一个女孩，跟她摔跤，两臂抱住她，她又叫又笑。有两个男孩在进行拳击赛，但互相并不真打。我看见唐纳德在和一个金发碧眼的女孩子说话，显摆地抽着烟。就在此刻，不知什么原因，他的眼睛瞟上了我，就那么突然而短暂的一瞥。可即使是隔街相望，从我看到的他的神色中我就知道，我永远不能告发他，否则我的一生就完蛋了。

这一切令我深思。我能看到哥哥的变化，可在我身上却发现不了任何变异。在镜子里我看起来没有长高，我没有感到自己大了一点儿，也没有任何类似的感觉。与此同时，一层薄薄的小胡子却出现在唐纳德的上嘴唇上面。他的嗓音变得低沉了。他情绪多变，对音乐的爱好却有增无减。他没有从父亲那里领工资，取而代之开始收藏唱片。他现在每天不用催问就练琴。他这个钢琴手是更出色了，不再有我所记得的过去日子里那些恼人的延误，那时一首曲子弹到中间，活泼的琴音全都戛然而止，我们都等着唐纳德找到弹下一个和弦的琴键。当他做完音乐学校的功课后，他便取出内有他从父亲收存的乐谱中摘抄下来的摇摆乐曲调的音乐练习簿，弹了起来。外婆死后，维利舅舅从我家搬了出去，在离"赛马场"音乐店不远的曼哈顿西区租了小小的公寓套房。唐纳德便搬回了他原来的房间，把维利舅舅的横幅挂在了墙上，紫金两色的"比利·韦恩及其管弦乐队"，带有某种挑战或无限向往的意味，仿佛是唐纳德在向世界宣称，大家最好为他做好准备吧。

一个新年除夕，父母亲准备出门，家里大吵了一场，因为唐纳德不再愿意像往年除夕一样跟我待在一起。他想和他的伙伴们一块儿参加一个派对。这个不寻常的夜晚，父亲穿着无尾礼服，母亲穿一件花边衣袖的浅蓝色套裙。他们的眼睛里闪烁着兴奋的光彩，我看着他们打扮自己，感到自己被忽视而灰心失望。父亲在他腰部系上一条黑色的缎子宽腰带。他让母亲跟唐纳德继续争辩。我喜欢他衬衫前面和袖口上特别的纽扣，他给我看怎么去扣。可这并不足以当做他们自个儿离家、把我推给怨气十足的小胡子哥哥来管的补偿。"没关系,"唐纳德在他们要出门时喊道,"可我警告你们,就是这话,我发誓以后新年除夕我永远永远都不会待在家里。"母亲身穿浅蓝长裙,头发新近烫成了波浪形,嘴唇涂成了红色,手拿一个装饰有小珠子的小包,她劝慰唐纳德,以难得的柔声细语同意说,这是最后一个要他照顾他的小弟弟的新年除夕。

尽管我喜欢玩战争游戏或军舰,我还是很有策略地选择待在自己房间里,自己跟自己玩儿。我让我的房门开着,以便听到我能听到的动静。唐纳德在前面过道上打了很长时间的电话。后来他打开起居室里的落地收音机,听市中心不知哪个旅馆播送的舞蹈音乐。我内心不愿睡,想迎接新年,但明白事理而不去请求,反而穿上睡衣,假装上床睡觉。我有我自己的上发条的钟。表面有辐射光。我在黑暗中也看得见。午夜时分,我踮着脚穿过过道到了起居室,发现唐纳德在收音机前的沙发上睡着了,收音机还在响着。这是从时报广场传来的广播。群众在欢呼,喇叭在鸣响,播音员在采访,人们朝着麦克风高喊新年贺词。这是 1937 年。我眼望窗外。伊斯特伯恩大道黑糊糊的。我希望父母早点回家。新年快乐,我对自己说,然后回去睡觉。

冬去春来,每天下午晚些时候,我开始听到从客厅传来的音乐声,不仅是唐纳德的钢琴摇摆乐,还有塞莫尔·罗斯的萨克斯管喇叭似的声音和短促的尖鸣,哈罗德·爱泼斯坦的小号震耳欲聋的轰鸣。另有一个响弦小军鼓手,厄温。母亲在厨房里说:"这些孩子要是密谋把我逼疯,他们真是干得再好不过了。"这个乐队不仅在放学后,而且还在星期日下午聚会。我母亲想知道,为何哈罗德或塞莫尔的母亲不能牺牲她们自己和她们的家,哪怕每个星期只有一天呢。唐纳德说:"只有我们家有钢琴。"就这样再无其他话可说。晚上他听广播里的"假想舞厅"节目,播音员马丁·布洛克放的是唱片,可假装说是从一个真的乐队那里播送的。这个"假想",当然不加明显强调,不像——比方说——棒球比赛广播表现得那么刻意,在棒球赛广播中,播音室内的播音员用球棒噼啪声、观众叫喊声等音响效果来营造球场气氛。马丁·布洛克持有一周最流行歌曲目录,唐纳德记下曲名,写了一张纸条,以便去复印那些歌曲。

我终于得知有什么事正在进行。唐纳德和塞莫尔,那个萨克斯管手,把他们的教名放在一起,虚拟了一个乐队领队的名字——"唐·塞莫尔"。唐·塞莫尔的乐队起名为"音乐骑士",他们正在准备一家在卡茨基山的旅游饭店的暑期工面试,那家饭店名为派拉蒙特。他们尚未决定,假若他们竟能到达派拉蒙特饭店室外音乐台的崇高位置,他们之中将由谁充任唐·塞莫尔。他们排练得过于紧张。我一日复一日地听他们排练其保留曲目,每首歌我都已烂熟于心。《深紫》是一首:"在宁静的夜里,我又一次紧抱住你,你虽然走了,当月光明丽,你的爱仍在继续,只要我的心还在跳动,恋人啊,我们总能相遇,在这里,在我深紫色的梦里。"我觉得,因为是慢速,这首曲子他们演奏得不错。他们更善于演奏慢速歌曲。《今夜我该见安妮》是他们奏得不多的快曲子之一,有时他们造成双时间的效果,因为厄温的击鼓与唐纳德的钢琴常不同步。这倒不无趣味。然后是奇特的《通往星星的阶梯》:"让我们造一架通往星星的阶梯,爬着梯子前往星星,恋人在我们身边,我们的歌声充满夜空。"这部分倒还可以,尽管不是我所想的那种非常吸引人的念头——实际上,那是在黑暗而寒冷的太空中的长途爬行。可接着是:"我们就不能在可爱的梦境里航行,高高地飞落在极度兴奋的顶点?让我们造一架通往星星的阶梯……"这一段常使我紧张不安,就像我阅读《爱丽丝漫游奇境记》时一样,因为所谓"航行",你总是在水上,而不是在阶梯的踏步板上,"极度兴奋的顶点"则令我联想到某种丛林鸟,且称之为"羽冠极奋鸟"吧①,它们都会往上"航行"这些梯子,最终栖息在一只鸟的脑袋上。不过,最使我难受的还是《日本睡魔》,"沙人"想要你睡就可以让你睡这种想象总叫我感到不安,撒把沙粒就使你眼睑沉重、意志力丧失是一种我不爱思忖的魔术。加上睡魔沙人是日本人这一事实,这就格外令人担忧。在我的泡泡糖卡片上,身穿绿色制服、龇牙咧嘴、疑神疑鬼的日本兵在用机关枪扫射满洲②的老百姓。他们高举插在来复枪上的刺刀跃过战壕。他们不是在撒有魔力的催眠沙粒,而是从喷火器喷口中喷出紫红和橙黄色的火焰。

随着加进一把低音提琴和另一个萨克斯管手弗朗基,音乐骑士乐队增加到了六件乐器。一个星期日下午,我没有随父母亲去看望祖父母,父母亲允许我留在家里听乐队排练。一时兴起,我跑回我的房间,取了一根挑棍游戏用的小棍,返回来用它引领乐队。我站在音乐骑士乐队前面指挥。或许我就可以当唐·塞莫尔。从客厅窗户照进来的光线把盆栽蛇形植物的叶子变成了光鲜的绿色。唐纳德背对乐队其他成员,快活地在立式钢琴上猛力弹着。他旁边是低音提琴手锡德,他在摇头晃脑、自我陶醉的激动状态中闭着眼睛拉琴。锡德喜欢比低音谱子高出一个八度来拉,就像他崇拜的偶像、大名鼎鼎的爵士乐低音提琴手斯拉姆·斯图尔特一样。锡德旁边是鼓手厄温,现在他配备有小军鼓、俗称"托姆-托姆"的非洲手鼓、牛铃,还有个低音鼓歇在一旁,需击此鼓时,他要踩动附加的踏板,把一个球茎状的大锤子弹上去敲击鼓面。在乐队前排肩并肩坐在一起的,就如保罗·怀特曼③的管弦乐队成员,是两个萨克斯

---

① "顶点"和"羽冠"在英文中为同一词 crest。
② 指的是 1932 年日本帝国主义侵占我国东北后制造的傀儡政权,称作"满洲国"或伪满洲国。
③ 保罗·怀特曼(1890—1967),著名乐队指挥,有"爵士乐之王"之称,1924 年指挥演奏格什温的《布鲁斯狂想曲》为美国现代音乐史上的重大事件。

管手，塞莫尔和弗朗基，还有小号手哈罗德。他们演奏的第一首曲子是《我有眼可见》，接着是演奏得活泼动人的《对我来说，你很美丽》①，唐纳德认为，这是他们的最佳曲目。我站在乐队前面，手舞指挥棒，脚踩拍子。看来我并未影响谁。但我发现那个新的萨克斯管手弗朗基，看起来没有卖力吹。他身上有种犹犹豫豫的样子。我仔细观察他，但表现得不明显。在演奏进入下一页乐谱的时刻，塞莫尔和哈罗德都同时朝前倾身，把放在谱架上的谱子翻过去，可弗朗基要隔一秒钟后才去翻谱。接着我又发现他的手指不是在按萨克斯管上的键，而只是碰了一下。大多数时候他碰的键又不是塞莫尔在其萨克斯管上按的同样的键。弗朗基是个高个儿、长脸男孩，眼睛深陷而忧郁，脸上露有深色胡碴。他不住在我们社区。他从萨克斯管上紧张地瞥了我一眼。对他而言，我显然是一种威胁。其余人都在奏乐，而且声大音响。骑士乐队并非总是音准调谐，却热情奔放。我感到像阵亡将士纪念日在大康考斯游行的乐队经过我面前时一样的激动，感到在奏响的嘹亮乐声中一样的心脏的剧跳。可我知道，乐队成员们正在紧张地专心地跟上厄温，这个鼓手是每过一小节就打得越来越快，作为乐手，没有人会分心倾听别人的演奏，他们谁也不会完全放心。他们谁也不知道，连唐纳德也不知道，弗朗基没有发出声音来。

此曲奏完后，唐纳德说："让我们再来一遍，尽量把开头奏得清脆些，给结尾造个稍许强烈一点的声势。"作为乐队领队，他负有评论之责。他站在他们面前，我用力拽了一下他的手臂，要求见他。他没有理会我，继续说着话。我不放过他。他终于说："怎么回事，讨厌鬼！"我把他拉进起居室，关上客厅的门。"唐纳德。"我

---

① 意第绪音乐剧中的一首名曲，其标题为意第绪语和德语的混合。

说，又拽了一下他的手臂，他颦眉蹙额，用怀疑的神情望着我。一头乱发习惯地垂至他的前额，他的淡绿色眼睛是成人的双眸，他的脸一点也不胖，他是个瘦削、不算很高、精悍结实的老大哥，一个优秀运动员，一个中学智者，一个在十五岁半的年纪就有很多计划和责任的小伙子。可他偏偏聘用了一个不会演奏的乐手。他弯下腰来，我在他耳畔小声说："弗朗基在滥竽充数呢。"

他不相信地看着我，我点头肯定我所说的话。"你待在这儿。"他说着就返回客厅，关上了身后的门。我听见他们又奏起了《对我来说，你很美丽》，但一两个小节后就停了下来。接着我听到了哥哥的声音。听起来起他很气愤。他们大家马上都说起话来。一场争论开始了。"呸！"我听见厄温说，然后是悄寂无声，我闻到了香烟味。几分钟之后，客厅门开了，弗朗基带着他的萨克斯管盒走了出来。他弓着肩膀，经我身旁走进道时没有看我一眼，就走出了前门。

谁也不觉得，我实际上是个告密的小家伙。第一，不走运的弗朗基年纪比我大得多，所以不在同一个道德范畴之内；第二，他是个冒充者，是个骗子，企图用其冒充行为、以乐队其他成员的付出来获取利益。如果派拉蒙特饭店的预雇人员发现乐队里有人甚至不会演奏，这对他们面试的可信度会产生什么影响？我哥哥因我而高兴。每个人都因我而高兴。家里和左邻右舍都在谈论这件事，说这个小弟弟原来比他们乐手本人还敏锐。我是个英雄。有这样一次，我证明自己对我哥哥是有用处的，我为他做了有价值的事。现在我可以提出正当的权利要求，他人需认真对待。通过我，大家还重新认识到，个子大小不是一切，智力、一个人头脑的运用，是世界上的一种力量。

尽管如此，我的心里也落下了阴影。母亲现在感到奇怪，为何一个男孩——指的是弗朗基——会如此胆大妄为地假装会吹萨克斯管。难道他就这样急切地需要一个工作？这个弗朗基来自何处？她想向我哥了解。他住在哪里？他父亲是干什么的？幸好，这些问题以及我的怀疑几天之后被那个面试成功的消息冲淡了：唐·塞莫尔及其音乐骑士乐队受雇于这个夏季。每人每周五美元，另加膳宿。为此他们每天下午还须尽湖上义务，当救生员。

十七

由于为哥哥的成就感到高兴，我很晚才意识到后果——整个夏天他都会离开。我将独自跟父母亲在一起。世事多变，像往常一样，在春天，在这个我开始领会时令循环的神秘性和威胁性的季节，我变得心神不宁。几乎是为了证实我的感觉，我们被告知，我们得搬家。我们的房东，住在我们楼上的塞格尔家，把这座房子卖掉了。买房的是一家姓勒温萨尔的德国难民，他们自己要住在底层。塞格尔夫妇一向是亲切和善的房东，冬天供暖气很大方。新屋主是一对脸色阴沉的夫妇，没有一点儿善心。我父亲说，他们缺乏风格。曾有多次争论，先是有关粉刷楼上房间、换掉那个顶部装有煤气罐的老式冰箱的问题，我们搬上去之后呢，是关于弹钢琴的问题，甚至是我们走过地板时发出的噪声问题。我也讨厌他们的女儿，一个小不点儿、瘦骨伶仃的黑发女孩，我从旁边经过时，她在她女朋友耳畔嘀嘀咕咕，俨如间谍和告密者。在特别阴冷的日子，我母亲要史密斯往火炉里多加些煤，勒温萨尔太太挡住他，对我母亲说，要是她觉得冷，就多穿件毛衣。

母亲对我断言，德国犹太人，即使是那些新来的，都傲慢无情。我们是东欧人的后裔，是更合乎人性、更有人情味的种族，知道什么是受苦遭难。"他们以为自己是德国人，"她对我说，"可瞧瞧他们现在的倒霉样儿。瞧瞧他们势利、妄自尊大的德性。你会以为，他们只要没命地逃了出来就会改变呢。"

不过，楼上的房间倒是干净而明亮。现在我从安全距离往下看后院，我位于那根一直被拉到后栅栏的晾衣绳之上，洗衣日那些飘动的被单在我心目中就像国王城堡塔楼下的三角旗。从后部我的房间的窗角，我可以查看我们旁边的院子；透过过道的一扇引人入胜的窗子，可以望见克莱蒙特公园里的一块长菱形草坪。这套房整体看起来是小了一点儿，因为前楼梯那儿少了一间房。从另一方面来说，外婆走了，维利舅舅搬到曼哈顿去了，这家也就变小了。在某种程度上，这些房间里的新光线向我阐明了我家的奋斗程度。那台索默牌立式钢琴由钢琴搬运工用吊在屋顶上的滑车搬到楼上，经起居室窗户入室。那是很激动人心的，但现在我见到它的涂漆红木上有我先前没有见过的瑕疵。我父母卧室里那些浪漫橄榄色、装饰有玫瑰花苞状雕刻条板的家具，显得又旧又有刮痕。

在第七十公立学校，校方认为我们已经到了应该每周一次被送到地下游泳池去的年龄，那游泳池是个加氯消毒的瓷砖巨坑，如果我们能游，就先把男孩、后把女孩送进池里，或者遵照指示挥舞我们的双臂，控制我们的呼吸。男孩们的老师是伯恩先生，这里的海神波塞冬。他不是说话，而是吼叫。他的深沉嗓音以其回声从水面上弹回来。他是学校的游泳教练，这个地下世界之王，一个秃顶的胖子，戴一副钢框眼镜，穿一件紧绷在大肚子上的白色棉汗衫，一条白帆布裤子和一双橡皮凉鞋。他还有一条瘸腿。但根据他双臂的粗细——甚至比我父亲的还圆、还粗，我们大家都明白，他很强健。他富有献身精神，这是没有疑问的——他在这地下过着没有阳光的生活，而我们一星期忍受这池子和淋浴之苦只有一次。

女孩们由他的同事法钦女士当教练，他很胖，她却极瘦，泳帽下露出红褐色的鬈发，一套裙式黑泳装得体地遮住其身，只露出了有雀斑的两腿和双臂。众所周知，女孩们穿泳装游泳，可我们不是。连洗淋浴时，她们也穿着游泳衣，这看起来不大合理。穿泳装淋浴，你怎能真洗？褐色肥皂处处都有，一块块又大又硬，如果伯恩先生见我们没有仔细擦洗，他就会用鲸鸣般的嗓音警告说，我们最好规规矩矩地洗，否则，他会进淋浴间来，示范给我们看怎样洗。

每周拜访水之王国考验着我的勇气。我还没做好游泳的准备，但不在乎当众洗淋浴。莲蓬头下没有空气可以呼吸，只有一股臭烘烘的水蒸汽似乎在你的皮肤上变成了油。对伯恩先生说头天晚上你洗过澡了，或说你在家里一星期洗两次澡，这并不明智：你在淋你的浴呢。确实如此，对第七十公立学校有些孩子来说，淋浴水是他们从这星期到下星期能见到的仅有的洗澡水。就因为有那些孩子，我们都得在护士办公室里忍受健康检查，查我们的头皮上有无虱子和癣。护士们还会发现有些孩子需要配眼镜。我总是要我母亲解释有关金钱和阶级的复杂问题。"有些孩子出身于太穷的家庭，没有自己的医生，"她说，"他们不是来自富裕家庭，学校淋浴是他们唯一能见到的浴水。他们也就是那些需要留在学校吃午饭的孩子，因为家里没有午饭等着他们。"

另一方面，她告诉我说，我的一些老师变得相当有钱。"他们在大萧条时期保住了自己的工作，"她说，"他们的薪水相当高。物价跌了，他们买得起没有保障的人谁也买不起的东西。他们中有的人买汽车、买房子。他们当起了房东。"

我领会这些话，可发现它们无助于解决我对在地面下游泳的恐惧。有过这样一个练习，把我们男孩送进游泳池里，让我们手抓住池子的瓷砖边，让身体往后漂浮，然后踢我们的脚。由于那样做用不着把我的脸放进水里，所以我应付得很不错。可我们一共有十五名左右，都在池边，间距三四码，我们中有的人势必要位于我们站不起来的深水中。我的朋友阿诺德在我旁边,他一失手没抓住池边,人沉了下去。我找伯恩先生,可他正在泳道水线尽头对着谁吆喝。阿诺德喘着气浮上来,又沉下去,挥动手臂挣扎,把自己推得离池边越来越远。快要抓不到他了。他伸出一只手臂。我一只手松开池边,我抓住他的手臂,把他拉向我,把他的手放在瓷砖上。阿诺德冒出水面,脸通红,喷着水,吐着水。他的眼睛红了。我们彼此望望,出这件事的严重性简直可怕得难以相信。你浮起来,你沉下去,你像吸气一样吸水,只消默默无声的片刻,你就会死。

校园也是个神秘的疆域。这是具有重大意义的运功会和典礼的举行场所。这是个用钢丝网眼栅栏围起来的大院。它的伊斯特伯恩大街那端与街道相齐,但由于一七三街是上坡路,它的威克斯大道那端比街面矮了两层楼那么高。星期天上午我观看成人垒球比赛,其中有贝布·鲁思式的高大击球员,会在操场的伊斯特伯恩大道一端,把球从本垒板猛力击出,球会越过一个街段外两层楼高的水泥墙顶上的栅栏。下课后我很少在操场玩,它太大,一片宽阔的水泥平地,四周是高高的栅栏,栅栏上面有联栋公寓楼房透过其窗户俯瞰地面。我总觉得窗户就像眼睛,我总觉得窗户里头有血气方刚的情报人员;我也这样看汽车,你从正面看汽车,它们是有脸的,它们有眼睛、鼻子和带牙齿的嘴巴。

有一天我们上课的时候,一辆雪佛莱牌汽车撞上威克斯大道的人行道,把一个妇人撞得飞过高墙顶上的钢丝网栅栏。连同其食品袋,她从两层楼高的高处摔下来,摔在了下面的操场上。她带着几瓶牛奶。瓶子都碎了,牛奶在她身边漫成一摊。然后她身上渗出的血和牛奶混在了一起。那辆汽车的前半部分撞过栅栏靠在墙上,车轮悬空,还在转着。有个孩子碰巧站在我们教室的窗旁。她哭了起来。大家,包括老师在内,都跑向窗户。我在和平、安静的时刻目睹此事，灾祸已经发生，但尚未激起回响。

接着，街上突然喧扰闹腾起来。我听见了叫喊声。许多汽车尖啸着戛然而停。我的老师奔出门去校长办公室。在我们观望时，牛奶和鲜血的混合液体在水泥地上漫开。刹那间人们从四面八方跑来，仿佛这条街从未空无一人，车祸就发生在观众眼前。我们的老师报了警，其他人也这样做了。两辆绿白色警车到了。警察照料那个开车的人。然后有辆警车沿一七三街快速开到伊斯特伯恩大道的校园入口处。警察径直开进校园。莫莉桑尼亚医院的救护车来了。这是我们上午的上课时间。救护车不能开进校园，那两个穿白衣的护理人员便快步跑来。他们检查那个妇人。她一动也不动。他们把她放到担架上，盖上毯子。担架平放在那儿，警察和医生们在商量。随后护理人员把她抬向救护车。我见那妇人的一只手臂滑到担架边外：它随着抬担架人的从容步子有节奏地上下摆动。

我们大家都挤到窗前看。我感到我四周发烫的身体在颤动。

我倒乐意继续上课，但我的老师心里太难过。她让我们早几分钟去吃午饭。大家都在谈论这起车祸。我照平时那样回家，但见威克斯大道上有一群孩子在围观那辆尚未从栅栏上被弄下来的雪佛莱车。警察不断要他们往后靠。操场本身给封锁了，怕万一那辆车会掉下去。我回到家时，母亲正在打电话；她听说了这个消息。她走进厨房来时，样子十分惊恐，我正在厨房里慢慢腾腾地喝番茄汤，吃花生酱三明治。她认识那家人。那丧生的女子是一名犹太教妇女会成员的成年女儿。母亲在我对面坐下。"就在校园里孩子们玩儿的地方，"她说。她脸色苍白。她用手指梳理头发。"多可怕的事啊。多惨啊。那可怜的女人。"

不过，从我高于操场的有利位置、透过阳光照亮的教室窗户来看，我没有觉得害怕，却受到了启发。空气如水。你可以掉进去。从这个高度来看，这个事件的景象被放大了，事故的整个场面都一目了然。人的形体是渺小的。

晚上临睡前，我想起了那个死亡女子的手臂，她被抬在担架里，手臂上下摆动着，手软绵绵的，手掌朝上，仿佛这条死人胳膊在指着操场，在反复暗示——因此我就不该忘记——这是个死亡之地。几个礼拜之后，操场地上仍看得见她的血迹，一摊在晒白的水门汀上逐渐模糊、其形状并无意义的血迹。

我发现把彩色连环漫画按擦到蜡纸上去是很令人高兴的。你把蜡纸放在连环漫画上，用尺子的边或木制压舌板来回按擦。那色彩会像贴花图案一样粘在蜡纸上。这绝不会像原画那样鲜艳，可什么都有了，也够清晰，人物和言辞都显示出来了。我还恢复了另一件工作——肥皂雕刻，这是我从我哥哥那里学来的。此事需要我母亲的合作，因为肥皂价钱很贵。可如果你能求得一块白皂，你就可以干起来，用厨房刀或折刀在上面切切削削，雕刻出动物或人物来。我刻了一个戴圆顶高帽的男子。刻削下来的渣渣可以弄湿了，捏成一块用剩的肥皂的样子。

桃核可以挖空：如果你干得合适，使核的里头保持完整，你可以制作出一个真的哨子。可这要花些工夫。若开始于夏天，要年内才能完成，因为这是件枯燥无味的工作。

唐纳德一直很忙，可我还是能找他帮我做飞机模型，因为这是真正艰难而细致的工作。他不能拒绝。你把示意图粘贴在桌上，然后用大头针把轻木做的支柱钉在纸上，制作机翼或机身。你用单刃剃刀片把支柱切到一定的尺寸，然后用一点点纯净的飞机涂料把支柱互相连在一起。预先画好的平整轻木模板会自然呈现曲线轮廓。如果我犯错，毁了一块模板，唐纳德会用小块轻木的空白片再做一块模板。当我有了所有制作好的部件——机翼、机身、方向舵和升降舵——他就接过来组装，然后蒙上彩色薄纸。

我特留意看了一家消遣品公司目录上的一则模型广告：那不仅是一架飞机，而是一艘飞艇。对我来说，飞船或"齐柏林"[1]，是天空中最惊人的东西。你偶然会从远处看到它们。它们那么大，以至在地平线上时你也能看到。它们就像云一样缓缓飘浮。它们移动得那么慢，你可以看很长时间，飞机可就不行了。有天晚上电台新闻广播员说，有史以来最大的飞船，兴登堡号飞艇，正从德国飞向纽约。它将沿其航线飞往长岛东海岸。它预定往西飞到新泽西的降落塔台，这就是说，翌日下午某时刻它将出现在纽约市上空。那时我可能已经上完课。不过，我没有奢望能看到它，我从没妄想能亲眼目睹新闻节目里播报的东西。我不认为布朗克斯是一个啥事都能发生的大地方。布朗克斯是个大地方，有长长的街道，一栋挨一栋的六层公寓楼，有上坡路和下坡路，每个社区有自己的像我校那样的学校，有自己的电影院，商店街建在公寓楼一侧；它有地铁贯通隧道，由有轨电车线、高架铁路线紧密联在一起；但是纵使有这一切，纵使我们大家，包括我在内，都住在这儿，也不会有什么不同。它没有名气。它不是世界中心。我想，兴登堡号会更自然地飞越曼哈顿上空，曼哈顿是世界的中心。我跟住在街对面公寓楼里的我的朋友阿诺尔德通电话。他母亲会不会让我们放学后到公寓楼顶上去？我想，兴登堡号第二天往南飞到曼哈顿上空时，如果飞行高度足够，从阿诺尔德家六层楼高的楼顶上，应该可以瞅上它一眼。

可阿诺尔德的母亲说，任何人都不许上楼顶，我就只好放弃这个想法。第二天早晨醒来，兴登堡号的事儿我几乎全忘了。我上学去了。这是暖和而晴朗的一天。放学后我和我的朋友梅格一起回家。后来我玩街头棒球。我匆匆翻看泡泡糖卡片。树篱的叶子是浅绿色的。哈里，那个卖水果蔬菜的人，沿街边拉着他的四轮运货马车。

---

[1] 指飞艇，德国军官齐柏林曾于19世纪末研制成功第一艘飞艇。

他朝各家窗户叫卖。他把缰绳拴在马车边的大刹车上。哈里有个开消火栓的扳手。他在我们街区的中途打开消火栓,给一个提桶装满水,把提桶放在街上他的马面前。马在饮水。他把它跟车子连在一起的木制车辕放到地上。另有皮制挽具从支架拴到车头。那皮带缠着马的跗关节,上至其背。挽具本身看起来就极重,就像一个大皮轮箍绕着它的脖子。马车有辐条轮,车辋是钢制的。车轴里露出了薄片弹簧。所有的水果和蔬菜都是湿的。哈里用软管为其喷水,使其又干净又水灵。我可以闻到带水绿叶菜的味道。他为一个女士从一捆胡萝卜上掰下绿色樱叶,用樱叶喂他的马。

我去了蒙特埃登大道中段的小公园——椭圆公园。在这儿,偶尔能看到极为晴朗的天空。我不记得做了什么大不了的事情。或许是我买了一份平房餐柜牌冰淇淋。或许我是在找梅格,她有时跟她母亲一起来椭圆公园。在与公园对面的街道——蒙特埃登大道北侧毗连的私人住宅屋顶上空,出现了庞大的银色兴登堡号的机头。我不禁目瞪口呆。令人难以置信,它航行在屋顶上空,直冲着我而来,就在空中几百英尺远的地方,一直飞来,一直飞来,可仍看不见其尾部。它倾斜着朝我而来,仿佛是一只以极慢的动作从天空中窜将出来的巨兽。它底下,在其穹顶状机身下,有滞后的绳子一类的东西,好像是升降索。接着,我一眨眼,整个机身就都看得见了,它正朝东拐到些角度,我看到了它银色外壳的全身;它呈圆筒状气球形体,中间厚,两头窄,其螺纹平面反射着阳光,阳光条纹般地熠熠闪耀,仿佛一副正在被快洗的纸牌。此刻我听见它的声音了,它那圆顶旁的螺旋桨像扇子一样在空中嗡嗡作响。它并不发出飞机的刺耳叫啸之声,听来却如喃喃低语。它确是一艘船,天空中的一艘船,它像飞机一样移动。它的庞大程度超过一切,超过房屋、街上的汽车和人,此刻人们正在叫叫嚷嚷、指指点点、昂首仰望;它有如一个从天而降的户斗,或如一座飞翔的建筑,或如一片住人的云。我可以看见船舱里小小的人,他们正向窗外张望,我向他们挥手。兴登堡号此时正在克莱蒙特公园上空前行,朝着莫里斯大道的方向。我不能独自往那儿走。我看了看路两边,跑着穿过街,上了进公园的石台阶。汽车都停在了街上,开车人都下车来看。大家都望着它。我跟着兴登堡号在公园里跑,它飞得那么缓慢,那么庄重,我觉得我没有问题,可以跟上它。我从树间看见它。我在它经过树间敞开的蓝天时看见它的全身。我向在穹顶状机身里的人们招手,那机身有一节火车车厢那么长。它在树顶上空飞。我跑进一片草地,以便毫无遮挡地看见它,可现在我意识到,它飞得比我想的要快,它似乎在风中飘荡,我听见它升高的引擎声音,它在改变航道,它在街道上空,在树木上空,它在滑行,把莫里斯大道上公寓楼的楼顶留在了后面。我挥着手叫喊着。我要它回来。一路上我一直在笑,而此刻,它的尾部消失了,它被这个城市吞没了,仿佛它被天空吸食了。我一直跑到公园的墙边,笑着,脸红了,上气不接下气,无法相信自己的好运,我居然能亲眼看到非凡的兴登堡号飞艇。

我赶紧回家告诉母亲。当唐纳德回到家时,他说,他也看见了飞艇。他当时还在学校里有特别的考试,透过教室窗户看见了它。所有参加考试的人,还有老师,都跑到了窗前。"我们得搞到兴登堡号的模型。"他说,"我们得攒钱搞到它。"

可就在晚上,它焚毁了。我们没有听到报道此事的无线电广播,当时我们在听"答问人和我爱奥秘"节目。不过简明新闻接着就来了。在新泽西州莱克赫斯特的碇泊塔上,它着火了。它烧塌了,钢都扭曲了,像纸一样卷起来了。我不能想象,像这么大一艘飞翔的远洋客轮就这样烧毁了。很多人死了。他们在火焰里从空中坠下。我不理解怎么会发生这样的事。"要知道,"唐纳德耐心地说,"飞艇确实是比空气还轻的船。这个气球形的东西里的气体燃料的分量要比空气还轻，它们才能飞。你懂这个，不是吗？"

"好像懂吧。"我说。

"他们用的燃料是氢气，因为氢气的密度远远低于空气的密度。另一方面呢，氢气又易挥发，也就是很容易被点燃。问题就出在此。可能有人点了香烟。我不知道，或许甚至是静电。"他的解释给我很深的印象。母亲也是。她对他满脸堆笑。他在汤森德·哈里斯中学上化学课。他有一套放在木箱子里的化学用具——不是玩具，而是真家伙，里头有装粉状化学品的小瓶子，都用软木塞塞住，标签上写有科学名称，有烧杯和试管，有橡皮软管、夹钳和量勺，有带两个小盘的小秤。

我没有想那些死者，我只想着兴登堡号的毁灭。母亲说，它是一艘德国飞船，是希特勒为自己的荣耀派出来的，如果那些人该死，她希望他们是纳粹分子。可这些对我而言都不重要。我所能想的就是飞船是从天上来的。它们不应该着地，它们拴在高塔上，它们是空中怪物；而这一艘竟焚烧坠地。我无法把这一情景驱赶出我的脑海。星期六播放的卡通片里，有一部是关于突眼大力水手的，他的船沉没了。他游泳走了，那艘船的船头昂在空中，直直地沉下去了，像一把刀，发出嘎啦嘎啦的古怪声音，激起一串串泡沫。可我知道，真的船沉没是一幅可怕的景象，有如一只巨兽倒毙；它会歪向一侧，或可能船头朝下，逐渐下沉，越来越快，沉没时在海中造成可怖的旋涡。父亲给我讲过，有一次他看过一艘远洋客轮在泽西海滨沉没的新闻短片。船翻了，处于火海之中。甚至在水上，船也会烧起来。我周围的一切都忽上忽下，时起时伏。乔·路易斯击败吉姆·布雷多克[①]，布雷多克下去了。我在书上看到骑士从马上摔下或马儿摔倒的图画，而在《金刚》里，搏斗中的大恐龙倒地时地球都可怕地震

---

① 两人均为20世纪30年代美国黑人拳击运动员，路易斯有"拳王"之称。

动了。当然,金刚自己也倒下了。就在最近,我看见街上一名老人无缘无故地突然跪倒在地,随后倒向一边,坐在人行道上,背斜靠在一个胳膊肘上,我觉得这很可怕。躺在床上,想入睡,我想象父亲绊了一脚,栽在地上,我哭了起来。

十八

我固然常常摔倒,可那不一样。我住的地方紧靠人行便道,我知道我家前面台阶和水泥人行道的情况,知道人行道上的裂缝和路缘灰石块上的缺口。我现在有个最好的朋友伯特仑,他住在一条街外的莫里斯大道上,在修单簧管课。他矮矮的,胖乎乎的。由我指挥我们的游戏。我自命为这个,宣称你是那个。扬言我说这个,你做那个。电影院最近放映的系列片是《佐罗》,他是个穿黑衣、骑黑马的孤单巡警[①]式人物,在我们的游戏里,我是佐罗,伯特仑可以是任何一个角色。我比他机敏灵活,所以是主角。我们有从垃圾箱里找来的木板条,拿来当剑使。我们决斗时,伯特仑代表许多士兵或一队武装人员,我一刺中其中一人,眼看他倒下,另一个人就立即跳将过来,向我挑战。我在台阶上跳跃,我从砖台阶上下来快速跑过他身边,跳到地上。我摔倒了,就仰天躺着和他决斗。他在我四周跳来跳去。我们的游戏是一出连续上演很久的系列剧,把我们引向房屋间的过道,直到后院。在这儿,作为佐罗,我现在敢爬墙,这堵石墙用水泥修补过,把我们的院子和墙壁另一边公寓楼的后部隔开。墙上支着朽烂的木栅栏,歪歪斜斜的,不让通过。水泥裂开

[①] 20世纪30年代广播剧、小说和电影里虚构的美国西部巡警,40、50年代有近两百集同名电视连续剧。

了,破碎不堪。大群褐色蚂蚁栖居在洞里。我的朋友对付不了这堵墙。我沿着我的岌岌可危的女儿墙快跑,他在旁边跑,在我下面,在院子里。他信誓旦旦,而又气喘吁吁。这些冒险活动他从没赢过,因为我总是佐罗。他死了一次又一次。在我们的决斗过程中,他可能会用他的剑锋碰到我,说他击中我了,可我总是坚持说,尽管他的剑正对我胸膛刺到了我,但只是皮肉之伤。他想争辩,可我又挑逗他进入决斗,举起我的剑,击中他身,嬉笑着往后跳来跳去。他会蓦地跳起来追我,我们便重新决斗。其实,我们不是在玩儿。我们理解了生命不值钱。人们打架、流血,信誉和正义危如累卵。我们一小时又一小时地连着干,新点子层出不穷。我告诉他问什么,然后我回答。当我想出更好的点子,我们就旧戏重演。碎石块上的尘垢和沙砾扎进了我们的掌心肉,我们的眼睛因拼命使劲而闪闪发光,我们的脸颊红彤彤的。伯特仑每天一两次会真哭出眼泪来,我也差不多要掉泪。当我们玩这玩那玩到彻底筋疲力尽的时候,某一人的母亲在呼唤我们,黄昏把寒气渗入我们汗湿的背,我们把我们口袋里的东西——整天冒险活动过程中搜集到的东西——晾衣绳、燧石片、空烟盒、冰淇淋棍——都掏干净,各自回家。

学期最后一天过后,伯特仑和我在外头又干了整整一天的架。可后来他母亲带他到卡茨基尔的别墅避暑去了。唐纳德因派拉蒙饭店的差事离家了。父亲大多数白天和晚上都在外工作,所以很多时候是母亲和我相互做伴。有一阵,我记得,我们家总是满满当当的,总有什么事儿忙着。现在只剩下我们两个,就没有多少乐趣了。

母亲坐在阳光小屋的窗旁,望着外面。我知道她并不乐意这样闲坐。可她就这样坐着。她坐在那儿,手臂放在窗台上。她有时喝杯咖啡,有时饮杯茶。她对我不严。晚饭后我可以在外头玩。我上床睡觉的准确时间,现在对她而言已非最重要之事,或许是因为我早晨不上学,可以睡得晚些,或许是因为她心里有别的事儿。我迅速利用这个有利条件。我收听在上学时想都不能想的广播节目：《帮派警探》，由 H. 诺曼·施瓦茨科夫上校写的犯罪故事连续剧，十点开播；宾·克罗斯比和波布·布恩斯的《克拉夫特音乐厅》，甚至还有《吉米·菲德勒的好莱坞闲聊》，在十点半。把这些节目加入我通过艰苦持久谈判赢得的固定节目——《易得的爱司》，查理·麦卡锡的《蔡斯和桑伯恩时间》，鲁迪·瓦利的《皇家果冻时间》，当然，还有《青蜂侠》《杰克·本尼》《埃迪·康托尔》《基恩先生》《追踪失散者的人》《霍拉斯·海特及其音乐骑士》，另加我所有的午后冒险节目——我对广播节目便有了很大的支配权。整天听无线电节目使我疲惫不堪，不过这是一种神经疲劳，并非真的体力上的消耗，我四肢发痛，脑子里嗡嗡作响。夜里的床睡着没有滋味，枕头变得又湿又黏，尽管我把它拍得鼓起来，好让我感觉到它凉快的一面。我脑子里重又听见无线电节目里的短戏和长剧。我全神贯注于连续剧。我琢磨他们怎样弄出很多逼真的声音：马儿飞奔时踢蹄，飞机在空中格斗，椅子在人脑袋上折裂，神秘的东方港码头上缆绳的嘎吱嘎吱声，等等。大多数时候我回想老师教过我的地理知识，这些节目的背景很少用解说词或新闻评论、或音响效果来加以说明，却在我脑子里熠熠闪光，色彩缤纷，具体入微。节目里有西方，有可飞翔的辽阔而深邃的天空；有东方，有欧洲，它们之间是风浪险恶的海洋。偶然间我意识到我脑袋下的枕头就是那些麇集在异国他乡的坏蛋之一；不知怎的，他到布朗克斯来了。我把他摔倒，用拳头狠揍他，同时以恰当的方式像猪一样发出呼噜声，还吱吱嘎嘎地磨我的牙；有时候看起来他似乎胜过我，可我用我最后一点力气使劲把他从我身上抛向空中，当他掉下时用一只漂亮的袜子接住他。

说来也奇怪，在那些不多的父亲在家的晚上，某些纪律竟得到了强化。他觉得，我所喜欢的广播节目大多是垃圾货。"你最好是读本书，"他说，尽管他知道我总是在读书。他自己听新闻评论员评论时事,如 H.V. 卡尔坦伯恩,虽然我不明白,那些评论员很使他恼火,他为何还要听。当他不能再忍受那些说出来的话时,他气愤地把广播关掉,可下一次他总是又打开。

全家唯一都能接受的节目是《请赐信息》,这个知识测验节目里的问题确实很难,回答问题的专家委员会的知识确实渊博。听这个节目的乐趣在于所提的问题及其答案可能谁也不知道,随即听专家中一两个人即刻回答,使所有问题听起来都那么简单。他们每人各有别人所没有的专业领域,总的来说,是很难难倒他们的。假如你行,你提的问题真的难住了这些专家,你会被奖励一套《大英百科全书》。我们都安坐着听这个节目。有时候,如果题目是音乐或政治或历史方面的,我父亲能赶在专家之前猜到。

我喜欢我们仨一起做事。如果母亲和父亲吵架,我们便出门,干点事儿,他们把这个方法叫做"休战"。每个人都可能生气,不言语,我就轮流批评他俩,直到我让他们站起来出门,我父亲胡诌说这是我母亲的主意,母亲则佯称是父亲的主意。可这是我的主意。我用此法带他们去电影院。炎热的晚上很有必要到开冷气的电影院去。放什么电影对我而言无关紧要,母亲看起来喜欢爱情故事和音乐喜剧片,父亲喜欢戏剧片。我在詹尼特·麦克唐纳和纳尔逊·埃迪[①]对唱时只感到很凉快,只知道黑暗中我两旁坐着我的父母,两人随后在回家路上可能会互相说起话来。大多数时候,他们是说起话来了,可有时候晚上出门不会有任何好结果;影片放映时我会听见母亲大笑,可我们出来后她仍不跟我父亲说话。父亲有时在电影演着时睡着了,有时候他焦躁不安,就出去一会儿。他知道怎样离开影院,去喝杯果汁汽水,或抽支雪茄,然后不用再付入场费返回影院。我自己从来不这样做。

---

① 20 世纪 30、40 年代音乐喜剧片女高音、男中音搭档明星。

他的生意不好，看来这使他变得更安静、更严肃。他没有像平时那样给家里带来惊喜。

这个夏天我最可靠的朋友是小女孩梅格，她家就如我们家，没有计划好的假期。我和她在椭圆公园玩跳房子游戏，如果我预先查看好，没有看见我认识的男孩的话。这是个女孩子游戏，在标号的格子里跳来跳去，很容易的。你把你的冰鞋钥匙或别的什么东西扔在你要到的格子里，如果钥匙在里头了，你就单足跳跃，跳过你的路去到格子，单足而立捡起钥匙，掉转身来，不踩到线，单足跳回来。某些格子得避开，如果别人已先占领。有时候这游戏也复杂。我母亲认为梅格是个甜妞，她就这样叫她"甜妞"，尽管她挑剔她的名字。

"那是个什么名儿啊？"她说。

"这是玛格丽特的缩写，"我说，"但是大家都叫她梅格。"

"得了，那不是女孩儿的名字，那是厨房里干粗活的女工的名字。我得批评她母亲。"

她不太赞许梅格的母亲。我不明白为什么。梅格母亲对我一直很好，她是个漂亮女人，身材苗条，淡红短发，笑容可掬。她似乎总是在倾听她脑子里的一首令人愉快的歌。她的名字是诺玛。我知道她的名字，因为梅格就这样称呼她，奇怪地不叫她的母亲为"母亲"，可诺玛似乎不在乎。她会做一手好吃的巧克力冷饮，她拿一两勺可可粉，加牛奶和糖；接着她用锤子把包在洗碟布里的冰块敲碎；然后把冰块倒入一个"孤儿安妮牌阿华田摇匀杯"，这是个有穿顶盖的大杯；她使劲晃这杯子，直到它变冷，和碎冰一起端来。"我会当个不错的酒吧侍者呢。"她说。她做这类事都很拿手。

她们这个家不是特别宽裕。她们住在一栋没有电梯的经济公寓里，在五楼，要爬好久。楼梯里很黑，过道是用六角形小瓷砖铺成的，好像是洗澡间。她们的一套房很小，但很明亮，因为它俯瞰门罗大道旁的克莱蒙特公园。这座楼的地下室里有一家食品杂货小店，有一扇朝着前面人行道的窗。在这家店里，你看见人们的腿从旁经过，这些腿像是从中间给砍断似的。我有时为母亲去那儿。

梅格没有自己的房间。她们只有一间卧房，所以她要么睡在她母亲的床上，要么睡在起居室里的沙发上。起居室里很多东西都坏了。沙发的弹簧从底部露了出来，那落地灯有几个头朝上的玻璃灯罩，把光打到天花板上，其中有个灯罩缺了一块玻璃，好像被什么吃玻璃的家伙嚼掉了一样。以我母亲的标准，这个屋子并不干净。卧房里塞了太多东西，衣柜里堆着叠好的衣服和香水瓶，箱子摞在墙角，到处是报纸和垃圾。就这么两间房，再加个厨房。厨房天花板上有个挂架，上面挂着晾衣绳；你用一根与墙相连的绳子把晾衣绳像拉窗帘一样拉下来，你就用这个法子把衣服晾干。粉红丝内衣便总是从厨房天花板上垂下来。卧房里有蟑螂，在浴缸上方的莲蓬头上挂着一个红色的热水橡皮袋和一根耷拉下来的灌肠管。还有给猫用的澡盆，虽然梅格告诉过我，她们的猫从窗户掉下去死了。我对这套公寓房记得清清楚楚，因为我在那儿度过很多时间，尤其是下雨天。对我来说有趣的是，从这个乱七八糟的屋子里走出来的梅格及其母亲，看起来居然都那么整洁，穿戴得漂漂亮亮。梅格夏天穿的只有一个搭扣的白鞋总是擦得亮亮的。她有很多最新的玩具和游戏用具。当然，对这些东西，女孩子们更感兴趣；她有一些玩偶，比如，其中有个秀兰·邓波儿的模特儿，有好几套不同的衣服给她打扮。这些衣裳被放在一个小箱子里，就像人们海上旅行时带的那种衣箱。箱子里面，衣架上挂着一套带红蓝两色缎子斗篷的秀兰·邓波儿护理制服，一套骑马服，包括马靴、外套、太阳裙、运动短裤，等等。梅格喜爱秀兰·邓波儿。我本人不这么认为，但也不置一言。我只在一部电影里见过秀兰·邓波儿——我熟悉那种娇生惯养的女孩。嗲声嗲气的,过分伶俐机敏,老师的宠儿,真爱卖弄的人。梅格自己不像那样,否则我就不会是她的朋友。她是个严肃认真、考虑周到的孩子,非常安静,轻信别人。她从不生气,不管游戏对她有多不利,她从不退场。有一天我们在公园里玩儿,忽然下起雨来了。我去了她家,打电话给我母亲,让她知道我在哪儿。"你在那儿吗?"母亲说,"你马上回家。""可正在下雨呢。"我说。"雨很快就会停,"她说,"立刻回来!"

我回到家时很生气。母亲说,我不能再进那个家,我说如果我想我就去。她说我是傻孩子。"可这有什么错?"我说了一遍又一遍。"我不谈这个。"她说。我得为自己找出原因。我知道她喜欢梅格,从不反对她到我们家来,所以这与她家有关,或与她母亲有关。在我们以神秘方式进行的家庭谈话中,不论何时有什么不太对劲的事情,我总被置于黑暗中,尽管我敏锐地感觉到事情的后果。当母亲生父亲的气时,我总是不能确定她的原因。事情就是如此。我在夜里该睡觉时听他们争论,反倒能了解更多的情况。随后我就偷听到晚上母亲和她朋友梅伊的电话。我们的电话机放在屋子的前部,我正在厨房里吃晚饭。我只听见一句话:跳一次舞一毛钱[①]。我不知道这是什么意思,但我知道我母亲在谈论诺玛。我不知道,不能准确地知道,她指的是什么,可这是一种颇有分量的评论,以其道德权威的语调说出来,半是厌恶,半是嘲笑,我立刻认定,这有欠公平。我打定主意继续去梅格的家。我不愿意在这种情况下接受听人摆布的屈辱。我母亲有法子告诉你该做什么而让你失去光彩。有一次,我给她看一本连环漫画封底上一则为可射 BB 弹的气枪做的广告。我想要这枪,提议攒钱买一把。"别丢人现眼啦,"她说,"别再用这种傻话来烦我。"

[①] 20 世纪 30 年代流行歌曲,说舞女陪跳一次舞得到一毛钱。

不过，这个插曲倒是向我暗示了此前我尚未准备承认的某种心情。每当我上楼去梅格家的时候，我总希望诺玛也在那儿。我现在得对我自己承认，我胸中有一种怪异的感觉，某种沁人心脾的兴奋，好像我做了什么错得厉害的事情，尽管我不知道是什么错事。当她母亲不在家，或我在时她出门了，我会感到失望，看望她们的兴趣变小了。每当她看见我，她总是笑眯眯的。她有一双大眼睛，分得很开，嘴巴很宽。她非常和蔼可亲。有时她加入我们的游戏。她会和我们一起坐在地板上，我们仨常常过得很愉快。

十九

我们收到了来自山上派拉蒙特饭店的第一封信。"亲爱的爸、妈和埃德加。"我哥哥写得整整齐齐，把我们每一个人都放在他心上。我羡慕唐纳德的书法，他用墨水写在没有线条的纸上，纸上不留墨水渍，字行笔直。我在学校里较差的学科之一便是书法，所以我揣摩他的信，并加以临摹。我读信时好像听到他的嗓音，他善于讲述——我现在听他讲述在派拉蒙特饭店究竟怎么样，以便我们了解。他告诉我们说，他工作努力而又喜欢。有些客人点一些骑士乐队不会演奏的曲子——那是个最大的问题。每天晚上听同样的曲子，人们会听腻的。父亲能不能尽快把此信所附曲目的乐谱寄去？他会找时间排练，尽管这很难，因为管理部门要他们白天到湖边当救生员。不过饮食很好，他还晒得挺黑的。山上的特点是不管白天怎么热，晚上总是很凉快。父母读信而笑，虽然我没有发现信中有何特别可笑之处。父亲说，他会赶在骑士乐队听到"锣声"之前，立刻寄些乐谱过去。他提到的是一个广播节目，"鲍斯少校"的《原创业余爱好者时刻》[1]。这个节目里的比赛者是些雄心勃勃的乐师,如果他们表演得不好,鲍斯少校会敲锣叫他们停下来。这会使你觉得好笑,尽管对不论他们中的谁,对那些兴许排练数周才上电台让人听到、希望其出场能赢得专业演出合同的人来说,或许是没有什么可笑的。人们用各倒入不同高度的水、音调也因此不同的水杯来演奏;他们演奏大粗齿锯,用小提琴弓来拉锯片、敲锯片;他们玩调羹,甚至张嘴敲牙齿、打耳光来制造音乐。他们总是得到锣声。但我认为,他们之中有些人却令人惊叹——轻松地弹着吉他,同时吹搁在脖架上的口琴,或吹固定在椅子上的短号,用脚击低音鼓,用胳膊肘按风琴键,用系在前额上的棍子打钹。这些一人乐队,他们奏出来的不是真的音乐,而是别的什么,一种机械的、不那么入调的音乐,有如蒸汽琴或音乐盒;不论何时有机会听一人乐队,我都会听。

父亲给我介绍说,过去沃德维尔综艺表演[2]时期,在下东城有个名叫罗曼诺夫的小提琴手,因把小提琴放在背后演奏《飞舞的大黄蜂》而有名。"移民们喜爱罗曼诺夫,以为他是世界上最好的小提琴手,因为他能在背后拉琴,"父亲说,"连了不起的海菲兹也不会这样拉。连弗里茨·克莱斯勒[3]也不会。"他望着我,满面笑容,眉不飞而色舞,等我领会他的意思。我明白他在说什么,可我仍然喜欢一人乐队。

我们的前房东塞格尔太太顺道来访时,提到了有关我哥哥的一件比较严重的事情。巧得很,塞格尔太太和她的丈夫去派拉蒙特饭店度了一星期假,在那儿很高兴见到唐纳德。"可你们不会相信,他们让那些男孩们住在破房子里,"她说,"破陋小屋,床垫就放在地

---

[1] 20世纪30、40年代由埃德加·鲍斯主持的业余音乐天才表演广播节目。
[2] 19世纪90年代至20世纪30年代美国最流行的综艺表演,包括歌舞、喜剧、哑剧、杂技等,其名源自以轻音乐著称的法国诺曼底沃德谷地区。
[3] 海菲兹(1901—1987),著名俄裔小提琴家;克莱斯勒(1875—1962),著名奥地利裔小提琴家。

板上,好像肮脏的农夫。没有自来水,他们得用停船棚屋旁的户外淋浴水。"

我母亲缄口不语。

"平时我不会说长道短,"塞格尔太太说,"可我知道,你们有多讲究。"

"他没有告诉我们。"母亲说。

"当然不会,"塞格尔太太说,"你们了解男孩子,对他们来说是无所谓的。即使住在白金汉宫他们也不洗澡。"塞格尔太太说这话时把我的下巴捏在她手里。她觉得,整个情况十分有趣。"当然,唐纳德正过着一生中最愉快的时光,"她安慰我母亲说,"他是个大人物。所有女孩子都爱慕他。"

父亲回家后,母亲把塞格尔太太说的话告诉了他。"我想要他立刻回家,"她说,"他住在垃圾堆里。给他发封电报。如果是个能把他从那猪圈里弄出来的法子,我会自己去一趟。"

"罗兹,"父亲说,"如果你在暑假中间把这孩子弄回来,他永远不会原谅你。"

我母亲很难克制自己。一两天后,她给唐纳德写了封信说,她从塞格尔太太那里听说了关于他们这个班子的生活条件。"为你们的权利挺身而出,"她对他说,"你们其实是最佳宾客。专业音乐家们有权利要求床上有被单,至少如此。"

二十

我有多种多样关于死亡的理论——比方说,溺死,辗死,或活活烧死,这是些事故造成的死亡,或有时候像小儿麻痹症,这是细菌导致的死亡：事情简单明了，如果我念及死亡，如果我想象死亡，死亡就不会临到我头上。我会得到保护远离死亡，变得有免疫力，就凭一个思想行为，就可以抵抗死亡的精神疫苗来挫败这种或那种特殊的死亡。这思想是如何进入我头脑的，这点并不重要，假如我听说什么可怕的事情发生在别的什么人身上，假如我看见什么坏事情，或只是对描写死亡的文字的无聊想象，我就是安全的。或许死亡并不像可实现的希望那样有那么多理论，可它恰到好处地存在着。

我八岁那年的秋天，一天早晨醒来时，又一次感到胃痛。我很高兴能待在家里不去上学。我有本新的连环漫画，是关于弗兰克·巴克的，真有其人。弗兰克·巴克去了非洲和亚洲，用陷阱捕获了大野兽；他不杀害动物，而是用船把它们带回动物园和马戏团。他对动物很仁慈，对此我很欣赏。他曾有狂野的冒险经历。

我的病没有给我的头脑带来理论上的推测。看起来根本没有什么可推测的。显示我对待死亡同样泰然自若，我视己为疾病专家，至少在疾病出现在我身上之际。我了解我的伤风，我的流感，我的耳痛。我知道它们的特征，它们可能经历的过程，以及它们所需要的治疗方法。它们没有摆出吓唬我的样子，虽然它们对我母亲气势汹汹。我学会了怎样偷偷逃避最痛苦的疗法。比如用芥子膏药治胸部感冒①：等药一敷上，母亲一离开房间，我就在我皮肤和棕色纸袋纸之间塞进一块纸巾，那纸袋纸上涂着冷飕飕黏糊糊的英国芥子。接着我会把被子往上一直拉到我的下巴，这样我可以不必闻那讨厌而可恨的玩意儿的辛辣气味。当我听到她回来时，我就拿掉纸巾，忍受那灼痛感一直等到她再离开。

这次我有点低烧，没有特别不舒服。我只是吃得不多。一切皆好。可到了第二天，仍有恼人的轻微疼痛，我躺在床上的时间更长

---

① 即急性支气管炎。

了，母亲发现了这一情况。下午晚些时候，格罗斯医生来了，给我做了检查。像往常一样，他送我一块压舌板。他按我的胃，看我的喉咙和耳朵，他的吊着徽章的背心链在晃来晃去。

"哦，"他用和蔼的低音说，"看起来没有什么大不了的。让我们等一两天吧，看看会有什么事儿。"这不是我母亲通常面对疾病的态度，她喜欢知道究竟是怎么回事，并果断处之。可我的症状不明显，即使卧床我看起来也很活跃。我画画，听广播节目，我要喝茶，要吃烤面包片和吉露牌果子冻，正常得令人不安，她也就同意医生的建议了。

几天之后，我的胃仍然刺痛，绷紧如鼓。我很早就上床。第二天早晨醒来，胃不再刺痛。我笑着告诉我母亲。她仔细瞧我发红的脸颊。"我不喜欢你看起来是这个样子，"她说。当她看体温表上的热度，她倒抽了一口气。40.5 摄氏度啊。

母亲把格罗斯大夫骂了一通，给在威切斯特的弗朗西斯姑妈打了电话。作为一个富太太，弗朗西斯姑妈认识很多专科医生。由于她的请求，我们随后很快就接到她家的朋友伦敦医生打来的电话。我听见母亲向他叙述情况。她回我卧房时，脸上的表情惶恐不安。"伦敦大夫是曼哈顿医生，"她说，"他正在派他的助手来，这助手在这儿附近有诊所。他说，你不要动，要安静地躺着，把枕头放在膝下。"她一边说，一边轻手轻脚地放好枕头。

过了一小会儿，那助手就来了。我没有记住他的名字。他令我害怕。他不像格罗斯大夫那样和蔼可亲，而是表情严肃，面无笑容；他触摸我不是以格罗斯大夫的友善方式，揉揉这里，揉揉那里，而是用他的指尖战战兢兢地碰我，愁眉苦脸地盯着我看。他穿着一套深蓝细条子衣服和背心。他头发灰白。"格罗斯医生的怀疑是对的。这孩子得马上送医院。"他对我母亲说。她把一只手放在脸颊上。他们一起走出房间。我怨恨他们在讨论我病情的时候丢下我不管。我听见他们在过道里说话。

这个陌生医生在前厅电话里说话，然后在我房门外跟我母亲说话。"你别浪费时间叫救护车。叫辆出租汽车。送他去珀利门诊医院。它在西五十街。这儿是地址。伦敦医生会等你们。"

他对我母亲解释说，该怎么送我去，裹在毯子里，抱着我的背和腿，活动范围要尽可能小。然后他走了。

母亲打电话给她的朋友梅伊求助。"他的阑尾爆裂了。"她说。

我感到恐慌，因为在我自我保护理念的登记簿上，我从未列入破裂的阑尾。我怎么会有呢，我连这是什么东西也不晓得！我感到眩晕。我的恐惧消除了，我变得气愤。不再疼了，可现在，却是我得进医院的时候。母亲帮我穿上新睡衣、把我裹进毯子里时，我含恨抱怨。她难得那么温和，可就是忽视我该说的话。

这时候梅伊到了，在按门铃。一辆黄色德索托出租汽车停在屋前街缘。母亲护着我走下台阶，梅伊跑在前头挡住已打开的车门。叫我丢脸的是楼下那个房东的小女孩，我恨她。她正在屋前，拿着她的教科书，看着这一切。她不顾我的感受，一直看着，她不明事理，不去办自己的事儿。我没有理睬她，可对这个讨厌的小妞我怒不可遏。啊，我的厄运，就在午饭时刻，孩子们正放学回家，我却被人瞧见给这样子裹在毯子里。她是怎么知道的。她会告诉她母亲。我的羞耻将被公众所知。

这就是我在出租车上哭泣的原因，不是因为我感到病了。"嘘，"母亲说，"别着急。一切都会顺利的。"我可以感觉到，对一切是否顺利她并不完全有把握。出租车开得很快。司机反复按喇叭。我知道我们在哪儿，我们的车正沿着大康考斯大道开。我看见路中间安全岛上的树梢，附设在路灯柱上加有边框的蓝白两色街牌，我看见公寓楼房的屋顶。我看见布朗克斯乱哄哄的。我们接着开，越过桥，在一三八街进入曼哈顿。我闻到出租车裂开的坐垫发出的皮革味。

我看见司机的后脑勺、他的软帽。我听见计时器的滴答声，试着数这滴答声，在我脑子里跟这个声音保持一致的节拍。我一定瞌睡了。我们现在从七十九街转弯开上麦迪逊大道，那里有个斜坡，我转身瞧前窗外的汽车和公共汽车。司机按喇叭。出租车拐向中央公园，往曼哈顿西区开去。

我发现自己躺在医院的担架床上。我的毯子被拿掉了。我很渴。我转头找母亲，可我见不到她。我被推着沿过道走，一盏盏吊灯过去，似乎像出租汽车计程器的棘轮一样发出滴答滴答的声音。"我很渴，"我说，"我要些水，劳驾。"有个人说："就一会儿，我们会给你水。"

然后，我和几个人在电梯里，他们对着我笑，说些安慰的话。我不认识他们。我不信任他们。接着我们出了电梯，进了一个昏暗的房间，许多人在那儿，昏暗中有些模糊的人影，担架床在按某种方式给放好，动来动去令我恶心。我渴得厉害，要水喝。他们不给我水，但把缚住我两个手腕、踝子骨和胸部的带子解开了。

一个头戴白帽、身穿卖鱼人欧文穿的那种白色工作裙的医生出现了。我看不见他的脸，他戴着个面罩，除了眼睛，什么都给遮住了。他在说什么，可他的嗓音被面罩捂低了。他戴着橡皮手套。我意识到他在说我会安然无恙。我怎能相信他！我无法忍受他们对我做的好事。他们把我拴住了。我说我要喝些东西，他们似乎充耳不闻。

另一个戴白帽的大夫在我脑袋旁坐下来，说他要给我戴上面罩，要我在他给我戴时深呼吸。"让我看那面罩。"我说。他举起的不是像他戴的那种白棉面罩，而是一个圆锥形橡皮玩意儿，黑颜色的，边上瘪掉了合在一起，窄的那一端连着一根管子。它看起来更像个气球而非面罩。我无疑知道，我不想跟它有任何关联。他看见我眼里的惊恐神色。他朝我端起面罩，同时转身，转动某种机器上的轮子，我预先没有注意到那机器就在他身旁。我听见了嘶嘶声。面罩冲着我过来，这时成了正圆形。我知道我不能躲避它，但还是把我的头转来转去。我需要片刻来让自己镇定。"只要深呼吸，"他说，"你可以数数吗？你呼吸时从一百数起，但倒着数，看你能不能数，九十九、九十八，等等。"他把面罩扣在我脸上。我摇头道不。我要告诉他我渴。我要两样东西，一杯水，一个自我镇静的片刻，可我说不出话来，因为那可怕的橡皮面罩压在我脸上，被固定在那儿。我不能呼吸，我试着告诉他们。一种冰冷而有清香味的毒气，是此人要我吸进去的。我试图让他停下来。我有话要说。我开始挣扎，觉得有手把我往下按住。不论我如何辗转我的头，这种冰冷而有清香味的令人窒息的毒气黏住我不放。我吸进它，我禁不住，我想屏住气，可这不可能，我每吸一口气，就有更多不宜吸入的清香味进入我的肺，让我噎得慌。我感到窒息。没有空气啊。这气很凉，闻起来就像地窖里嘶嘶冒出的煤气，窖内有回声，响如金属踏板，它嘶嘶有声，窖门关闭，当当有声，我听见我呼唤自己的嗓音沿着长长的石廊传去，我无法呼吸。我知道我不应失去知觉。我抗争。我晃我的脑袋，我无法解放自己。

此时，有彩色灯光的大旋涡向我移来，像玩具纸风车一样旋转，转得那么快，似乎在尖叫。随后那彩光裂成碎片，朝我飞来，刺我的那些针，黄的和红的蜇针，从我身旁飞过，一声吼叫此刻在我脑袋里轰响，并开始颤动。所有这旋转炫光和吼叫噪音，突然啪的一声变成了唐老鸭，它从一个地方赫然耸现，它说着话，嘴里发出呱呱呱的声音，随后是米老鼠赫然耸现在我面前，做着鬼脸，喋喋不休地说话，或大喊大叫，它们都朝我哈哈大笑，还朝我张牙舞爪。我不由自主，此刻又吸这可怕的毒气，是在一个白色瓷砖游泳池里，或是在那墙壁向我移来又移走的走廊里。我完全不能读《康普顿图画百科全书》里有关海洋的文章,这些水下动物便在我耳朵里笑,可这笑声颤动得像一台机器,我不能停止呼吸,尽管我知道是机器在呼吸。那气味冷冷的,嘶嘶声变柔和了。我感到我似乎在海底下,但在海底呼吸的不知怎的是这空气,在这整个冰冷的漂浮中仅留的可呼吸的空气。然后,随着那令我尖叫的对事实的确定,我知道我在被人宰割,我感到手术刀进入我的肚子,并往下切割。我试图叫他们住手,可水嘶嘶嘶地进入我的嘴,我见我自己逐渐漂浮而去,他们割了又割,我想哭喊,可又不能,眼泪留在我喉咙里,我在我喉咙里伤心难过,感到这种死的绝望,我因此而放弃,我任其漂流。一切都漂走了。

后来,似乎很久之后,有一会儿我看见东西了,随后又看不见了。四周很安静。我听见嗓音,可辨不清话语。我的嘴很干。我喊着要水时,会有一小团湿的棉花在我干裂的嘴唇上从一边擦到另一边。我生气,有意乱蹬乱踢。那样他们就会把我捆在桌子上,迫使我呼吸我不能呼吸的东西!我被按住,唐纳德抓住我的手,他说:"放松,放松!"我睡着了,又醒来了,此时脑子相当清楚。我是在那种有帘子的房间里。别的人在帘外。他们有自己的忧虑。孩子们在哭。帘子被往后拉,一个护士给我示范我可以怎样饮水。她拿着一端包有棉花的压舌板,把它浸入水杯,然后让我从棉花里吮水。这是不够的,可她就只用这个法子给我水。

我感觉很糟糕,好像有东西黏连着我,以致我能感觉到我的内脏,感觉到我的内脏像什么。他们要我静卧,我也乐意,因为在我胃里有潮乎乎的黏糊感觉。接着我母亲和我一起待了一会儿。她因为什么事儿生护士的气。她告诉我说,我盖着被子会有那种感觉,因为我身上有导管,手术已经做完,我不必担心这事儿还会发生,可眼下在他们开刀的切口有几根橡皮引流管,以此保证所有毒物都离开我的身子。意思就是让我身上那些导管再待一阵子，不要伤口愈合，以便确定所有毒物都能出来。就这事儿。我不想知道这些。我不想瞧见。

不论医生何时换药，我都闭上眼睛，因为我不想看。我感觉不好。我不高兴。我很疲劳，伤得很重，我觉得我被野蛮对待，我被切割，我身上有缝针和导管。在无人在旁、我醒着的夜晚，我听见另一个孩子在哭，我情不自禁也哭了。

后来，外婆来探望我。她穿过帘子进来。原来她根本没有死。我很高兴那帘子被拉在我的床四周，因为别的人谁也看不见她，她讲意第绪语使我感到局促不安，她看上去很老，衣衫褴褛，穿着黑衣服，灰白头发扎成了辫子，但边沿乱蓬蓬的，她不像平时那样整洁，她身上散发出酸草味。可我很渴，告诉她怎样弄水，她干得很好。随后她用她干瘪的老手摸我的脑袋，她觉得我太热，在我床脚找到一块洗脸巾，走到帘外墙边的洗涤槽，把洗脸巾在冷水里漂干净，返回来把折叠的洗脸巾放在我的前额。"你是个可爱的小宝贝。"她对我说，尽管是意第绪语，我也听得明白。她从她的皮子已裂开的旧钱包里掏出一分钱。她用食指和大拇指拿着这一分钱，另一只手把我的手弄开，把一分钱按入我的手掌，就如她一向做的那样。"我祝福你，我心爱的孩子，我为你的健康祈祷。你是个好孩子，我爱你，"她说，"上帝会保护你。"

我母亲和父亲来时，我告诉他们外婆来看过我。他们交换了一下眼色。母亲说了声"请原谅"，用手帕捂住眼睛，出了病房。父亲在床边坐下。

"我给你带来几本书，"他说，"是些新书。现在他们有袖珍书，极好的书就两毛五分钱。我知道你喜欢弗朗克·巴克，不是吗？"

我点了点头。他很认真。他眼睛下面有深色圈圈。

"这是他自己的书,关于追猎犬野兽的,"父亲说,"《把它们活着带回来》。这不只是连环漫画书。这是他的自传。这儿有个关于名叫'巴姆比'的幼鹿的故事,菲利克斯·萨尔登写的,"他说,"就是要理解动物的观点。"

那不会令我很感兴趣,但对可怜的父亲我没有这样说。我理解他对我有多担心,我爆裂的阑尾令他们所有人有多担心。

"这是一本名著,一部经典作品,现在你可能不感兴趣,可将来你会。一本绝妙的书,《呼啸山庄》,英国作家艾米丽·勃朗特写的。"

"谢谢您。"我说,尽管我已累得只能看看书的封面。

"我把书放在你旁边的桌子上。你看得见吗?你想看的时候,只要伸手就能拿到。"

好久后我才得知在我病房外医院走廊的尽头发生了什么事。看望我之后,父母亲见了做手术的伦敦医生。他告诉他们说,我有百分之五十的康复机会。然后他走开去巡诊了,此时此刻,我母亲真想从这医院的窗户里跳出去。医生所说的康复的可能性看起来不是她所能苟同的。父亲在敞开的窗子旁抱住她,跟她较劲。他抱住她,直到她在绝望中感到软弱无力,不能自制地哭了起来。

他们只消问问我,我就可以告诉他们说,我不会死的。我知道我不会死是因为我的理论。我的理论表明,如果我在事发前就想到这个事情,此事就不会发生。我经受了阑尾破裂,事前没有想到,这是很遗憾的,但在它有可能害死我之前我就想到过死亡,所以现在是不可能了。这很简单明了嘛。

我不再恐惧。我可能讨厌我身上的引流管,讨厌这些垂伸在我内脏里的管子令人极不舒服的怪异感,可我并不为我的生命担忧。对我来说,可怕的时刻是在我昏迷之前与致命的清香味乙醚搏斗,那乙醚以其用化学品产生的寒气注入我的喉咙、我的肺脏。可我现在清楚的是，我父母把我已故外婆的来访理解为我会死的征兆。在那个不寻常的日子，我离死亡很近。没有人可以使我相信，这不是外婆做的一次显而易见的探望，一件真实的事情，那是关键问题。我亲爱的眼圈发黑的父母，这两个本人存在的伟大构筑者和本人理念的统治者，走进我病房的神态是那么迟疑不决，在门口阴沉沉、怯生生地瞥上一眼，苍白的脸上嘴唇紧闭，仿佛被其所见之物吓得战战兢兢；在他们进来之前，在他们确信我仍然活着之前，我得转过头来，向他们微笑。他们会以为，在使我臆造与外婆神秘会见的谵妄中，我自己的极度痛苦，随着我的眼睛转向往昔，好像在我脑袋里累积起来，我便看见死去的人，我的胆大妄为穿越了时间，又似乎平静了下来，飘向寂寥，飘向无生命，把死亡看成了生命。

这些含义引起的恐惧是我父母推断出来的。我只是罹患了腹膜炎。即使在我被挪到另一个房间时，我的自信也未动摇，那是一个大一点儿的房间，我的床四周没有帘子，但有童床的那种围栏。我深受侮辱。这是个儿童病房，有很多童床式铺位，每张床上有比我小或比我大的孩子，我们中很多人现在不论年纪大小都在这些令人羞耻的床上，所有人都看着我。有些年纪小的站起来瞧我。我还得躺下。我可以透过一扇大窗看见街对面一座没有窗户的楼。这是麦迪逊花园广场大楼的北侧，这地方叫我高兴。夜里，我想象我可以听见一群运动迷在篮球场上欢呼喝彩。

唐纳德来看我时很生气，因为没有人告诉他我已被挪到这个特殊病房了。

"我去了你的老房间，那床是空的，褥垫被卷起来了，"他说，"我问的人没有一个人知道。我跑遍所有地方，想弄明白发生什么事了。"

他在旁边坐下来，用手背揉他的眼睛。"你能想象一个满是医生和护士的医院，竟然没有一个人知道你在哪儿吗？"他含泪而笑，

"最后我看见照顾你的一个护士,她告诉我你在这儿。"他摇摇头,"天哪,我找不到你,要是我打电话给妈妈会怎样呢!"

我把唐纳德介绍给旁边的孩子们。他们有四五个人。我要他们知道我有个哥哥。他向他们招手,他们中有的说了声哈罗,但大多呆呆地望着我们。他们都要死的。我知道这点,我很清楚。有个女孩,密莉安姆,比我大几岁,有条腿被锯掉了。她在我旁边的床上。有两个孩子白天坐在轮椅上,晚上得有人帮助他们上床。其中一个面黄肌瘦。他们都要死的。我知道这个,因为我听见了医生和护士们说的话。还有这里的玩具都很精致,这些孩子的玩具和游戏用具都是最值得称道的,我从未见过,但他们看起来不在乎;他们的父母或祖父母每天来,带来更多玩具和游戏用具,可他们并不表示感谢。有些孩子在这儿已经几个月了。他们不喜欢探视,他们只喜欢互相说话,互相逗乐。我不是他们中的一分子,我看得出来。尽管我被搁在他们中间,我没有想我会死。他们也没有想我会死,因为他们中没有人愿做我的朋友,除了密莉安姆。她喜欢我。"你哥哥很帅。"探视时间结束唐纳德离开后,她对我说。

使我恢复健康的是一种新药,磺胺甲基密啶。我当时的印象,这是一种黄色粉末,在我的刀口被缝合之前撒在我体内所有地方。我想这也就是手术后的投药处理。几周后我出院了,被裹在毯子里送回了家。那是冬天。初春时分我被允许每天下一会儿床,后来为了我康复,他们把我送到乡下,位于蒙卡尔姆平台的佩勒姆庄园,每年逾越节晚宴的主人弗朗西斯姑妈和伊弗雷姆姑父的家。

他们的三个孩子都长大了,上了大学,两个在哈佛,最小的女儿丽萨,在史密斯学院。他们家房子天花板低,楼梯铺着地毯,窗子是落地长窗,空气中有葡萄酒和天鹅绒的味道,就在这儿,在这座雅舍的安谧气氛中,我待了一周,安逸舒适。后院里有一块巨石和一大片盛开的连翘花。弗朗西斯姑妈毫无疑问帮我父母找到了一个知道我出了什么事的医生，从而挽救了我的生命。她真的喜欢我，我也喜欢她，她好心、仁慈，是个很美丽的女人，过早有了白发，有一种文静的贵族风度，犹如童话里的好皇后，依然有着公主的某种妩媚。她说话不抬高嗓音，令我爱慕。她女儿丽萨的卧房，一个单人房间，给了我用，墙上满是丽萨的奖状和奖章。她年轻时养过狗，各种各样的项圈显示了她的技艺，其中很多是蓝色的。她的佼佼狗维基，一条爱尔兰克雷郡蓝猎犬，还住在那儿。我应邀浏览她的图书，收藏的大多是令我失望的科学课本和驯狗手册，还有她童年时代就开始读的南希·德罗侦探丛书①。可她真有 L. 弗兰克·鲍姆写的整套"奥兹"丛书②，我读了这些书，发现它们合我口味。

我仍有点儿害怕伊弗雷姆姑父。他是一种具有威慑力的成年人，认为儿童天生就非完美之人，应该不断地受教育改变他们自己的最坏本性。他嗓音低沉，提出问题，等待回答。他自己的一幅油画放在大起居室里的壁炉台上。白天他不在家的时候，我仔细看过这幅画。此画把他画得比他本人瘦、英俊，不戴眼镜。他是个胖子，戴一副无框眼镜，牙大、鼻大，双下巴，穿深色衣服，出门乘纽海文铁路线前往其律师事务所，带着内阁部长处理国家大事的严肃神态。有一天吃晚饭时，我把一粒青豆放在我的餐刀上，随后便听了十分钟关于这样做为何不对的训话。他问我是否理解他指出的核心问题，并要求我重复一遍。我想，他喜欢我，可我还要走很长的路，他才会尊重我或夸奖我。他对我们家族的态度，对我们所有人的态度，我想，似乎可悲地有损于或减弱了他的判断力，反映出他的想法，即没有多少人能预期达到他所达到的生活高度。他

---

① 为少女写的系列侦探故事，流行于 20 世纪 30 年代，共 50 册，由一写作公司编写。
② 儿童文学作家鲍姆笔下的神秘仙境，其丛书中最有名的是 1939 年拍成电影的《奥兹国奇遇》(一译《绿野仙踪》)。

是右翼共和党人,爱以屈尊俯就的苏格拉底式诱惑态度跟我父亲辩论。

不过,他当然还是好心人。他承担整个家族法定福利的监管者的作用,尽管我们只是与他有姻亲关系。他是大家的律师,不收费,我的费尔姑父,那个出租车司机,作为有奖章形执照牌的出租汽车的业主,为保险需要成立公司,他没有收钱;大概也没有收我父亲的钱,父亲在其唱片生意开张时可能需要某些法律上的帮助。伊弗雷姆姑父比我们家族里任何人都有钱,所以可能对赡养我爷爷和奶奶贡献很大。我无法弄明白,像这样一个体面、有尊严的人却有他顺从的一面:直至他放弃经营期刊订阅生意,去法学院上学并取得学位,才获得允许和弗朗西斯姑母结婚。那个规定来自我的奶奶,使他终身受她的恩惠。他有三年或四年晚上去上法学课,白天打工养活自己,这就教给了他一个为之感激不尽的行为准则;在他证明他能养活他所爱的女人之前不能结婚,这个挫折却把他从犹太人低中收入阶层引入了富裕和自主的生活。金钱、财产和责任都是他的,他把它们像法官的长袍一样都穿了起来。

我知道我父亲厌恶伊弗雷姆的政治主张,厌恶他的保守价值观和趾高气扬。我臆断伊弗雷姆姑父不赞成我父亲的左派政治观点,不赞成他的容易冲动、他的不切实际、他的浪漫主义。他们就像伊索寓言,蚂蚁和蚱蜢,我不能长久地选定哪一方,因为我会发现其自身的不足之处,尽管我完全站在我父亲一边。我总是希望他赢。我不希望无忧无虑唱着歌的蚱蜢在雪封大地、无食可觅时出去乞讨。待在佩勒姆一周左右的时间里,这个感觉左右着我。对一个好孩子而言,这里有如天堂,静穆而美丽。我身裹毯子坐着,太阳从厨房后面小屋的窗子里升起来;户外是青草、鲜花和树木的组合。一切都各得其所,连日本丽金龟也是,它们顺从地飞进灯状罗网,悄悄地爬到彼此身上,然后死去。弗朗西斯姑妈冷静地、谦恭有礼地让大家知道她的决断;连她的住家女管家克拉拉,一个面无表情、嗓音甜美悦耳的高个儿黑女人,也有庄重的风度。这个家里的每一个人走动起来似乎都有一种自持、肃穆、从容的神态。我将之与我家的紊乱、我们生活的紧张和我们情绪的极端相比。早晨,我和弗朗西斯姑妈和伊弗雷姆姑父乘他们的大型"别克公路大师"汽车前往佩勒姆庄园火车站。每天早晨列车——不是地铁,而是由机车牵引的真火车——都是准点在同一时刻沿砾石路基开来,嚓嚓有声,逐渐停下,伊弗雷姆姑父爬上车,向我们挥手。在这种生活中似乎没有错谬,生活以图画书的完美方式进行着,至少在我的康复期是这样显示的。

但我不喜欢这种生活的慈悲意味,这是一种有危险的带有宣传意味的生活,由于如此安静,也就愈加危险。我为自己过得快活并欣赏这一特权家庭的安谧感到内疚。在这儿我得变成另一个人,我不能哭哭啼啼,或发发牢骚,或提提要求,而只能表示我的感激。我感到被制伏在此,制伏在天堂,当离开的时刻终于来到时,我很高兴。

现在我在回想当我病得还很重、躺在儿童病房时唐纳德带给我的礼物。其实这是他的朋友之一,塞莫尔或厄温或伯尔尼,我不记得是哪一个,送的礼物。这是个状如酸黄瓜的翻领饰针。这很可笑。这是海因茨57酸黄瓜①,是人们在纽约世界博览会参观海因茨穹顶房时拿到的。

"等你痊愈了,"我用手指转动饰针时,唐纳德对我说,"我们去世界博览会。"

---

① 海因茨食品公司用来做广告的饰针,57指其产品种类。该公司以生产调味番茄酱著称,总部设于匹兹堡。

"你去过了吗?"我问他。

"没有,"他说,"没有你我们不会去的,你知道这个。我们要一块儿去。妈妈、爸爸、你和我。全家。"

弗朗西斯姑妈

关于你父亲我不知道要对你说些什么。他是一个自由精灵。小时候我们就不那么亲密。我大些,我有不同的朋友、不同的思想。我把时间献给了下城道德协会。道德文化协会下城分会是为犹太人办的。上西城道德协会是为爱尔兰人办的。我学餐桌礼仪、音乐、如何端正举止、所有的嘉言懿行。伦理道德给了我生命。

但戴维对此没有兴趣。他很野。他英俊、聪颖,但实在难弄。他取笑我的朋友们。她们来看我们时,他追她们。有一天我的一个朋友穿着她的第一双高跟鞋,他沿着我们楼房的楼梯追她,她的鞋后跟被台阶绊了一下,马上就折了。她哭得好厉害。他于是觉得抱歉,虽然装作不怎么内疚的样子。

我有个朋友是费利克斯·弗兰克福特[①]的妹妹。弗兰克福特家也很穷,像我们一样穷。

我们住在加弗努尔街。每个星期,我和我的一伙女孩子从下东城走到二十三街的音乐学院歌剧院。为这个活动我们每人有五毛钱。戏院座位是二毛五。另外二毛五是乘车钱,但我们不花车费,而是买一束紫罗兰花,我们来回步行,在回家路上手持美丽的紫罗兰花,

---

[①] 1939 年至 1962 年联邦最高法院法官。

唱着我们听会的歌曲。我记得在音乐学院看过《玩偶世界婴儿》①，准是晚些时候，在我上中学的时候。

戴维是个梦想家，他上学总是迟到。早晨穿戴时，穿上鞋袜，竟忘了自己在干什么，就坐在那儿，他会忘了他应该穿上袜子。

青春期时，他把大部分时间花在社会党总部。这是受我们父亲的影响。你的爷爷是个了不起的人。他一天读三份报纸。他是个特别喜欢看书的人，他爱书籍，俄罗斯作家是他的最爱。他有惊人的记忆力，他记得三十五年前读过的书，他可以引述一本书，谈论这本书，好像这书就在他眼前。他是个地地道道的社会主义者。但他从不把他的思想强加给我们。他会讲解事情，让我们形成我们自己的思想。戴维爱他，他崇拜他。

我父亲刚到美国时，大概是1886年或1887年，他是个年轻人，还没结婚。事实上他和妈妈还没相见。他干人家给他的任何工作，他们曾让他当切肉工，可他很差劲，他一生在生意上都很差劲，对生意没有脑子。数年后他当了印刷工。他在第三大道东八十街开了一个小店。在此之前他帮你父亲干留声机唱头生意。可他年轻时很早就进了学校，学他可学的一切。下班后他每天晚上都去东区联盟学英语。他还研究社会主义。著名律师莫里斯·希尔奎特是他的老师。那年年底莫里斯·希尔奎特赠给我父亲一本词典，因为他是班上的最佳学生。

我母亲在谋生方面胜过我父亲。她做过计件工。有一阵子她开了个茶叶店。后来她在乡下管理度假村，类似家庭旅馆那样的地方。我当时十五岁左右。

那度假村失败了。她对我们女孩子，对我和最小的莫莉，很严格。可戴维是不会犯错的。对戴维，她宠爱着呢。戴维是她的掌上

---

① 由好莱坞滑稽演员劳莱和哈代合演的喜剧片。

明珠。他爱她。

从加弗努尔街我们一直往北搬到了一〇〇街，那儿现在是医院。当时是经济公寓。公园大道和九十八街那地方是个农场。我母亲会递给我一毛钱，我便去农场挑些需要的蔬菜。每样东西都是一毛钱。一捆小萝卜，一毛钱；一根黄瓜，一棵生菜，一毛钱。

很多年之后，等我们都结了婚，有了孩子，戴维和我才变得亲近起来。我结婚要早得多。他和罗兹结婚时，他们是一对我从未见过的最漂亮的夫妻。罗兹是个美女。

我十六岁时伊弗雷姆和我开始谈恋爱。当时戴维十三岁或十四岁。有个家庭轶闻，说是戴维把伊弗雷姆从楼梯上摔了下去，但那不是事实。他只是把他锁在外头，挡住门，一直不让他来看我们。戴维把伊弗雷姆的生活弄得很惨。他们之间有摩擦。他们彼此从不喜欢。

伊弗雷姆和我的婚姻很美满。我们从不吵架。他是个保守的共和党人，自由同盟成员。他知道我的感受不同。有一年我投诺曼·托马斯[①]的票，只不过没有告诉他，他也没有问。他信任我处理所有家庭账单、作出家庭决议，他则专心于自己的律师业务。他从不过问我对事情的看法。这个管理方式运转出色。伊弗雷姆是个不平凡的人。你知道，二十年代我们就有五名家庭雇员——管家、厨师、女仆、保姆和司机。可当股市暴涨时，伊弗雷姆建议他的很多客户申请获取第二次房贷来投入股市，所以在1929年股市崩溃后，他对那些人有责任，他便为每个人偿付那些贷款。他不必这样做，可那是他的道义。他用尽了他的财产。我们得解雇除了克拉拉以外的雇员。为使儿子们读完大学，我们得奋斗啊。

---

① 诺曼·托马斯（1884—1968），美国社会党领袖，美国公民自由联盟创办人，曾连续6次竞选总统。

戴维应该比现在更出色。可他是个梦想家。我们住在下东城时，他喜欢去逛码头，看帆船。当时帆船都径直驶往街沿。船头伸到人行道上。你可以听见缆绳在风中摆动的声音，你可以听见船桅嘎吱嘎吱作响。他爱这个。他目不转睛地看着水手们。我母亲叫他别到那儿去。她以为他会跑到海里去。他不可捉摸。他让我们大家烦心。爸爸有绝妙的幽默感！他们退休后住在康考斯，戴维会打电话来说他要在，比方说，星期二来看望他们。星期二到了，可他没有来，就是没有来，我母亲烦躁不安，爸爸却说，得了，他又没有说是哪个星期二。

我爱戴维，我们大家都爱他。去年他病得那么重，我开车带他绕着曼哈顿去看他的客户，看他们售货的店铺。他已几乎不能工作，拄着丁字形拐杖，可他不忍停止工作。

我还真记得你父亲的一个故事，那时他还是个小孩儿。当时有个了不起的家庭，罗曼诺夫家，他们把我父母亲置其卵翼下，父母亲那时刚好结婚。他们是一对老夫老妻，没有子女。罗曼诺夫先生给我在学校注册，因为那时我父母的英语不那么好；他通晓英语，可以跟当权者说话。总之，跟我们在一起他们很高兴。罗曼诺夫先生生意做得很成功，在北边几百英里外的什么地方有个兼售杂货的药店。那是在乡下。他特喜欢戴维。罗曼诺夫夫妇邀请戴维和他们一起过周末，他们没有自己的孩子，你知道，我母亲于是想以最好的面貌显摆她的小儿子，为他买了一套漂亮的新衣服和一顶帽子。他们为这次拜访给戴维打扮时，他脸都红了。他讨厌这身新衣服。那顶帽子是高顶礼帽，我想。妈妈带他到罗曼诺夫家后，戴维上了楼，大人们在楼下房前街上，那身新衣服从窗户里飞了出来，掉在他们脚前。他不愿穿这新衣服。为了强调这一点，他穿着内衣内裤走了出来，这才四岁的孩子，走下台阶，当着大家的面，把帽子摔在泥地上，狠狠地踩在上面。他的双脚在帽子上跳起来落下去，一遍又一遍。把帽子狠狠地踩入泥地。于是他们明白了他在想什么。

二十一

有几个月我睡得很糟。我害怕入睡:在梦里我闻到乙醚的味道,感到手术刀在割开我的肚子。

返回学校时,有一两天我被当做凯旋英雄来接待。我们互相腼腆地微笑。我的同班同学给我一张很大的祝贺康复卡片,每个人的名字都认真地亲笔签写在上面。我朋友梅格的笔迹很清晰,既流畅又稳重,这并未使我感到惊讶——作为一个女孩,她应该善于书写。我的朋友阿诺尔德写的字则像一只蜘蛛。

我的老师一直在给我补课,我几乎被逮住不放。

在家里我得知我父亲把店搬到别处去了。赛马场剧院正在拆毁,那儿的所有店铺都得迁走。他在北边几条街以外的第六大道上找到了一个地儿,在北边新建的无线电城音乐厅附近,五十六街与五十七街之间,是一个有希望的地方。此处空间大,也就是说,他可以陈列更多库存物品;而另一方面,房租高了,搬迁又会不可避免地造成销售损失。所以一切都有风险,其中包括他和合伙人借来做陈列货品的架子和柜子的钱。搬迁过程中也有销售时间上的损失。

有一天母亲带我进城去看正在装修的新店。我们见我父亲一反常态地只穿着衬衫,平时他总是穿着外套和背心,系着领带,即使周末在家里也是如此。他跑来跑去,嘴里叼着雪茄,双臂抱着一沓唱片;他和唐纳德正在往货架上放置唱片。雷斯特,他的合伙人,正在打开收音机落地柜,后面一个站在梯子上的人还在漆墙,两个木匠正在修听乐小间,那儿要有三个这样的小间。这些正在做的事情使我格外兴奋。这个店比老铺子大了许多，宽度加了半倍。地板铺了毯子。从店面往里走一半路，在这层楼中部有宽阔的楼梯通向地下一层，整个地下室专用于放乐器。维利舅舅主管这个部门。我父亲兴奋得满面红光。他把他的雪茄烟放在了柜台上，他的合伙人雷斯特说："戴维，你就不懂不该把点着的雪茄放在新家具上吗？我们的店甚至还没有开张呢！"我们都把正在做的事儿停了下来。父亲沉着地说："雷斯特，这支雪茄不会烧坏柜台。难道你一点儿也不懂烟草？雪茄是被碾压过的烟叶，不像香烟是切碎的烟叶。你放下后，香烟还点着，可雪茄就灭了。"他解释得很有科学性，我也就放心了。"把这雪茄放你烟斗里，你就抽吧。"他对雷斯特说，大家都笑了。

户外，人行道上人群熙来攘往。我很兴奋，因为父亲的新店离无线电城音乐厅那么近。仅一个街区外就是洛克希剧院。我们处于中心地位。偶尔有人停下来从锁着的门往里细看。他们把鼻子压在窗上。他们非常好奇。

几天后店开张了，接下来的礼拜六我们又去看了。现在一切都已安排妥当，光彩夺目。一溜儿红白蓝彩旗挂在窗户和前门的顶端。橱窗里陈列着收音机和电子留声机，保罗·怀特曼和乔治·格什温①、本尼·古德曼②和法茨·瓦勒③、阿图罗·托斯卡尼尼④和约瑟夫·霍夫曼⑤的照片，好像他们都认识我父亲，聚在一起为这新店庆贺似的。店内安安静静，异乎寻常。立在稍稍升高的平台上的是落地式收音机的最新款式，均为名牌，如斯图尔特-沃尔纳、格茹诺

---

① 乔治·格什温（1898—1937），美国杰出作曲家、钢琴家，主要作品有爵士乐《布鲁斯狂想曲》、管弦乐曲《一个美国人在巴黎》和歌剧《波吉和贝丝》。
② 本尼·古德曼（1909—1986），单簧管演奏家、乐队指挥，被誉为"摇摆乐之王"。
③ 法茨·瓦勒（1904—1943），爵士乐钢琴家、作曲家、歌手、喜剧演员。
④ 阿图罗·托斯卡尼尼（1867—1957），意大利指挥家，在美国从事音乐指挥达30余年。
⑤ 约瑟夫·霍夫曼（1876—1957），波兰裔钢琴家、作曲家。

夫、梅通、菲尔科，以及斯特朗伯格-卡尔森。每台收音机附着标有价格和特点说明的小标签。我特别喜欢美国无线电公司用心形胡桃木做的维克托牌款，价格89.95美元。它有八个真空管，两个是玻璃的，一只"魔眼"①，一个打边光的调谐度盘，以及一条留声机引线。另有一台克罗斯利牌收音机，有十五个真空管，其中五个是玻璃的，还有一个自动表现器，一根神秘指针，以及一种搏动自动装置，174.50美元。小一些的台式收音机集中放在收音机部门柜台上和柜台后的架子上。我非常喜欢拉德特牌收音机的新款式，它的特色是远距离拨号调谐。这是一套电话调谐装置，就放在环形频率指示器上面，你可以像拨电话一样拨你的频率。我想，这真是好东西，价格却只有24.95美元。

还有很多不同类型的留声机，有一两种装置把收音机和唱机组合在一起，尽管它们的价钱是很贵的。有个陈列柜里放着钢针盒和音乐类书籍，其中有《维克托歌剧书》。我们家里也有这本书。沿墙放着装满唱片的架子，听乐小间里有落地烟灰缸和固定在柜台上的唱机，唱机有那种你不必上发条的电拾音臂，边墙和天花板上有隔音板。我喜欢这些听乐小间的门咔哒一声关上的劲儿。

底下一层，所有乐器都在陈列柜里熠熠闪光：金色的萨克斯管，黑色的单簧管，银色的小号，手风琴上有发亮的象牙和黑色键盘。甚至还有一块纸板，上面附有各种尺寸、带锥形软木顶端的指挥棒。基座上的一套鼓由特设的聚光灯照亮。维利舅舅让我坐在这套鼓后打了一两分钟，因为只是用刷子来打，所以不会干扰任何人。当然，底下这儿没有顾客，所以不是什么大不了的事情。我上楼时，店内只有一两个人，一个在听乐小间里，另一个在细看乐谱架。雷斯特站在收音机柜台后面，双臂交叉，一支香烟叨在嘴角。我父亲在古

---

① 指电子射线管。

典音乐柜台等候顾客。他身后是一墙交响乐、歌剧和协奏曲唱片。唱片套封皮是深绿色的。他站着，双手平放在玻璃柜台面上，身穿蓝色哔叽服和背心，系深红领带，看起来让我肃然起敬。他站在那儿，微微前倾，注意时机，等候着所有进门需要帮助的人。

我们还没有去过世界博览会，可四周一切都是世博会正在进行的迹象。卡祖笛和奥卡里那笛的广告牌上有世博会的标志。隔壁一家礼品店在出售"特里隆和佩利斯菲"徽章，有"特里隆和佩利斯菲"图案的旗帜印在了衣服上。"特里隆"是座高耸的方尖塔，"佩利斯菲"是个巨大的圆球。它们并排置于世界博览会现场，共同标志此次世博会的主题——"明日世界"。报纸几乎每天都刊登一幅拉瓜迪亚市长欢迎某个显贵或影星去世博会会址——弗拉盛草地的照片。我没有纠缠我父母，我知道我们最终总会去的。大家都很忙。再说，其实是我自己在担忧，世博会看起来是那么宏伟，一个那么大的地方，同时有那么多项目在进行，表演啊，展览啊，还有从外国来的人，我不知道我首先该到哪儿去。真是难以想象。我甚至还没有去就习惯成自然，每想起世博会就担心错失最好的东西。我不明白我为什么有这样的感觉。

我父亲预测说，世界博览会对生意有好处。他解释说，人们从世界各国前来参观。他们得住旅馆，他们得吃饭，他们会花钱去无线电城，他们会经过他的店，看他们需要的唱片和电子留声机，他们会进来买些东西。人们旅行时总会留些钱购物。此外，在他的店里他们可以找到在其他任何地方都找不到的东西。他非常乐观。

然而，这一年已进入冬季，1940年开始了，世博会在冬天结束，可生意并不像他所希望的那样好。

父亲现在晚上回家早一些，习惯于收听所有时事评论来了解欧洲的局势。甚至在我班里时事课上讨论之前，我就知道一场可怕的战争爆发了——希特勒和墨索里尼反英国和法国。每个时事评论员的分析他都听；他们不仅仅朗读新闻简报，而且还加以分析。然后我父亲分析他们的分析。他的新理论是，你得听他们所有人的分析，以便弄清实情。他喜欢加布里尔·西特尔和沃尔特·温切尔，因为他们反法西斯。他不喜欢福尔顿·刘易斯、布欧克·卡特和 H.V. 卡尔滕伯恩，因为他们反对罗斯福新政，反对工会，发表几乎是支持法西斯和"美国第一"①的评论。他憎恨考夫林神父，此人声称一切都归咎于犹太银行家。我逐渐能听出这些人的嗓音以及赞助他们的厂商的产品。加布里尔·西特尔说的是什么"净吉卫体思"（牙龈炎），也就是牙床出血的怪名字，他热情洋溢地形容福汉牌牙膏治这种牙病的优越性，他以同样炽热的语调来形容民主反法西斯之战。如果你不仔细听，你可能会以为法西斯主义和牙龈出血是一码事。

父亲坐在收音机旁的椅子上，报纸摊开在他腿上，报上带地图的新闻报道正是评论员们在议论的事件。他把大部分报纸都买来——《纽约时报》《先驱论坛报》《纽约邮报》《世界电讯报》，甚至还有《工人日报》。他不读赫斯特报系的报纸。

星期六下午，电影院里放完卡通片后，福克斯有声电影新闻片放映出欧洲战争的场面：夜里大炮口射出火焰，德国俯冲轰炸机斜着翅膀从云里冲出来。你看见炸弹坠落。你看见伦敦燃烧的房屋。你看见人们倚着船舷晃着香槟酒瓶，外交家们下了汽车，急匆匆走上宫殿台阶去出席会议。到处在谈论战争，战争也反映在绘画上。我喜欢画画，我创作了我自己的连环漫画故事，把故事画成画，用蜡笔涂上颜色。我有一个以连环漫画里的飞行员斯密林·杰克为模特儿的英雄。我把我的人物叫做"勇敢的戴维"。他留八字须，头戴帽盔，盔上有护目镜，身穿短夹克衫，他飞着和飞机比赛速度——

---

① 即美国第一促进会，20 世纪 40 年代美国压力集团，反对美国介入第二次世界大战。

就像斯密林·杰克一样。我爱画这些飞机，塌鼻子的勇猛小飞机，两个翅膀和副翼上有棋盘式图案。我画飞机后部在空中排出的气体，你可以看到它们具有怎样的弧线形飞行能力。它们绕着由标塔调节的航道飞行。它们飞在饰有风向袋的机库上空。我没有确切把握，某些有如天空一样辽阔无垠的空间如何能用作关闭的赛速航道，但我相信这是可以的。我画各种类型的赛机，有的有圆柱形引擎整流罩，有的有四面围住的整流罩，像食指一样指着方向。我画敞篷迎风的座舱，画用普列克斯牌塑料玻璃罩围起来的座舱，但不论哪种飞机，不论哪种设计，我总是给它们画上那些状如风雨中沿窗侧流下的雨滴的流线型机轮罩。我喜欢流线型。我喜欢看似甲壳虫的克莱斯勒汽车，因为它们的车轮几乎完全被盖了起来，车的整个外壳呈圆形，更易穿风而驶，同样的原因，我喜欢那些锥形的后部机轮罩。但现在第二次世界大战降临欧洲，我决定让戴维登上战斗机。我让他参加在伦敦上空为皇家空军举行的喷火式战斗机飞行。这种英国战斗机的标记是一只涂上红白蓝三色的公牛眼。我喜欢这些颜色，令人感到惊讶的是，我在飞机的机翼和机身上涂上颜色鲜艳的标记供敌人射击，这到底是不是一个错误。我画纳粹梅塞施米特式战斗机在浓烟中栽下。

我不认为这场战争是个事儿，它还远着呢。我并不感到本人受到什么威胁。但我母亲谈起战争就担心地提到唐纳德。他从汤森德·哈里斯中学通过速成课程毕业，现在十八岁，已被市立学院录取。母亲害怕唐纳德在义务兵役登记时抽到小号码，被征入陆军，带到欧洲去打仗。鉴于美国甚至尚未介入战争，在我看来这种担忧有点稀奇古怪。我实在不能把我周围大人们的所作所为联系起来。有一天我看到父亲的一份《纽约邮报》上的大标题，写的是：《战争乌云密布》。文章推测美国如何及何时可能必须介入反希特勒的战争。

我在麦迪逊广场花园剧场看过林林兄弟与巴纳姆和贝利马戏团

及其家族表演的自行车走钢丝、小丑拖曳脚上的聚光灯,就在这同一个剧场,名为"德美同盟会"的美国纳粹组织举行了一次大集会。他们把一面有德国纳粹党党徽的旗帜挂在美国国旗旁边,他们还游行,穿着褐色衬衫,像得克萨斯巡警一样佩戴着从肩膀斜垂至腰部的肩带。他们敬法西斯之礼。他们有数千人之多。查尔斯·林德伯格和考夫林神父给他们演讲,他们呼喊、尖叫,就像德国人在希特勒给他们演讲时那样。"他们无所不在,这些乌合之众,"一次晚饭时父亲说,"他们中有两个人今天到店里来,我把他们撵出去了。你能想象这种鲁莽行为——穿着他们的制服闯进我的店,想给我推荐订阅他们的杂志。"

唐纳德告诉我们汤森德·哈里斯中学里他的一个三年级同班男孩的事儿。

他叫西格蒙德·米勒。他住在约克维尔,曼哈顿上东城的德裔社区,他是个法西斯分子。"鉴于我们学校几乎是百分之百的犹太人,他这样真是够勇敢的。"唐纳德说。西格蒙特·米勒会在课堂讨论时解释他为什么拥护希特勒。放学后他屡遭痛打。可唐纳德讲这个是因为随后发生的事儿。每天早晨唐纳德和伯尼尔、厄温、哈罗德·爱泼斯坦、斯坦·玛泽伊都一起上学。他们在街角会合,穿过康考斯,沿伊甸山大道走到杰罗姆大道高架铁道。有天早晨在火车上,有个人在念《每日新闻报》。西格蒙德·米勒的照片登在头版。他谋杀了他的女朋友。他和她订有自杀契约,可他杀了她之后未能实行协定上的他那个部分。"等等,"斯坦·玛泽伊突然从读报人手里把报纸抢过来,对他说,"我想我们的朋友杀了人。"

"他们为什么想自杀,你们的朋友和这个女孩子?"我在晚餐桌上问道。

唐纳德看看母亲。"她怀孕了。"他说。

母亲说:"我不认为这是晚饭时的合适话题。"

我觉得委屈。"您以为我不知道'怀孕'是什么意思？"我对她说，"我可以向您保证，我完全知道这是什么意思！"随后我觉得备加委屈，因为大家都大笑起来，好像我说了什么滑稽可笑的事儿似的。

二十二

已是冬季，下午天黑得早了。父亲在暮色中下班回家，寒气就如他外套和帽子的气息从他身上散发出来。唐纳德每晚回家手臂都夹着书本，鼻子冻得红通通的，眼睛冻得亮闪闪的。甚至现在我的伤口处还疼痛——医生们称之为"机能障碍"。我很少在室外玩儿。我不可以多费自己的力气。我的伤疤很长，我每天都察看。这是一条厚而凸起的伤痕，从我的侧边朝着我的睾丸斜下去。伤疤顶端和底部有凹陷，皮肤上的坑凹，是原来插引流管的地方。这是些最疼痛的部位，我一碰就感到我的内脏在蜷缩。所以那些走向德国战争世界、不畏纳粹走在纽约黑暗街道上的人们都令我钦佩。手术之后，我的体型变了；我本来是个瘦而结实的小男孩，肌肉功能十分协调，我从来不是个跑得快的人，可在打拳球或棍球时，我的扔球动作很优美，也接得住不偏不倚击过来的球。这一切都完了。我的身体变得像一只梨，我因卧床这么多个星期而超重了，为自己的生理动作感到羞怯。我总是害怕有什么东西撕裂。我不喜欢东蹦西跳，或者从后院的墙上跳下来，就像一次跟我朋友伯特仑玩我的佐罗游戏时那样；好像我身上的伤口仍缝着线，有时我能感到它们，在动来动去时觉得非常可怕，我可以感到它们，好像医生在铰它们，我可以感到有羊肠线在撕穿我的肉。我没有任何办法来抵抗发胖的趋势。即使我不怕在附近跑跑步，母亲也会替我害怕。她的两鬓很快变成灰白。她忧愁地瞧着我，给我喂食，好像我还在康复中，尽管我早就重返学校了。我吃了很多凝乳甜食，很多鸡蛋，很多涂上黄油的面包片，很浓的原汁鸡汤，牛肉加土豆，甘蓝以及各种各样的蔬菜。我喝很多牛奶，现在喝的是均质牛奶，也就是说你不必摇晃瓶子使油脂粒均匀分布。早晨我得吃热的谷类食品，小麦粉奶油糊、燕麦片，尽管我更喜欢伯斯特玉米片或基科斯早餐食品。由于我很少来回活动，我的整个身体变形了，我长得高了，块头大了，我仍然有温和的微笑和俊俏的面容，可也有了双下巴。为弥补这一缺陷，我试着用唐纳德的梳头方式梳我的头发，前面留个大包头。我的大包头不会留得很久，我从不让我的头发长到足以梳成真留得住的大包头。作为大学新生，唐纳德把头发留得长些，每天早晨梳得很仔细，晚上从学校回家后也梳得很仔细。实际上，每当唐纳德无所事事的时候，他就到镜子跟前梳他的头发，用梳子梳个遍，用另一只手托一托头发，拍拍头发，直到头发成了他所要的样子。这些日子他举止庄重，说话温柔，严肃认真，俨然是个得体的大学生。他不再穿短裤，而穿打褶、稍稍缝住的翻边的长裤。他戴一根从腰带到裤兜的链子。在户外他喜欢叼一个直的短烟斗，他把它咬在嘴边齿间。他从不抽它，这我知道，他只是咬着它。我们的关系在变化。他现在十七岁，比我的年纪大一倍左右，披上了父亲而非兄长的色彩。他每天露面。他给我的训示少了，因为我们的兴趣不再一致，可显现在我心目中的他越来越像可被模仿和学习的榜样。晚上回到家，他听十五分钟斯坦·罗曼克斯的体育广播，这个播音员以非常细致的方式飞快地播出大学体育运动的细枝末节，令人鼓舞地提及为其他体育新闻权威所鄙视的纽约市立大学和学院。斯坦·罗曼克斯谈及布鲁克林橄榄球队和市立大学橄榄球队时运的态度，与他提到密歇根大学队或明尼苏达州黄鼠队或杜克大学蓝色魔鬼队时一样明智客观。唐纳德喜欢这一点。他热诚地为这位民族同化主义者骄傲，我们大家也一样。听罗曼克斯播讲，我想象着田园诗般乡村风味的哥特式校园，体育比分好像是正在被讲述的故事。优雅的年轻橄榄球手，有托米·哈蒙这样的名字的，溜达着穿过四方院的林荫场地，身穿宽松长裤、多色菱形花纹运动衫、双色袜，身旁是穿着打褶裙子和安哥拉羊毛纱的漂亮女同学。谈话中他们平静地确认因持球触地得分获胜。在我这些臆想中没有书本，没有讲座。对他们而言非常重要的是同样的冬天的黄昏，冷空气刺骨的薄暮，由第二次世界大战的乌云造成的、从布朗克斯街道悬铃木上纷纷旋落的树叶。我喜欢置身于家里由灯光照亮的圆圈，四周被黑圈围住，那黑圈在户外更浓更远。我喜欢台灯的掩蔽，觉得这近似于"丛林男孩波姆巴"[①]对篝火的喜爱，在他的篝火四周，黑夜发出阵阵吼叫。

二十三

然而，与表演赛相比，有职业运动员参加的真正的橄榄球赛，才是我们更喜欢的。这是我们从父亲那里学来的一个特点，他谈论过职业比赛如何比大学比赛更好、更有生气。在纽约有两个橄榄球队，巨人队和布鲁克林道奇队。它们和两个棒球队同名，但无关联。为某种原因，父亲喜欢道奇队，他赞赏他们的名叫埃克斯·帕克的四分卫，两个线上球员，佩里·施瓦尔兹，一个边锋，他认为他作为传球接手几乎跟威斯康星包装工队的唐·赫特森一样出色；另一个是了不起的名叫布鲁瑟·基纳德的阻截队员。唐纳德和我把巨人

[①] 20世纪上半叶在美国流行的男孩冒险丛书，共20册，故事发生地前10册在南美，后10册在非洲。

队视为我们的橄榄球队。我们有守卫区的图菲·里曼斯,连同瓦尔德·卡夫、汉克·索尔,以及传球手艾德·达诺夫斯基。对阵开球线上有铁人梅尔·海因,他在中锋位置,还有两个了不起的边锋,吉姆·李·霍维尔和吉姆·普尔。这就是一个球队。每人既攻又守,梅尔·海因通常连打六十分钟而不被替换,瓦尔德·卡夫抛踢球越过球门横木,汉克·索尔在返回安全防守区时,可指望他至少拦截一次。巨人队与道奇队比赛时,球队双方的"粉丝"都会来到球场。

某个周日一点钟左右,父亲决定带我们去看巨人队和道奇队的比赛。唐纳德说:"我们甚至连试都不用试,我们绝对进不去的,人家今天清早就去排队买座了。"

"咱们就试试吧。"父亲说。母亲给我们做了三明治和一瓶保温的热巧克力。她声称她累了,无所谓自个儿在家待几个钟头,以此来安慰唐纳德和我因星期日留她一人在家所感到的愧疚。我们知道礼拜天是父亲唯一在家的日子。对他来说,他似乎并不在意离开她。

十一月的寒冷天气,穿得暖暖和和的,我们仨乘地铁前往一五五街,从地铁上来,置身于钢架围绕的"波罗场"① 外面的高架铁道阴影之中。我的心在下沉。街道上水泄不通。离比赛开始不到一小时,售票亭前排着极长的队伍。父亲要唐纳德和我排队,只占个位置,尽管我们知道,等我们排到售票亭前时,球票可能已经售罄。父亲说他一会儿就回来,然后就不见了。

所有我们四周的叫卖小贩都在兜售徽章、三角旗和袋装烤花生。我真想有一个橄榄球徽章,这种徽章是个小型橄榄球,涂成金褐色,缎带上附加着色花边,每个球队有自己的颜色,巨人队是蓝色,道奇队是银色和红色;可是作为小孩儿,我连想都不敢想。橄榄球是

---

① 即马球场,纽约曼哈顿上城 4 个棒球场和橄榄球场的旧称。

在日本做的，你可以在缝口中间像撬开核桃一样撬开它。我们可以听见体育场内球队正做赛前准备活动时观众发出的叫喊声。偶尔我们能听见踢悬空球的声音。我们的队伍一英寸一英寸地往前挪，慢得折磨死人。还有什么比身处场外、听球场围墙内欢呼声四起更糟糕的事情呢？高架铁道列车在我们头顶上进站，人们从阶梯上快步走下。人行道上人满为患；街道上人们跑着、走着穿行于汽车之间。目睹这些情景，我产生了那种特有的虔诚渴望：如果我们能进入赛场，我对自己说，我一个礼拜每天放学回到家就立刻做家庭作业。母亲有需求，我会帮她。要我睡觉，我就上床。

　　出租车络绎不绝地开来停下，放出乘客。偶尔我会看见利姆辛豪华轿车，擦得黑亮黑亮的，还有司机的一个敞篷座位、靠人行道的白色车轮、发亮的镀铬散热器和前灯，饰有时新灰色橡胶的脚踏板。司机会跑着绕到人行道一边的车门，从车里会钻出身穿皮毛外套的优雅女人，身穿领子向上翻、束腰带骆驼毛外套的男人。他们提着皮箱，我知道箱子里面装着威士忌酒瓶、野餐佳肴，他们携着用以保暖的彩格呢毯子，人群里有人认出他们中的有些人，向他们呼喊。在通过大门时，他们挥手、微笑。一两个穿黑外套、戴霍姆堡毡帽①的年长者受到警卫员的敬礼致意。从他们身上我看到了名流的高级生活、财富和无忧无虑的舒适享乐。我明白，这些人首先是政客和赌徒，然后才是体育界人士。他们姿态中的某些东西适合这种场合。这是他们所有的。球队是他们的，球场是他们的，而我，流着鼻涕站着，在场外穿着厚重外套的橄榄球迷的着魔人群里像个透明人般，等待着入场——梦幻中的他们的球场边界上一小块短暂的颜色——我也是他们的。由于气愤，我敏锐地感受到了这一切。有人挤我，我用胳膊肘往后撞。

---

①　一种帽檐边卷起顶有纵向凹形的软毡帽，首产地为德国霍姆堡。

随后街上出现了一阵骚动。售票亭中有一个关上了窗子,把"售罄"牌子放在了保护不透明玻璃窗的小铁闩后面。这个售票亭前的人群闹哄哄地解散了,人们叫嚷着排进其他没有关的售票窗前面的队伍里。警察从街上、从水泥站台上朝我们跑来。另一列高架列车隆隆进站。

"比赛快开始了。"唐纳德说,就在这时爆发出又一阵吼叫,我们的队伍散了,愤怒的人群推推搡搡乱成一团。他被激怒了。"爸爸在哪儿?"他说,"我们白来这儿了。"

就在此刻,在我们站得迷迷糊糊、因失望而感到挫败之际,我们听见了叫声:"唐、埃德加,到这儿来!"父亲在人群边上向我们招手。我们朝他挤过去。"走这儿。"父亲说,他的眼睛炯炯发亮。他手里举着三张像纸牌一样摊开的球票。"什么!"我们惊喜地说,觉得简直难以相信。他成了!片刻之间他带领我们从绝望变为振奋,穿过旋转栅门,走上进入体育场阳光灿烂的坡道。

啊,多美妙的时刻,走进斜台阶梯坐席,亲眼看见绿色草坪、白色实线和码线,两个部署就绪准备开赛、头戴帽盔的球队的色彩。好几万满怀期望的人呼喊着。鸽群飞上天空。球赛马上就要开始!

不可思议的是,父亲竟弄到了 35 号码线上的低排座位。我们无法相信自己的好运气。这简直是魔术!他高兴得红光满面,眼睛睁得大大的,有如丑角一样噘着嘴巴,鼓起双颊。球赛已在进行,我们一坐下,他就环顾四周,找到一个引座员;五分钟之后我们坐到了甚至更好的位子上,比原本坐着的观赛区更往后的座位,从这个高度我们现在可以清楚地看到整个球场。"你们觉得怎样,"父亲说,欣喜地笑着,"还不赖,是吗?"他喜欢这种能否进场在最后一分钟仍是悬念的状况。这场球赛现在有了更多的意义,比他提前一周买到票具有更多的意义。

毫无疑问,我们是这个重大体育事件的见证者。两个球队在球场上来回搏斗。当传球被拦截或悬空球下落,我们哼哼有声地抱怨,或哇啦哇啦地喝彩。

唐纳德和我紧紧关注球赛,同时剥花生壳,嚼着,皱眉蹙额,彼此交流对赛况的广泛评论。父亲比较镇定。他抽着雪茄,不时地闭上眼睛,举头朝着下午的太阳。

巨人队穿蓝色紧身套衫,道奇队穿红、银两色紧身套衫,两队都戴着由皮子拼成、围绕耳朵的头盔,穿着暗黄色帆布裤,黑色系带鞋子。太阳落到高看台棚顶水平时,投下长长的阴影横贯球场,也蒙在我们脸上。天色变化给球赛带来了新的情绪,给防线带来新的坚韧拼搏精神,后卫或四分卫挥击阻截而得的球或持球冲过对方底线,中锋挡下开球,守卫队员们跑进矩阵,紧密配合进行手递手传球、横向传球和阻挡对方,从他们分散的单边进攻阵式跑离、扔球。他们步调一致,你可以感到他们在勉力奋战,你听见他们的皮垫肩发出的砰砰声。当他们在棒球场上争战时,尘土从阳光照耀的地面上飞起来。父亲并不热情地支持道奇队。对他而言更重要的看来是比分保持接近。唐纳德和我要巨人队远远领先,毫无疑义地获胜。球场上的声音发生了某种变化,暗淡的光线似乎把球赛推向了远处。埃克斯·帕克为道奇队踢了个悬空球,球在看台上空呈弧线高高飞旋;接着我听到他的鞋踢球的声音。

傍晚时分,薄暮降临,球赛结束,巨人队以持球触地得分取胜。大伙儿都欢呼喝彩。两个球队一起迈步走向球场一端的露天小看台,爬上记分牌下的阶梯,进入他们的更衣室。他们手里拿着帽盔。粉丝们跃上露天看台的墙,呼喊着他们。人们拥进球场。我们从看台上走下来。踩在墨绿草地上很是可怕,球员们的带钉防滑鞋在草地上留下的印子像战斗痕迹一样明显。在我看来,这是一个具有历史意义的场所。这是一片严寒的土地。冷风从看台敞开的后部吹来,此刻看台显现出黑色轮廓,一座雄伟的马蹄形棚式建筑,高阶梯区、低阶梯区都有小电灯泡闪烁着昏暗的光。球场这儿的空气冷得刺骨。空气里弥漫着紧张而兴奋的气息。我领会橄榄球手们令人惊叹的球技和力量。男孩们手臂夹着看不见的球,跑着穿过人群,就如前卫一样闪身躲开,四下猛冲。我和哥哥及父亲一起向球场大门走去,经过记分牌下,出去到了一五五街。这儿有熙熙攘攘的人群、嘈嘈杂杂的说话声、出租汽车的喇叭声、火车的轰鸣声、骑警吹的哨子声,这一切把我的思绪带回了城市。我们嗓音嘶哑,筋疲力尽。这一天结束了。我们挤着走下地铁口的台阶,加入月台上的人群。我们跳进了车厢,我们仨在车厢里被挤在一块儿,身子紧贴身子,高速地向黑暗的星期日之夜驶去,此时连争论也停息了,安安静静的,所有的争斗都已休止,我的无可名状的敬畏之夜,休息日的最神秘之夜。

二十四

　　这个冬天是一个令人不快的季节。有一天夜里醒来,我听见母亲和父亲在争论。他们远在屋子的另一端,可她的声音我听得清清楚楚。她说,他丢了他的店。随后我听见他的声音,但不是话语,只是恳求的语调。他说了很久。

　　"在我看来是资金不足,"她答道,"你把它赌掉了。该是你为生意操心的时候,你却出去打牌,还跑东跑西,要当重要人物。莱斯特趁机偷你的钱。"

　　"你知不知道你在说些什么,罗兹?"父亲说。

　　"我了解得非常清楚,"她说,"是的,眼下固然时运不济,别人却挺过来了。他们有竞争力。他们收敛野心。他们削减开支。他们概不赊欠，他们以寄售方式购货，——别告诉我怎样做生意。如果我来主管，你就不会处于你目前的困境。"

争论还在继续着，我睡着了。可翌日早晨一切照旧。父亲去上班。唐纳德去上学。母亲给我早饭吃，问我家庭作业是否都已做完了。

我明白，对争论焦点他们各自有各自的想法。有什么事出了差错，可父亲似乎认为他可以调整过来，母亲则对他说，要调整已经太晚了。连续几个礼拜我都听到这场争论的片言只语，有时在深夜，有时在餐桌旁当着我的面争起来。她说的意思是，似乎尚未发生的事情已经发生了。这一点我特别不喜欢，因为我知道她为人更现实。他仍怀有希望。他坚信事情能办好，我不能完全相信他，可她总是不尊重他的意见，对他的意图总是不能认真对待，我因此而生气。"你不要给我讲什么'公鸡和公牛'的荒诞故事，"她说，"什么用你保存的账目银行会借钱给你这种话。"

这件糟糕事儿虽未发生，却越来越严重。这是我们大家性命攸关的问题。就如十三岁那年开始时一样，唐纳德每星期六仍在父亲店里工作。他是不领取薪金的，这是他应尽的家庭责任。我也参与帮忙。每星期六我去城里当唐纳德的助手。我长得更强壮了，便陪伴他走送货这条路线。第六大道上的商店毗连居民社区。第六大道与第九大道之间、百老汇大道两侧的所有褐沙石小屋和旅馆，给小区住户提供各种商店和服务。唐纳德递送人们用电话订购的唱片，他们留下需要修理的收音机和留声机。有时候他往南去十四街地区，那里有一两家父亲的批发商，向他供应备用零件或备份唱片。对我来说，这是一些有趣的出行，由于我哥哥在我身边，我的勇气鼓得十足。我们走在第三大道高架铁道的斑驳阴影之中，走在黑色钢架结构之下，那钢架震动着，朝着深邃的街道路堤发出雷鸣般的声响，却看不见通过的列车。没有比这更响的噪声了。这就像喧嚣声大作的龙卷风；当列车在你头顶上经过时，你不可能听见别人对你说的话。在有些地方你可以看到置于钢轨下的轨枕,轨枕之间只有空气而已。住在经济公寓、第三或第四层楼窗户冲着轨道的人们,离轨道那么近,如果他们愿意的话,他们简直可以跳到轨道上,那哐啷作响的列车的前灯那么近,夜里会把他们的窗户照得闪闪发光。我们经过基督教团,那些男人头戴软帽、身穿破旧的黑外套站在那里,盯着每个路过的人看;我们经过电笔文身室和理发店,后者广告上写着一毛五分钱刮脸和理发,那些当铺前面立着木雕印第安人,射击场一毛钱射十次。肩扛三明治式广告牌①、手持小传单的男子们走动着,做的广告是"旧黄金最好回收价"和"讽刺剧快乐荒唐事"。我们站在一家剧院的大遮篷下,一幅海报上的三部影片和影星我都没有听说过。唐纳德说,人们花一毛钱就可以整天坐在那里,就为了有地方睡觉。推车小贩在街沿兜售各种各样东西——鞋子、针线纽扣、水果,甚至图书。男人们侧身睡在门道里,两手放在头下,他们是成年人,但像我一样蜷缩着睡觉。那些门道是他们的家。不亲眼见到这些现象,我怎能懂得做生意究竟意味着什么?这堂课并非不重要。唐纳德带我走进在街角静等交通灯变化的人群,他领着我在堵塞的黄色出租车和卡车之间穿来穿去,行驶在高架铁路线阴影中的有轨电车朝我们鸣铃示警,他不会出错,带我去我们的目的地——商场楼面或办公室,那些地方等着我们送货,标有我父亲名字的包裹在等着我们。父亲的生意还在做下去,这鼓舞了我。哥哥在城里熟门熟路。回到店里,顾客们在买东西。赛马场音乐店看来还忙着呢。可为什么这一切还是不够?

我想,这个问题既不能向父亲提出,也不能向母亲提出。我便问唐纳德。

"这很难理解,"他说,"但这不是你要解决的问题。这不该是小

---

① 指从广告员肩头挂至身前和身后使身躯像三明治的2块广告牌。

孩子操心的事情。"

"大家总是对我遮遮掩掩，"我说，"外婆的葬礼也不让我们去，这真荒唐，她的死还是我发现的呢。"

"你干吗要讲这些？"唐纳德说，"这是生意。迁店时，他们丢了些顾客。他们得花较长时间建立新的客户，一再来的可靠顾客叫做客户。他们售货收来的钱不够付他们的工资和账单，也不够买更多要卖的货。现在你懂了吗？"

随后，由于事态持续不变，唐纳德在大学第一学期末就辍学了。他对我说，上这个学枯燥乏味，这就是他退学的原因。可这并不合情理。他喜欢大学生联谊会，我知道他喜欢跟他的联谊会同学——他把他们叫做"弗拉特兄弟"①——一起消磨时间。他们甚至拥有自己的房子。他们都在那儿抽短烟斗。唐纳德不在时，我去窥探他的屋子，在他的书桌抽屉里发现学校给他的成绩单，上面有两个 D 和两个 F②。我知道这些成绩意味着什么，他给我讲过，大学里他们不用数字、而用字母评成绩。我不能相信，我那了不起的哥哥，在整个小学阶段在我面前一直是一个了不起的学生，却在市立学院里考试不及格。他正变得像我们的父母——一个要观察他、为他担心的成年人。所有这些怪事屡屡发生，大家都闷闷不乐，他们仨现在为各种事儿争吵，没有人喜欢家里别的人做的事情，父亲对母亲发脾气，母亲对他们俩大发雷霆。这一切合在一起使我情绪低落，独自沮丧，我担心我是否会因自己的行为遭到谴责；哥哥不单是离开家，而且是砰地关上门，吃饭时鸦雀无声，我觉得自己人微言轻。我感到我的耳朵紧贴着我脑袋的两侧。我同班朋友阿诺尔德的耳朵就是长成这个样子的，平贴他的头，小不点儿，现在我感到我的耳

---

① 俚语，即大学联谊会。
② D 是刚及格，F 是不及格。

朵也是这个德行。我感到一切都涌到我心里去了。

在这个可怕时期,一些基本活动仍然保持不变,其中包括礼拜天下午拜访在国王桥北边康考斯社区的奶奶爷爷的家。又是我作为家里的唯一代表陪父亲去拜访他们。奶奶认为,家里的铺张浪费是造成他处于经济困境的原因;罗兹并不像她可能做到的那样勤俭持家,她随便花钱,她太喜欢好东西。

"劳驾,格西,"我祖父说,"人家在谈生意。如果你说不出什么真知灼见,那就别说。"

连我父亲也生他母亲的气,因为除了他妻子的花钱习惯,她不能想些别的事情。"爸爸,"他说,"为什么所有女人都一个样儿?就好像我们都不存在似的。不管她们是爱还是恨,她们只想着她们彼此如何,这个世界上就只有她们。"他气冲冲地说。

"你献殷勤,"奶奶用难听的恶意口气说,端着茶具一瘸一拐地穿过房间,砰的一声把茶具放下,"她挥霍。"

在这些拜访中,有一次我们与弗朗西斯姑妈不期而遇,她刚听说我家麻烦问题的详情。她看上去很优雅,穿一套深蓝衣服,戴一顶黑色帽子,外加一件罩衫。她戴一副白手套,进来时把手套放在她的小皮提包顶端。她摘下帽子,用手指梳理她的漂亮白发。她使每个人都平静下来,她善于这样做,让人平静下来,因为她说话是这样柔婉,这样富于魅力。"我会跟伊弗雷姆谈一谈。"

我敬重弗朗西斯姑妈,因为她能如此抚慰人心。我父母靠她为我找到了合适的医生。我母亲恨我奶奶,对弗朗西斯只是有时候不喜欢。不过,她喜欢莫莉姑妈,那个滑稽有趣、不修边幅的姑妈,她觉得她们是朋友。我父亲爱他的两个姐妹,爱他的母亲,但不喜欢弗朗西斯的丈夫伊弗雷姆,尽管他没有对我说起这点,可我自己能察觉。

然而，弗朗西斯和伊弗雷姆却具有高于我们所有人的能力。我不知道这是为什么。我知道他们更富裕，但不知道是因为他们有这些能力才更富裕，还是因为富裕才更有能力，不过，就我所感到的，他们不麻烦别人；即使在他们遇到麻烦时，比如我的表姐莉拉在小时候、在我出生之前罹患小儿麻痹症，他们也不会怀疑自己有能力设法挽救她，就如他们所做的那样，或者，他们知道怎样来挽救我，就如他们当时知道的那样。对我来说，很难准确理解我所感知的姑妈及姑父，但他们比我们高一级或两级，虽然我说不上来，我所谓的"高"是什么意思。某种程度上，在他们不愿跟人交谈时，人家也就不跟他们交谈。他们具有高于情势的力量，他们可以控制局面，他们可以操办事情，我的漂亮姑妈的例子给人的印象尤其深刻，他们可以这样办事而不用抬高嗓音。

唐纳德一直在找他可以找到的差事，他现在不愿为父亲工作，因为他得不到报酬。他说，他部分时间会为父亲兼职工作，同时找别的事儿，他希望有他自己真正的职业。在伊弗雷姆姑父的关系中原来有一家大型印刷公司的业主，他叫B.J.瓦里纳。该公司地位显要，为所有在纽约市举行的选举活动印刷选票。它为市政府和州政府印刷各种文件，公司老板是伊弗雷姆的朋友及法律委托人。有一天，唐纳德在邮件中收到伊弗雷姆姑父的一封信，以及另一封写给B.J.瓦里纳公司雇用经理的信。唐纳德坐在厨房时，我从他肩膀上方读了这封信。"小心，"母亲说，"要不你们会弄湿的。离开餐桌吧。"这封信看上去几乎像毕业文凭，抬头是"伊弗雷姆·高尔德曼——律师"，字母是凸出来的，你可以用指尖感触它们。信中伊弗雷姆姑父请雇用经理注意居于布朗克斯区伊斯特伯恩大道1650号的唐纳德·阿尔茨楚勒先生，一名青年男子，他已认识该男子多年，相信可以把他作为一个品格优秀、才智可嘉、前途无量的人来推荐，目前他正在寻找合适的职业。

唐纳德得到瓦里纳公司的一个工作,当送信人,每周十五美元。这不是一个能使他满意的工作,领导过乐队、上过大学的他觉得备受屈辱。"伊弗雷姆姑父的影响并不像他所想的那么大。"唐纳德说。他每天很早离家,因为瓦里纳公司在下城赫德森街,乘地铁要好久。回到家来,他身上散发出淡淡的油墨味。他说,印刷很有趣,值得一看。他说,他喜欢印刷车间里的工人,而不是办公室里的头头脑脑。他们坐在电话机旁,向人销售印刷品,自以为是能人高手。他喜欢外出送货。通常他把文件校样送到中心街警察局和钱伯斯街市政大厦。他喜欢下城,一有余暇便爱去码头。他会利用在白厅街送货的机会抽点儿时间去看炮台公园旁的渡口。或者送货送到午饭时间,他可以去水族馆。

但他的性格变了,现在他不再去看他的朋友,根本不愿跟我一起玩儿;下班回到家,他跟谁都不说话,一头扑倒在床就睡觉了。

我现在想起这段时光,在我记忆中是没有阳光的。这是个严峻的冬天,街上总是有雪,几场大雪留下的积雪,尽管有卫生局的"雪犁",那扫雪车真的是水车加"犁",尽管有卫生局的工人们,他们用长柄平铲把雪和雪水铲入下水道。雪沿路缘积成堆,在建筑物旁变成灰色,结为冰壳。太阳似乎从不露脸,放学后不久这白昼的天色就暗淡无光。我蜷缩在收音机旁,听我的广播节目。我读理查德·哈里伯顿[①]的书,那是我住院时梅伊·巴斯基送给我的《奇迹大全》。理查德·哈里伯顿周游世界,勘查世界奇迹。他全程游过巴拿马运河,乔治·华盛顿大桥建造时爬到桥顶。有一夜他偷偷睡在印度泰姬陵,他有一张坐在埃及最大金字塔顶上的照片。他爬山去秘鲁印加人的古代藏身地玛楚匹楚。他搭船去各地,有时乘飞船飞行。

---

① 理查德·哈里伯顿(1900—1939),美国冒险家、旅行作家,卒于乘帆船从香港至旧金山的冒险之旅。

我还发现自己沉迷于系列电影。跟我的朋友们认真讨论系列影片里的男主角与连环漫画里的原型有多相似，这可是一件大事。《迪克·特雷西》①是有效地活现连环漫画的影片之一。我相信特雷西就是特雷西，他的下巴不像我期望的那么尖，但他的眼睛里就有那么一种神态。《海军堂温斯洛》②是另一部好电影。堂温斯洛乘快艇投入战斗，那些快艇快得失去了控制。在一个地方他被俘，被摩托艇送到一个隐匿于悬崖峭壁内的秘密洞穴；那里有船埠，石墙上有铁门，由一个邪恶东方人掌控的水手们身穿黑色套衫。任何与洞穴有关的事都会迷住我。马克·吐温在《汤姆·索亚历险记》中描写的密苏里洞穴我从未淡忘：汤姆和贝基在那些洞里迷路了，他们分享一小块可怜的蛋糕，贝基躺下要死了，汤姆走在狭窄、黑暗的通道里，就靠一根细绳使他回到她的身边，我几乎不忍卒读。最可怕的时刻是，他们听到营救员的嗓音越来越近，不料又逐渐远去，又只剩下他们俩，万籁俱寂。读着读着我都透不过气来。我想，在这种情况下，我不会像汤姆那样勇敢，或许会放弃，不管贝基哭得多可怜，我也会像她一样哭号。在类似人被活埋的极度恐惧中，我会惊叫到浑身瘫软，企图赤手空拳打破洞壁，我会绕着圈儿跑啊跑，失足掉进很深的岩石裂口，我会气喘吁吁，凄楚呻吟，死于中风。可堂温斯洛不会为我担心，他已习惯于发现自己被囚禁在洞穴。那是些照明良好的山洞，有电供应，铁门悄悄升降，此为文明标志，当一个不论多坏的囚徒，也比独自一人在漫漫黑夜的地下更好。事实上，直至汤姆·索亚看见印君乔③的烛光，我才知道那两个孩子会逃出去，那烛光在一条黑暗而狭窄的岩石通道的角上。印君乔尽管是个卑劣而可怕的反派角色，却毕竟是个活人。在我看来，他是逃

---

① 电影、连环漫画，漫画家切斯特·古尔德（1900—1985）的代表作，特雷西是一名大侦探。
② 根据海军中校弗兰克·马蒂讷克的同名连环漫画改编的电影。
③ 印第安人和白人的混血儿。

生的征兆、作者的暗示：他会发慈悲，让他的儿童们恢复对善与恶的正常关心。

不过，一般而言，连环漫画男主角们的电影形象令人非常失望。例如闪电戈登①，在影片中间部分太不合理。他看起来不像连环漫画中那样机警，缺少敏捷功夫。当然，佐罗在银幕上要胜过原著。广播节目中《青蜂侠》是最好的。我的朋友们和我是这些活人转换形式的细心批评者。阿诺尔德——那个长着平贴耳朵、手书如蜘蛛的男孩，加上他眼镜后面的大得出奇的眼睛，激动时说傻话喷飞沫——却是我们中最为机敏的。有关系列影片，他什么都知道，能告诉我们谁摄制了这些电影——共和制片厂或环球影片公司或莫诺格拉姆影片公司——以及演这些电影的演员的名字。他甚至知道《青蜂侠》里布里特·里德的世系：布里特·里德，他说，不是别人，正是孤胆巡警的侄孙。我们表示怀疑，朝他哈哈大笑来伤他的心，他却昂首挺胸，列举事实："第一，孤胆巡警的真名是里德，他有个侄子，丹·里德。"我们举例告诉阿诺尔德——丹·里德出现在好几出广播剧里。"第二，"阿诺尔德说，"布里特·里德是青蜂侠，有个父亲名叫丹·里德。第三，这个丹·里德是布里特·里德的父亲，是个白发老人，有足够的年龄证明他是同一个丹·里德，也就是那个男孩，他的叔叔是孤胆巡警。第四，布里特·里德是孤胆巡警的侄孙！"

我抹抹脸，勉强同意阿诺尔德的分析。我私下寻思，假如这是真的，这就叫人失望。孤胆巡警是一回事儿，青蜂侠是另一回事儿。一个骑马，另一个驾驶有定制轮罩的林肯西风牌汽车。青蜂侠在城市，一个现代城市里，到处奔波，他戴一顶帽檐往上翻的帽子，穿一件系腰带、领子直竖的雨衣。我不想知道他和孤胆巡警有没有亲属关系。我也不愿相信家族几代人都会戴面具，都献身于反罪行斗

---

① 同名连环漫画和电影中的太空英雄。

争。他们中每个人都被认定要永远清除犯罪行为。完美的理想会有丧失。孤胆巡警毕竟孤单，那是他的必由之路。

不过，有个晚上播送《青蜂侠》节目时，我母亲碰巧听到了开始的主题音乐。乐曲急速而十分紧张。"《野蜂飞舞》[①]，"母亲说，"你知不知道这些垃圾节目为什么都为它们的主题配上古典音乐？"她还想到了《孤胆巡警》，该剧用了罗西尼写的歌剧《威廉·退尔》的序曲。这就导致了我的新发现。第二天在学校里我找到阿诺尔德。"阿诺尔德，"我说，"不是《青蜂侠》和《孤胆巡警》有什么关联。而是他们的作者有关联！我敢说我们会发现这两出戏是同一个人写的。两个节目用的都是古典音乐，两个主角都戴面具，孤胆巡警有印第安人托恩托陪伴，青蜂侠有卡托帮他开车。"

阿诺尔德瞧着我。他最爱的学科是科学。他想长大后当科学家。他已经具有科学家的客观性，客观性就是愿意放弃某种假设，而接受另一种更合理的假设。他的眼睛睁大了。"还有他们俩都留下了名片！"他喊着。

"一个银弹[②]！"我嚷着。

"一个青蜂徽章！"他尖叫着。我们互相打来打去，跳上跳下，哈哈大笑。

一天清晨在早餐桌上见到父亲时，我发现他失去了他的商店。"你好，年轻人。"他说。他带回家一台不用接通电源的收音机。它用的是电池。它的外壳是鳄鱼皮的，还有个皮把手。它像一个小提箱，跟一般的收音机一样，你啪的一声打开开关，调谐指示板就亮了。你可以把它带到任何地方，带去沙滩，或带去野餐，但我发现它很重。随即我注意到一个薄纸板箱，里面有很多唱针小盒，还有

---

① 俄国作曲家里姆斯基—科萨科夫的歌剧《萨尔丹沙皇的故事》的幕间曲。
② 名片上画的银弹是民间传说中用来射入乌云击毙"风暴巫婆"的武器。

一个广播电台用的那种扩音器,不同的是其底部摆不平。最后还有一袋装在绿色封套里的唱片。其中有些是老唱片,只有一面有纹道。"这是一些卡鲁索①和吉利②的罕见唱片,"父亲说,"如果我们把它们保留足够长的时间,它们会很值钱。"我吃麦片粥时,父亲打开报纸。我看到了大标题。另一个坏消息是法国被希特勒攻下。

唐纳德

其实我不是因考试不及格而离开市立学院的,尽管我是被校长叫了去——现已卸任的校长莫尔登·戈茨卡尔。他说,我得提高我的成绩,否则我得退学。可我没有打算整天上学读完大学,我知道这点。我从市立学院辍学,报名进了夜校,白天去瓦里纳公司当信使。直至战后我才回校全天上课,保持全优成绩,在两年半里取得了学位。在瓦里纳公司一周挣十二元,不是你说的十五元,尽管我可以指望靠虚报开支账的办法来增加点收入。你乘一次公共汽车可以报销,五分钱,但你以步当车——类似这样的事儿。你走路还快呢。我不认为我在欺骗。他们啥也不给报销。我努力工作,我做了我该做的事情。他们付的工资那么低,或许是因为他们知道所有信使都虚报开支账。可不管怎样,我整天工作,然后去上夜校。我只有十七岁半。我还是个孩子。我总是在工作。我十三四岁时就开始为爸爸打工。我知道我还那么年幼,因为我还不能自己去吃午饭,他得带着我。那时我还穿着短裤。现在,大概十八岁了,我在维持

---

① 卡鲁索(1873—1921),世界著名的意大利男高音歌唱家、歌剧演员。
② 吉利(1890—1957),著名的意大利男高音歌唱家。

家里的生计。爸爸丢了他的店,他没有工作了,我这少得可怜的十二块钱让这个家能有饭吃。每个星期我把工资袋交给妈妈。我挣面包钱养家糊口。我因此忧烦不安。这个情况没有延续很久,几个月后爸爸找到一个工作,当家用设备批发公司的推销员。我是被束缚住了,我在做他一直该做的事情。母亲总在抱怨没有给她足够的钱来管好这个家,虽然我们从未有过缺衣少食或被威胁扫地出门的时候。不过从未有过足够的钱,这的确是家里的大问题。这是三十年代,我们大家都带着那种理念活着——大孩子被指望帮忙解决困难,这是没有疑问的。可这使我感到沮丧,我想。哈韦·斯特恩,我一年级时就认识了,找到一个有意思的机会。陆军通信兵有个平民培训计划接受申请。他们教你怎样当一个无线电操作员,怎样用莫尔斯电码来传送和接收,当电信传送者,修理无线电,诸如此类的事儿;而且他们还付你钱。爸爸有了民用设备批发公司的工作、开始拿钱回家时,父母亲不再要我的薪水。这个通信工作的好处是它其实不在纽约,而是在费城。哈韦和我去参加考试,几个星期后我们收到通知说,我们通过了,我们被雇用了。在那儿我们将住在集体宿舍,学无线电,有报酬,独立自主。于是我有了一次大的突破。父母亲同意我去,看来这是有诸多原因的最明智的行动方向。我们都知道,我会被征召入伍。到时候不如去应募。如果我有无线电方面的经验,我有望在陆军通信兵中获取一个技术级别。

就这样我自由了。我离开家。战争结束之前,我会有三年五载不能回来。我南下到了那儿,开始独立生活。这是一种不同寻常的感觉。在费城,我们认识了一些女孩子,同她们上床。对我来说这是第一次。生活快速向前。大家都相信,战争即将来临,谁也不知道怎么样来或为什么会来,但大家都感觉得到。人们都愿意活着并尽可能自得其乐。为我自己生活,自我独立,这是一种奇妙的感觉。没有人告诉我要做什么,除了我自己的安康,别人的都不需操心。

在陆军通信兵学校,我学得很好,事实上我以班里第一名的成绩结业。我是一个出色的无线电操作员。我获得了我自己的"臭虫"。所谓"臭虫"是对现代式电报电键的叫法。它是半自动的。你可以比用老式电键发送得更快。我们每人都有自己的"臭虫",并形成了我们的发报风格,这风格就如我们的手书或我们的嗓音一样可被别的操作员辨认出来。我应征时想去陆军当通信兵,当飞机上的无线电技师,我愿意被派到陆军航空队去,当时空军被叫做陆军航空队,它不是独立单位,而是陆军的一部分。"无线电技师"这个名词富有魅力。你身处技术领先地位。我寻思,我正在解脱出来,从我们所过的紧张的家庭生活中解脱出来,我没能意识到或没能清楚地表达这一点,但我们大家的确是过于贴近,事事紧张得可怕。没有松弛。一方面是大家为生存而拼搏,另一方面妈妈和爸爸的个性截然不同。爸爸私下里乱闯,总是出人意料,有些是好事,有些不那么好。可这就使每个人保持紧张状态,尤其是母亲。你知道,有一回我在爸爸店里工作,是在"赛马场"的时候,嗯,你记得吧,爸爸把那些唱片目录放在现金出纳机旁的柜台上,目录啊,发票啊,各种各样的书面东西。有一天我发现在这些东西里夹着一张女人的照片。一个相当妩媚的女人,照片显示她的头和肩膀,是一张布光很有艺术性的正式照片。她的长发飘垂在裸露的肩膀上,穿着某种服装,我猜想她是个歌手什么的,我不知为什么这样想。不过,不管怎样,照片底下有她用墨水写的"给戴维,永远"。落款是艾琳。我没有说什么,但我极为气愤。他在拈花惹草,我觉得这不可原谅。他不是那种拈花惹草、追求女性的男人。他是个游侠骑士。他身上有放荡的气质。他待我们很宽厚,我们生活在一起,是一个亲密无间、彼此信赖的家庭,这都是事实,可他有他的隐私,这些秘密源自他性格的同一部分,这部分的性格使他做着不切实际、无法实现的大梦。我是说他这个人好斗,不管怎样他总要我们向前冲。当他同意把我当信使的工资给妈妈作补贴时,对我而言,真有东西破裂了。关于这事他为什么不说几句话?他为什么不说他会还我?为什么他不说他会保留一份确切的记录,对每一块钱都作出说明,并保证在他重又站稳脚跟时归还给我?可他没有这样做。妈妈便依赖我。我是说现在我在想啊,我很早就开始工作,我总是在做什么事儿,我总是努力走在前面,有个暑假我主动把我的朋友们凑在一起搞一个乐队。那干的可不是坏事,才十六岁,摆出一个十九岁职业音乐家的姿态。我是从哪儿学到这种进取心的呢?当然,这一部分是权宜之计,另一部分是时代精神,可我有某种动力去办成完全是我自己的事情。在某个方面爸爸是我们的榜样——他不乐意为任何别的人干活,他喜欢特立独行,他有雄心,他总是在策划事情,即使大部分事情都没有成功。可这倒给我深刻的印象。他也是个出色的推销员,详细了解他出售的物品。虽然他并非兜售型推销员,可在他身上有一股文雅劲儿,这就不会使他强行推销。但他对他选择的生存之道从不满意。你懂我的意思吗?你不能根据他所做的事情来给他定位。给他定位是靠不住的。你始终不能想象,他找到要做的事,并做成功了,就不再想做别的事了。我不认为他曾发现过什么好事而令他说:"这是我,戴维·阿尔茨楚勒,我四十八岁,我住在这个那个地址,我干这个那个谋生,我对我的生活和工作很满意。"你不能束缚住他。可笑的是我以为我摆脱了他。但我去干的还不就是进入另一种无线电行业,就像我们的父亲,为生计而操纵着电波。

二十五

我仍佩戴着来自世界博览会的海因茨酸黄瓜翻领饰针,许多人都戴，这些玩意儿有一段时间很流行，有的小孩子不大在乎，他们把这些东西从一人之手转到另一人之手；我现在不仅有海因茨黄瓜，而且还有"种植人干果公司"戴高顶大礼帽和单片眼镜的"花生先生"，我还有来自航空展览会的 DC-3 飞机小饰物。我发现，我朋友梅格的母亲在世博会有个工作，虽然她没有说做什么事。因此之故，有天下午梅格送给我一张世博会的五彩地图，这是我喜欢的一种地图，绘有三维建筑，彩色的，好像你是从飞机上俯视，可又像卡通，有小旗帜，人在走，非常清晰的俯瞰景色向你直接显示哪个地方有吸引力，每个景点顶部都标有名称。梅格已去了好几次世博会，能告诉我什么好看。我由此掌握了世博会的布局，同时仔细研究地图——地图上有索引，用简易坐标网方式为你指示方位，从 A 到 K，从 1 到 7——我便能计划我参观世博会怎么个走法，从什么地方开始，接着的最佳路线，一步接一步，直至我觉得我明白怎么做，我可以看见我想看到的每样东西，不犯糊涂，不漏掉任何东西。我本来一直为此提心吊胆呢。

　　家里没有唐纳德的生活很特别，跟他暑假离家在外不一样，我敏锐地感觉到我们的年龄差距，我是孩子，他现在是成人。不管怎样，我没有保持先前落后于他的速率。周末他从费城回家来，我发觉自己很腼腆，不知道该说什么。他也拘谨缄默，问我学校的事情，好像他不记得学校是什么样似的。

　　他有一幅快照，站在汽车前，手臂搂着一个黑发女孩，她身穿有腰带的羊毛外套，两人都对着照相机笑。汽车后面有一座红砖建筑，是他住的公寓楼。

　　随着时间的消逝，唐纳德周末回家的次数越来越少，家里十分安静。我似乎无法用喧闹声来填补这寂静，即使我请个朋友来玩时也不能。每天放学回家，父亲当然都不在家，他现在为一家批发公司工作，向曼哈顿各处的商店推销民用设备。母亲往往出门购物，或去为慈善妇女会做事,我便常常一个人在家。我会按母亲的吩咐把三角铁锅下的灯打开,她用这锅来烤白薯。或许还有一些零钱让我买冰淇淋吃。放学后独自在家,有时我觉得孤独凄凉。有一天下午下雨,母亲晚回家,我想象她被汽车撞倒了,或许她掉在地铁轨道上了。我哭了。我不知道为什么她不在家会对我影响这么大。

她一回到家我就拥抱她,令她惊讶得大笑起来。

母亲和父亲之间现在有一种由于我们生活环境的变化而克己的和睦状态。如果战争爆发,唐纳德会被征召入伍。此事在他们心里的分量很重。此外父亲的新工作对他的精神有所挫伤。他多年不为他人工作,已习惯于当自己的老板,他难以适应他的倒退。有时候,比如我有一次因感冒没有上学待在家里,我见他没有急着离家。他找借口不急着走,他会清理清理厨房,或者主动给母亲去买买东西,然后才去上班。他声称,作为拜访客户的推销员,他得给店家开门的时间,安排一天的事儿。这个理由并不能说服母亲,她觉得他输给了他的竞争对手。可父亲是不会改变主意的,他花很长时间吃早饭,随后把所有餐具都洗了,连去地铁的路上也要停下来办些杂事。

他对我并不关心,在家里他看报或听音乐。他沉思默想。他原来一直是个健壮的男子,可现在看来他缺乏热情、大腹便便,逐渐丧失了对事物的乐趣。我不愿对他提及世界博览会。也不对母亲提起,她大部分时间都不舒服,苦于各种各样的病痛。她的肩膀令她难受,她患一种肩炎症,有时把手臂挂在悬带上。她常在沙发上休息,因肩膀有病,她不能轻松自如地弹奏钢琴。

后来我被告知我们将搬出我们的房子。原因是唐纳德不再住在家里,我们三人不需要这么大的地方。租约到期时房东打算加房租,实在不值得花这钱。

母亲为我们找到公寓房,房子还在粉刷时她就带我去看。房子在北边康考斯大道旁。她在我放学后接我。在一七四街北边，伊斯特伯恩大道成了斜坡。我们吃力地沿着伊斯特伯恩大道往上走，经过那种没有电梯的公寓楼，四层或六层的，围着小院子，前门过道都很昏暗。我们的新屋在小丘顶上，伊斯特伯恩大道在那里与康考斯大道和一七五街相交。那是一座六层的赭色砖楼，就如曼哈顿著名的熨斗大厦，呈三角形，位于街角。父亲知道我要去看房，便用熨斗大厦作比拟，以此鼓励我去。

这套房子在二层楼，往上要走一段楼梯。你走进一条通向门厅的狭窄、无窗的走廊。门厅的一面朝向起居室，另一面朝向小厨房和小饭厅。一个油漆匠正站在厨房梯子上。另一个油漆匠在小饭厅旁的浴室干活。然后再经另一条狭窄过道，正好在公寓楼的三角形之端，是一间卧房。卧房有三扇大窗，一面墙一扇。我们俯瞰楼下那个公共汽车站，我们总是在那儿等候向北开往康考斯去我奶奶爷爷家的公共汽车。

"你瞧，"我往窗外看时，母亲说，"多美的景色。康考斯举行游行时，你可以站在这儿，从头看到尾。一切都那么明亮、清爽。你离学校比原先也远不了多少。康考斯大道，一条讨人喜欢的宽街，有很多树。这是居住的好地方。我们很幸运。"

可我知道她的真实感受。我感到痛心的是，在我可以觉察她很痛苦的时候，她把事情说得十全十美，找理由来谢天谢地。我们不能再像先前那样有办法维持我们自己的生活。我们衰败的严重程度，她不会明确说明。"唯一的问题是，我们会因没有独用的空间而有点儿挤。"她说。我喜欢母亲如其一贯作风做到坚强、面对现实，把铲子就叫做铲子①。现在她来回走动，指出为什么这套窄小的公寓房是极好的居住地，我确实感到怏怏不乐。你在里面好像觉得几乎不能

---

① 源自希腊语的英语熟语，意为实话实说。

转身。除了公园旁的私家住宅,我没有住过任何别的地方。康考斯大道是一条宽阔、有六条车道的通衢要道,有安全岛帮助行人过街,外车道供慢车用,四条内车道供快车用。行人岛上种有树木。路那一边有一排鳞次栉比的公寓楼房,南北向,远至肉眼所及。我不认识住在那里的任何人,也不知道那里有没有小孩儿。

搬家那天,我在学校里。那天早晨,我像往常一样在我自己房间里的床上醒来,在我总是在那儿用早点的厨房吃早餐,朝阳从对着小巷的窗户照进来,铺油布的旧木桌,辐条背木椅,仍然在其一向所在的大厨房中间。靠一面墙是顶上置有圆筒状马达的冰箱,靠另一面墙的是一个涂有磁漆的橱柜,母亲称之为"荷兰厨房",里面装有滑动挡板、许多小橱门和面粉筛。"这是你的午饭,"母亲说,递给我一个纸袋,"金枪鱼色拉三明治,你喜欢的,还有一个苹果。这一毛钱给你买牛奶。放学后别回这儿。到新公寓去。过马路前两边都要看。"

踩过未铺地毯的地板,穿过装满东西的纸板箱堆,我离开了家。一辆搬家车停在路边。

放学后,照母亲的嘱咐,我从校园里出来后向右拐,穿过一七四街,沿伊斯特伯恩大道往小丘高处走了很久,到了康考斯大道边的新公寓。我不时转身往小丘下面看。我看见孩子们从学校里出来,走我的老路回家。

门开着。我的脚步在没铺地毯的地板上引起回声。我发现母亲独自坐在我们家的许多杂物中间,这些东西在被漆成奶油色的新房间里显得怪里怪气,她对我说,奶油色是时下最流行的颜色。她坐在沙发上,看起来十分疲惫。她朝我惨淡一笑。整个搬家过程都是她在张罗,父亲离家去上班,我得上学。

在新厨房里我像平时一样喝我的牛奶。冰箱是四角浑圆的新款式，马达被藏在后面。白色合金橱柜悬置在水池上方。所有东西都离得很近。厨房地板稍大于固定装置之间的空地。什么都很整齐、紧凑。与我齐肩的隔板把厨房分隔开，隔出了小饭厅。我们有一张新的椭圆形桌子，桌面是发亮的大埋石花纹，还有四把相配的椅子。

我们谈到所有东西的现代化，还谈到合理的房租，房东为我们迁入所做出的让步。

新的起居室被摆得满满当当：我们的索默牌立式钢琴、沙发、椅子、灯、落地式收音机、唱机、地毯、茶几，还有些小摆设。靠墙直角处放着旧沙发和新沙发，旧沙发有帝国时期的弧线型背，四方形新沙发有两个靠垫和高高的四方形靠手，可以改换为床。父母将睡在此处。那张橄榄绿色、床头板上有雕花带状装饰的老床没有了。我睡在对着楼下公共汽车站的三角形卧房里。这儿有两张新的单人床。唐纳德回家时和我同住一室。

每天放学回家，我对社区作更多的考察。康考斯，我看是沿山脊而建；假如没有建筑物，假如这整块地回复到早期，康考斯会是一片高原，高耸于西边的山谷之上——那西边现在是杰罗姆大道，东边是不那么陡峭的山谷。高原顶上的光线是不一样的。更冷一点儿。这里没有绿色树篱或草地。我们比一条缺乏人情味的大街高出一层楼，能看见一片广阔的天空，听见车辆不停的喧闹声。一七五街对面，在康考斯大道的我们这一边，有朝圣者教堂、礼拜天教堂的钟声鸣响。直对康考斯大道的另一侧，往下一条马路，是新的初级中学，我在第七十公立学校念完六年级就上这个学校。所以我与克莱蒙特公园，与我原来的街道和校园的关系即将结束。

母亲理解我所感到的孤寂，放宽了要我放学后立即回家的规定。她甚至准许我去看望我的朋友梅格。我只要在早晨告诉她，我是否打算在常去的老地方跟我的朋友们待一会儿，玩一阵。我玩街头棒球或拳球，还穿着上课穿的衣服——白衬衫，戴着学校的红领带。

我回家时，衬衫下摆飘垂，运动衫袖子系在腰上，短裤耷拉着快要掉了。母亲不怪罪我，在小厨房水池里小搓板上搓我的衣服。她想念唐纳德，放松了对我的管教。她也在老地方找到了要做的事情，每周有两个下午去指挥伊甸山教堂妇女会唱诗班。

二十六

春天，天气越来越暖和，日光延长了，我就尽可能在家里少待些时间。雨天我一定去梅格家，和她一起喝牛奶。梅格长大了一点儿，仍然娇小，但丰满了一些。我觉察到她前臂和双腿上淡淡的金色汗毛。她仪态优雅，走路时昂着头，头发比较浓密，使她看起来年纪大些；在她身后的时候，有时我偶然注意到她裙子的移动与她臀部的移动保持同一个节奏，她的臀部现已圆得足以把衣服撑起来。我说不出我感觉到了什么，但班里所有孩子现在都认为我是梅格的男朋友，相信我们长大后会结婚。如果有人拿这个来取笑我，我就不得不把书扔地上，扑到他身上。但大多数时候在这件事情上大家没有直接冲着我来，所以我不必否认什么。她和我从未谈论过这些事，意识到将此类微妙问题诉诸语言的危险。假如我们中有一个人说了什么，另一个人就会不再保持关系。只有朦朦胧胧，缄默无言，假装糊涂，这种关系才能继续下去。我们感到互相忠诚，在另一个人面前泰然自若。我们分享好东西：她给我甜饼干，在外头，我用我的钱买两份冰淇淋。我们常在克莱蒙特公园一块儿玩，在那里只有我们俩。我有时发现她脸部表情严肃地看着我。我喜欢她的嘴，尤其是上唇，向嘴角翘起来成了变厚的弧线，以致任何时刻你会以为她要哭。她有一双淡灰色眼睛，长得比较大。现在我们九岁。

梅格的母亲诺玛每天在世界博览会工作，从下午四点到闭馆。这也就是说，她在下午稍早时候，我们放学之前，出门去乘地铁。诺玛得搭地铁去曼哈顿，再换去皇后区的区间地铁。我见到她时她很疲倦，可她说她有这份工作很幸运。可这也就意味着大多数时候就只剩下梅格和我。我们一起做家庭作业。她仍喜欢玩玩偶，给她们端送放在小锡盘上茶杯里的虚拟茶，还跟他们说话。有个玩偶是个广受欢迎的模特儿，名叫"迪迪娃娃"，干什么事儿都得用"女孩文化"，忸怩作态得有点可笑。这个玩偶的特色是，可用橡皮奶嘴小瓶给她喂水，过一会儿，水会从她两腿之间的孔眼里流出来。我发现我的朋友对这个玩偶的专注令人难堪。一个下雨的午后，我们坐在她家起居室的地板上，她坚持要我给玩偶喂水。我不愿意。玩偶两腿张开躺着，没穿衣服。梅格要我把橡皮奶嘴小瓶塞在玩偶那着了颜色的嘴里。这个婴儿娃娃呆滞的、圆圆的蓝眼睛凝视着我。梅格不停地说："喂吧，她渴，你没看见她渴吗？劳驾，喂吧，她很渴呢。"她反复说这些话，嗓音都哽住了，我自己的脉搏在我耳朵里轰响，我觉得我的脸都红了。她的想法极端，似乎这玩偶真是活的，我同时觉得既恶心又震颤。但我决定不让步，而要责难她的这些情感，甚至粗暴以待。我没把橡皮奶嘴塞进玩偶的嘴里，而是塞进她两腿之间的孔眼。我往下按，直至水洒了玩偶一身，还洒到地板上。梅格大叫一声，她那小身子扑向了我，撞得我从我坐的位置往后倒下。随即一瞬间她身处我的上方，用她的整个身体袭击我，往后仰起，往下倒平，就在我躺着时来了一遍又一遍，似乎要整得我断气。每次她在我上面倒下时，我都可以感到她呼出的热气在我耳朵里吁吁有声。我感到她身体的温暖，闻到她身上的香皂味，我伸开双臂抱她，发现我的手抱住了她的臀部。她的连衣裙撩到了腰部，我感到了她的大腿和棉内裤。她突然累了，一动不动地躺在我身上。随即她感觉到了某种她不太熟悉的东西，即使我自己也不太熟悉——

我的硬挺。那戳物使她不舒服，她在惊恐中从这东西上使劲退缩。我不让她走，而是把她举起来，把她翻了个身，在她挣扎时压在了她身上。她眼睛朝下。瞬间我就这样按住她，使她不能动弹，然后放开她，坐起来，她也坐起来。片刻之后，我们又在玩，好像什么事情都没有发生过似的。那一小摊水在她的游戏里成了溢出的茶，她用餐巾纸把水从地板上吸掉。后来我们做了家庭作业，随后我就回家了。

那天夜里我去睡觉时，在混乱思绪中，我在我的脑海中瞧见了我的朋友。我焦躁不安。我无法整好我的枕头。最后我侧卧，蜷缩着，把枕头纵向放在两腿之间。我体验到有一种紧迫感从我全身、四肢、手指和脚趾扩散开去。我发现我在生气。随后又突然为自己感到遗憾。我听不到家里有什么声音。父亲不在家。母亲在起居室里看书。那街角的路灯照亮了天花板。我听见持续不断的汽车的嗡嗡声。我不知道我在何处。我家有新的威尼斯帘①，母亲为此很得意，但不管如何调节，康考斯大道的灿烂光亮还是透了进来。

如今我逐渐明白，我现在有了私人生活。家里没人见得到梅格和诺玛，只有我见得到。生活在新的社区使我变得独立自主。我现在可逍遥着呢。放学后我不马上回家。我不用告诉任何人就能见梅格。这是一个不同寻常的家庭，这母亲和女儿。这个家没有父亲。这个家在我身上引起某种躁动。我的胯部因爱护之情而骚动。这是我秘密的冒险生活。诺玛与我所知的其他母亲完全不同，其中包括我的母亲。她身上有一种无忧无虑的气质，我感知这点是因为见她用手指压她的头发，或在起居室沙发上头的镜子里照她自己。在我的脑子里她不代表权威。有一次，她不上班，她、梅格和我坐下来

---

① 最早创制于意大利威尼斯的百叶窗。

玩棋盘游戏。像唐纳德总是做的那样，我开始念游戏规则。"我们不受这个管，"诺玛说，"我们就玩玩。"

我不能想象我母亲会跟梅格和我坐下来，在地板上跟我们一块儿玩我们玩的游戏。或许就是因为这种事令母亲不喜欢她。女儿和母亲两人都跪下来，以女孩子的方式朝后坐在腿上。只是诺玛穿的是家常便服，这衣裳垂落在后面她的大腿上，她的腿在我看来又白又软；她不时拽拽身上衣服，可衣服总歪落到一边，我注意到这个情形。随后她注意到我在注意，便笑着弄乱我的头发。

随着我的新自由，我逐渐产生了一定的自信心。我读书比以前多，三或四本一个星期，有海洋故事和男孩故事，有体育和冒险小说；由于必须等个成人，特别是我母亲，找时间陪我去图书馆，我开始感到备受牵掣。图书馆在东布朗克斯，在华盛顿大道上。那地方相当远。现在我请求由我自己去图书馆，结果得到了批准。在一两次之后，我不再害怕迷路。每星期六上午我去图书馆。五月时分，天气暖和，我走在春季的阳光里，身边每只手各拿两三本书。我发现了一两条适中的捷径，沿一七六街往东走，经过一所老人院，那里的老人坐在门廊摇椅上瞧着我，然后往下走一条陡峭的坡道，这坡道蜿蜒伸展与特莱蒙特大道相接，特莱蒙特大道是一条重要的交通干线，就在一所眼科医院旁边。小丘之麓是韦伯斯特大道，街上有有轨电车，铺着比利时石料公司的圆石。在特莱蒙特大道穿越韦伯斯特大道可能很危险，有轨电车路线相交又分叉，沿路卡车辘辘有声，你得保持警觉。我在公园大道跨过纽约中央火车轨道，看到第三大道高架铁路后，我往右拐上华盛顿大道，仅一个街区外就是图书馆。这是安德鲁·卡内基[①]图书馆系统的一个分馆。街对面

[①] 安德鲁·卡内基（1835—1919），钢铁大王、大慈善家，用其捐款在美国及其他一些英语国家所建的图书馆有 2000 多个。

是一家销售公墓碑石的公司。一个大陈列室里放满了高大的花岗岩纪念碑，上面刻有虚拟的死者名字。街角处是佩契特面包公司。这整个地段飘散着烤面包的香味。他们烤的是那些硬壳黑麦面包，上面贴有小如邮票的工会标志[1]。我家常买佩契特面包，这里就是这种面包的产地。

我去一趟总是小心翼翼。那些地区仍很危险。东布朗克斯不仅出犯法的男孩子，据我现在所知的小孩们在校园里拼凑的旧案往事，还出重要的、赫赫有名的帮派歹徒。我的图书馆离已死的达奇·舒尔茨[2]的啤酒库不远。他在第三大道高架铁路下面曾有个酒店。我知道，比起成年歹徒，我更害怕犯罪的男孩，但总而言之，这儿是一个并非我所属的文化群落。不，东布朗克斯不是一个可以掉以轻心的地方。我得对自己承认，在我踏上华盛顿大道图书馆前的台阶、进入置有橡木书架的安静处所时，我才稍感宽心。

就是在这个图书馆，我获悉纽约世博会公司主持男孩比赛的消息，一次征文比赛。布告板上的一张布宣布了这个比赛。题目是《典型的美国男孩》。你需用二百五十个词或少于二百五十个词写出你所认为的最典型的美国少年的特性。你需呈交你自己的签名照片，你需亲手把文章清楚地写在稿纸一侧。稿纸可以分行，也可以不分行，但必须是宽八英寸长十一英寸的纸。

对比赛我有一双慧眼。很多比赛弄虚作假、荒唐可笑，只有幼稚的人才会去参加。他们通常要求你用二十五个词或少于二十五个词说出对一种商品的所爱之处，把你的评论连同标签或商标一起提交。策划这种比赛其实就是要你买东西。我的朋友阿诺尔德为卡斯

---

[1] 用来标明商品制造者是公司雇用的工会成员，以吸引支持工会者购买。
[2] 20世纪20、30年代在纽约地区靠非法制酒、贩酒暴富的犹太裔歹徒。

托利亚牌通便剂来了个模拟比赛。"我爱卡斯托利亚，因其恶臭，使你淋漓拉稀，众所周知其有趣之处。"

但这一次有所不同。此次比赛不是由公司、而是由世界博览会主持。我仔细阅读了比赛规则。他们需要有创意的思想。无论谁赢将会得到一个由著名艺术家为他塑造的雕像，塑像将名为"典型美国男孩"。另有其他奖赏，其中包括免费参观世博会，所有费用均免。我的思想开始急速翻腾。

先前唐纳德和我从推销各种商品的报纸广告上收集过优惠券。足够的优惠券便能换取奖品——一个记忆犹新的例子是《纽约晚邮报》赠送了一套题为《世界一百篇最佳短篇小说》的十卷丛书。那要花一年时间来收集优惠券。我们始终有条不紊、卓有成效，从虚线上剪下优惠券，按次序把它们放在小盒里，给小盒箍上橡皮筋，一起存放在一个雪茄盒里。可也有知识类比赛，如智力测验、画谜、词汇和语法测验。你若成功便可赢得杂志订阅费，甚至是钱。所有这一切都是手段，以此使我的思想进入一个为男孩们精心策划挑战、公平而秩序井然的世界。接受这些挑战你就提升了你自己。所以我认可这次世博会征文比赛。我认可。早些时候我参加过由汤姆·米克斯[①]和迪克·特雷西掌控的秘密组织，除此之外还有别的组织。在我书桌几个抽屉的深处藏有许多工艺品：杰克·阿姆斯特朗[②]哨子戒指[③]、小型铅制巴克·罗杰斯[④]有轮火箭船、水枪、放大镜、徽章、密码卡，等等。为这每一样东西，我曾经焦急地期待邮包。邮包是所有事情中十分重要的一部分。要考虑到邮戳规则，还有邮件形式的具体说明。不论你在何处，不论世界的观念远在哪个边缘地

[①] 汤姆·米克斯（1880—1940），牛仔影星，生平富有传奇色彩，勇敢善骑，演过大量西部片。
[②] 杰克·阿姆斯特朗（1904—1978），有影响的风笛演奏家。
[③] 戒指上的哨子，可取下吹之。
[④] 美国第一部重要科幻冒险连环漫画主人公，是飞行员和宇航员，与各种歹徒格斗的超级英雄，后有多部电影和电视剧。

区，一张三分钱的邮票就使你一跃而入好事中心。

在征文比赛规则的印刷文字下面有特里隆和佩利斯菲的影子，很淡很淡，意味最为深长。我只能逐步悟出其含义。他们是作为只赐予我的信息出现在我脑子里，是一次秘密的召唤，无言而持久。

我完全明白我家为什么尚未去世博会参观。谁也没有说什么，但我知道。我壮胆问图书馆管理员，我能否借用一下铅笔。我还要了一张纸。我不在乎她有没有露出笑容。我抄下布告上的信息。我的心跳得很厉害。我担心那些要读报刊的老人们会得知这件事，在硬椅子上打瞌睡的失职者会醒过来，他们都会恶狠狠地瞪我一眼。

动身回家时，我想着为我要写的文章斟酌字句，看见我自己铜铸的高贵头颅凝望着纽约世界博览会的上空。有一天梅格和她的母亲会来世博会，看到我的塑像显眼地展示在那儿。她们会目瞪口呆。

我决定不走我来的路回家，而是经过佩契特面包公司去公园大道，往北沿铁路轨道去特莱蒙特大道。我想看一看行驶在街道下面宽阔地沟里的火车。这是我威严的伊弗雷姆姑父乘坐的返回和离开他的佩勒姆庄园豪宅的铁路线。公园大道中间被铁路轨道一分为二，窄窄的两侧都铺着圆石，没有人，一侧毗连无窗红砖仓库，另一侧是一道黑色铁矛栅栏。我沿这道置于杂草丛中、垃圾狼藉的栅栏而行，想象自己在轨道上空的电线网上表演走钢丝。

就在此刻，我面临两个持刀男孩。

甚至在我看见他们之前，他们就冲我而来了。他们把我推到栅栏跟前，用刀尖捅我，直至我被牢牢按住。我感到栅栏紧贴我的背部。

我的恐惧倒使我在震惊之余保持着清醒的头脑。这两个男孩高头大马，是我哥哥的年纪。那个稍瘦的有一双我从未见过的最惨淡、最阴毒的眼睛，在那张不匀称的窄脸上贴得很近。一种笨蛋的沮丧神情显现在他的小嘴上，下唇朝外翻，露出下面的牙齿。

那个胖的更高些，头发乌黑，往后梳成大包头，他皮肤上有小脓包，皮肉松弛下垂的脸上有个猪嘴状的大鼻子。他的黑鼻孔几乎成了正圆。他的刀不像另一个人那样对准我的腹部。他紧张地朝街上东张西望。

"你是犹太人？"瘦的那个问道。

"不是。"我说。

他咧嘴狞笑，伸出那只空手，从我手里夺走我的书。几本书被扔在杂草中。"犹太仔，"他说，"我要割掉你的耳朵。你在忏悔时说些什么？"

"什么？"

"让我们穿过你来看你自己。"我不懂这是什么意思。"你是个犹太仔。"他说。他用刀尖按住我。我可以感觉到。只要动一下，刀尖就准会穿过我。

"你的钱在哪儿？"

"快点，"胖的那个说，"赶紧。"他真的很紧张。我拿出钱来，一毛两分。胖的那个把硬币从我手掌里立即抢了去。"咱们走吧。"他对另一个说。

"我先要把这个说谎的犹太人切成片儿。"

"我父亲是个警察。"我对个头大一些的男孩说。我尽量坚毅地盯视他们，知道他们会害怕。"他在这个分管区工作，"我说，"在巡逻车里。"

现在是他们俩盯着我。我没有给出更多证据。在此瞬间，在这个凶残的稍矮的人出于冲动从这边窜到另一边时，我也许会死，也许会自由。我感到了刀尖。压力增加了。

"得了，走吧。"胖的那个说。

瘦的那个抓住我的下巴，把我的头往铁栅栏上撞。"滚你妈的蛋，犹太仔。"他说。

他们跑着穿过街，大声笑着。他们转过街角，不见了。

我捡起图书馆的书。我抄的那份征文通告从一本书里掉了出来，掉在草地上，被踩皱了，上面横着脚印。我仍然感觉得到刀尖。我撩起衬衫看有没有刺出血来。倒是只有像针孔那样的微小红点，就在我的伤疤顶端。

我决定不把这件事告诉任何人。我快步走回家，几乎每拐一条街就要看一看他们是否跟着我。每走一步，受辱之感就更加深重，直至我忍不住哭出声来。我觉得自己浑身战栗。

我为什么要提到我父亲！现在他存在了他们的脑子里。我寻思，这很严重地把他推进了危险境地，即使我描述他是穿警服的。一个警察！这是最大的失策，假如他们略微聪明些，他们就会想到这个声音有多幼稚：我父亲是个警察。这是四岁小孩儿们互相说的话。

在东布朗克斯我是应该提高警惕的。我自鸣得意地以为自己做到了。我生来所知道的有关男孩子的事就像这样，我在这儿傻乎乎地游荡，掉入他们的陷阱。我引起他们注意。如果我不是忙着做白日梦，我就会很明智地待在铁路轨道之外。埃德加，我听见母亲说，你的脑袋总是云遮雾绕。你得清醒，你是否知道什么情形对你有利。

到我们公寓楼的最后一个街段，我快跑起来。我站在街门内，阴影里头，等他们出现。他们一进门，我就会再跑出去。我不想把他们引给我母亲。

没有人来。站在昏暗的门道里，我把那一幕场景在脑子里过了一遍又一遍，回顾一些荣耀的片刻，有一部分我则发现是痛苦。而每次都重复出现的是："你是犹太人？""不是。"耻辱感有如啜泣般一阵一阵地朝我袭来。我异常愤怒。在这个时刻，假如这两个男孩再出现，我会杀死他们。我感到病了。我开始出汗，又突然发冷。我靠在墙上。我的脸、脖子和背都出了又冷又黏的汗。

后来几个星期，不论何时外出，我都寻找这两个男孩，事实上我从此再未见到他们,却并未把他们作为一种威胁从我脑子里驱除出去。只有他们偶然不在那儿,我才能去办自己的事儿,这是个全由他们抉择的事情,所以即使不露脸,他们也控制着我。可同时我知道,这两个人并没有什么特别,因为像这样的基督徒男孩到处都是,只有在他们集体异想天开的时候,只有在他们偶然不走你的街道、或大步跑着穿过你的后院、不与你照面的时候,你才会自由。我难以明白基督教就像某种会用刀来戳你肚子的东西。

我有一段时间没有继续我的周六图书馆之行。可是我要参加世博会男孩比赛的决心没有动摇。事实上,写一篇关于"典型美国男孩"的文章,现在是对一个挑战行为的额外呼吁。我,不是那种可悲的笨蛋,我会提出"美国少年"的实质。那些笨蛋绝不是榜样。我怀疑他们连字也不识。他们即使偶然得知这次比赛,也不知道如何着手去写。他们最能指望的就是满街去找,缠住撰写比赛文章的人,偷走他写好的东西。嘿,我才不是这种人。

我明白我肯定有很多工作要做。我不仅要写文章,誊写整齐,还要找信封,买邮票。我决定偷偷写我的文章,夜里写,做完功课以后。我不会向任何人透露。首先,写作应在没有辅导的情况下完成,我也不想有人出主意反把我弄糊涂。我尤其不愿意有人告诉我赢的可能性有多大。参赛者年龄的上限是十三岁,这就意味着我是和八年级的人竞争。

眼下我深为这个我有生以来最感兴趣的冒险计划所吸引。我又感到很有把握。母亲不在家时,我到处找要和文章一起寄出去的我自己的好照片。我认为他们要照片有两个原因——第一,有助于确定你就是作者;第二,如果文章写得好,他们可以查看照片,塑造雕像的艺术家会告诉他们,对他所需的效果来说,你是否长得够漂亮。假如两篇文章同样好,他们会选择比较好看的男孩。

我找到了金色的匹克威克巧克力盒子,家里的快照都放在里头。

最好、最漂亮的一张照片是在我动手术之前拍的，当时我比较瘦，下颚的轮廓比较清晰。唐纳德用父亲的柯达相机为我拍的这张照片。这不是最新的照片，而是几个暑假之前的，当时父亲有钱，带我们去康涅狄格州一个真正的生产农场度假。可照片恰恰拍得很近，所以你看不出当时我有多矮。我知道，照片要随文字而去，文字会很出色，所以我不能寄一张表明这个男孩，不管他是谁，年纪太小而不可能写得那么好的照片。可这一张有用：一张清晰的黑白照片，尺寸合适，太阳照在我脸上，我眯着眼睛，显得友善而富于魅力。我身后是开阔的田野。

晚上我终于坐下来写我的文章，我把我的照片支在我面前的桌子上。我回想在乡下的情景。我胆大的父亲喜欢奇事怪物，即使度假也如此，所以我们跟街对面的朋友、珀尔曼医生夫妇及其儿子杰伊，一起挤在珀尔曼的汽车里开到这个农场。康涅狄格甚至比佩勒姆庄园还远。有一阵子我觉得我们去那儿就像对基督教世界的一次突袭。或许母亲也这样想。她对基督理念有怀疑，但喜欢卡茨基尔山① 白湖这样的地方，待在真正的度假旅馆，晚上跳跳舞。

写着文章，我却沉湎于回想我们度过的假期。可这真是有趣。那农场广大宽阔，四处庄稼在阳光下成长。农场主瘦削，长着龅牙，很爱笑，坐在长桌一端，搭伙者、他的一家人和穿工装裤的农场助手，都在一块儿吃饭。新鲜玉米就长在那儿，新鲜牛奶来自他自己的奶牛，鸡蛋和鸡来自他自己的鸡笼。那儿有软软的大番茄、甜豌豆和人工搅制的大块奶油，面包是由农场主妻子在厨房里烤出来的。她是个高大的女人，总是系着围裙，灰白头发在她脑后束成一个小圆髻，在把菜碗放到桌上时，她那双发红的胖手经过我的脸颊。她有两个女儿，她们帮着端饭端菜，其中一个头发是干草颜色的，引

---

① 纽约州山区，位于纽约市西北、奥尔巴尼西南。

起我父亲和珀尔曼大夫的注意,惹得两人互相瞥了一眼。父亲当下心血来潮,要背诵一首最短的英语诗。"诗题是《关于微菌古代的论文》①。"他说着清了清嗓子。大家都惊疑地瞧着他。"亚当有过它们。"父亲说。大伙儿都笑了。

从纱门里吹进微风,悬挂着的螺旋形黏蝇纸缓慢地飘动着。苍蝇被黏在纸上,一簇一簇的,它们悬着打旋,有些是黑色的。我母亲不敢看它们。桌上提桶里是两种牛奶:农场主太太煮过的牛奶,从奶牛那里直接提来的鲜牛奶。父亲当然要我们大家都尝尝鲜奶。母亲婉言说,她喜欢给唐纳德和我喝巴氏消毒牛奶。

"可这是些有合格证明的奶牛,"父亲说,"难道不是这样吗?"他问农场主。

"是的,先生。"农场主答道,微笑着露出了他的龅牙。"这些奶牛一点问题都没有。"他说,可惜一阵咳嗽,他的脸变得通红,瘦削的胸部颤动不已。他清了清嗓子,笑了一笑。"嗯,"母亲尽可能婉转地说,"我们习惯喝巴氏消毒牛奶,如果您不介意的话。"

父亲继续争论这点。他在公共场合高谈个人看法并不感到害臊;他在饭店里也这样,像我们单独在家时一样侃侃而谈,令人发窘。"在新英格兰或许连一个肺结核菌也没有残留。"他说。母亲向他使了个眼色,可这没有用。他似乎没有注意到桌旁农场主及其两个助手其实喜欢这场谈论。母亲把煮过的牛奶舀在我们的杯子里。父亲激动地冲着大伙儿举起杯子,往里面倒鲜奶,把长柄勺举得越来越高,弄得杯子里出现很多泡沫,听起来很是悦耳。他随即把牛奶一饮而尽,咂咂嘴,咚的一声把杯子放在桌上。他看着我们,伸开双臂。"我还活着。"他说。这正是他开心的时候。此时,母亲从她那儿悄悄剥开了一个煮得很嫩的鸡蛋,她发现这个蛋里有血迹。

---

① 又名《关于微菌古代的诗行》,也简称《跳蚤们》,仅"亚当有过它们"这一句,何人所作,说法不一。

有个农场助手让我们跟他处理干草。唐纳德和我乘着木制马车,在这条车辙接车辙的路上,在嘎吱嘎吱作响、摇摇晃晃的马车上,你可以感受到马儿的辛劳。马车停了下来,干草飞到我们脸上,我们大笑起来。我随即连连打喷嚏,不得不下了车。地里那些牛刷刷地挥动尾巴,苍蝇从它们的肋腹上飞了起来。在这多石的田野里,到处是牛粪,有如一块块巧克力布丁。我们在湖上划船,发现水里长满了杂草。父亲和另一个客人找到一些链条,我们从划艇上把链条拽进水里,把水草拖上来,直到在近岸的湖上弄出一块干净地方。我们在这儿游泳,准确地说,是唐纳德和父亲游泳。我玩了一会儿泼水,然后留下他们游泳,我爬到小丘上去自个儿玩了。阳光明媚,令我吃惊的是没有人照料牲畜,可它们也不会逃跑。如果你解掉拴娉姬的绳子,它总会逃走。克莱蒙特公园农场里的牲畜都被圈在棚子或围栏里。在这里,牛儿伫立在旷野四处,再远你也望得见。马儿在地里吃草,不用任何东西拴住它们。鸡在院子里跑,连领圈也不戴的狗睡在门廊跟前,有些女客正坐在门廊里。以前我从未见过放养的动物。太阳和天空似乎也没有被拴住,在这个农场我感到万物自由,我可以跑去我想去的所有地方,观望所有东西,却仍然身在农场。晚上空气变凉,晚饭后我们穿上羊毛套衫,我上床睡觉,盖上软绵绵的鸭绒被,被下衬着上过浆、使人发痒的被单。听着我窗下门廊里大人们的轻言细语,我昏昏欲睡。夜晚的蟋蟀和青蛙,就如我自己的脉搏,在我耳朵里鸣得更响。因为房间里有蚊子,我一直用被头遮着我的脸。要不是想起父亲说的那句话,我准会大发牢骚,惊动四邻。我们到达的这天,我给父亲看被蚊子咬的第一个疙瘩,他笑着说:"快,亨利,拿福利特来!"[①] 我在被子下听见蚊

[①] 儿童文学作家苏斯博士(1904—1991)所写故事里的一句话,结果成了全国流行的口头禅,"福利特"指福利特牌杀臭虫喷剂。

子就在我耳朵上面嗡嗡叫,我说的也就是那句"快,亨利,拿福利特来!",尽管旁边没有福利特,没有喷雾罐可把喷剂放进去,也没有亨利。

二十七

这是我寄往世界博览会、主题为"典型美国男孩"的文章。

  典型的美国男孩不畏艰险。他应能出门到乡下去喝生牛奶。同样的,他应该跨越城市里的小丘和洼地。假如他是犹太人,他就应该说他是犹太人。假如他有本事,当面临挑战,他就应该说这有什么了不起。他支持本地的橄榄球队和棒球队,但他自己也从事运动。他总是在阅读,他喜欢连环漫画未尝不可,只要他知道那都是些垃圾货。同样的,广播节目和电影是可以欣赏的,但不以影响重要事情为前提。例如,他应该永远憎恨希特勒。音乐方面,摇摆乐和交响乐他都喜欢。对女性,他尊重她们所有人。做家庭作业时,他不做白日梦,不浪费时间。他善良宽厚。他和父母亲配合默契。他知道一元钱的价值。他视死如归。

我一写完,就用我最好的笔迹誊写下来。我不得不誊写两遍,因为第一遍刚抄完,我的钢笔就漏了,在页边上留下一大块墨水渍。我按照所有规定寄了出去,后来就不再去想这件事。我为美国男孩比赛竭尽全力,现在既然文章已离我手而去,我也想让它离开我的脑子。我知道这种事要拖很久。即使你把东西寄出去了,你也得给六周的递送时间。我始终不明白为什么，但事情就是如此。

当然，由于我认为，我的文章标志着我去世博会的最后的、也是唯一的机会，所以不可避免地，一个去世博会的机遇便立刻出现了。这个机遇来自我朋友梅格羞怯而柔和的嗓音。"我每星期六都去，"她对我说，"诺玛不愿整天留下我一个人，所以她带我一起去。可我得待在她工作的地方附近，所以意思不大。如果你跟我去，我们可以互相照顾，诺玛就不用操心。埃德加，我们可以看到所有东西！"

啊，我亲爱的朋友——这是她向我发表过的最长言论！她把头发捋到耳朵后面，笑了笑，笑得模棱两可。我能看见她可爱的细长脖子。她有一双小手，一双最大、最纯净的灰眼。放学后我们坐在克莱蒙特公园的秋千上。我们两脚垂地，我们自己推自己，以小幅度的弧形荡前荡后。我不能相信我的好运气，可假装对此看得很平淡。"这是个好主意，"我终于说，"每人都得益。"

我没有仓促而显得不礼貌，尽快告别了梅格，跑着回家要跟母亲说。这有点儿不容易。一条不忠诚的小溪开始在我心里流淌。可唐纳德不再住在家里，眼下母亲和父亲考虑最多的也就是世界博览会了。我一直耐心以待，没有让自己像害虫一样叫人讨厌。所以或许这也说得过去。

我一边喝牛奶、吃奥利奥饼干，一边在脑子里整理着我的论据。母亲购物后回到家，我帮她放好食品杂货，然后告诉她梅格邀请我的事儿。"谁邀请你？"她边说边端一杯咖啡坐下来，"这是你朋友的主意还是她母亲的主意？"

这是个难答的问题。哪一种回答都可能带来风险。说是梅格母亲看来不会受到赞许。可一个小孩儿的邀请缺乏分量。"这是她母亲的邀请，"我说，"她叫梅格问我再问你。"

母亲盯着我看，不那么严厉。"我想，现在大家都已去过了，"她说，"这要花多少钱？"

"妙就妙在啊，我们可以免费进去，梅格的母亲在博览会工作。"

"干什么工作，我可以问吗？"

"我不确切知道，"我说，"不过该是个好工作，因为她有一张折价乘车券。至少大多数展馆都是免费的。纪念品，我猜想，要花点钱。可谁要纪念品啊？"我说得气粗胆壮，"那是给小孩子的。"

我看见母亲犹豫不决的眼神。这比我期望的要好。"我会跟你父亲说，"她说，"现在你去做功课。"

那天晚上已是就寝时间，父亲还没有回家。我熄掉灯，决定在黑暗中等待。我注视着康考斯大道上汽车映现在天花板上的光。一道光会晃悠在房角，然后忽然在户外闪亮，又在马达声变得最响时消失。随后马达声也远去。我一定睡着了，因为我醒来时一场谈话已在进行之中。

"电话费，"母亲正在说，"联合爱迪生①。今天我甚至没有钱把你的衬衫送到华人洗衣店去。"

"我有点钱可以给你。"

"你这话已说了三天了。"

"今天上午我取了一些记在我佣金账上的钱。我不愿干这个，因为这会把我推进困境。"

"我来告诉你是什么把你推进困境。你玩牌把你推进困境。"

"这话也当晚饭来吃？是一道什么菜？"

"告诉我，任何一个妻子，她能等到午夜十二点端出晚餐？你一直在哪里？你一直在干什么？"

"如果你不让我安静吃饭，我就马上离开这儿。"

"走吧。你别威胁我。你又啥时候陪过我？我难道不知道你走不走有什么不同吗？"

---

① 指付给纽约康（联合）爱迪生电力公司的电费。

可还是安静了一会儿。我听到了银餐具触碰盘子的声音。厨房的水龙头流水了。

"你还要什么东西吗？"

"不，谢谢你。"

"我还有件事要商量，"母亲说，"埃德加被邀请跟小姑娘梅格一起去世界博览会。"

"好啊，"父亲说，"为什么不去？"

"当然。你晓得她是谁的孩子吗？"母亲问道。

"谁的？"

这时一辆公共汽车在我窗下的街边停下，车门哧溜有声，引擎大声空转。车门关上了，汽车渐渐驶离，排挡嘎嘎地响。

"我讨厌瞎扯，"父亲说，"其实那比瞎扯还坏，那是诽谤。如果人家到处说你的传闻轶事，你会觉得怎样？"

"那不是传闻轶事，那是事实。人人皆知。这是社区共识。"

"行，就算这是真的。那是多年之前的事。那个男人已经死了。"

"所有这些年她是怎样度过来的？"母亲说，"人会变得那么多吗？"

"我没有兴趣，"父亲说，"我看她像是个相当好的女人，我见过她的孩子。她是个可爱的女孩。让他去吧。他会照顾好他自己。我一直在考虑我们去世界博览会的事。"

"你的诺言之一。"

"是的，我的诺言之一。我会安排得好好的。与此同时，如果他有机会，他就应该去，玩个痛快。这些日子谁都玩得不痛快。"

"还用你告诉我吗？"母亲说。

这一天来到时，我已准备就绪。我穿衬衫，戴领带，穿男生的校服短裤，还穿上我为之得意的新的浅帮鞋。直到最近我一直穿老式的系带鞋。有两块钱叠放在我口袋里,父亲给我这钱时嘱咐我说,如果我不需要,就不必花光;但若我需要,我就花掉。我懂这个嘱咐。这是一个春光明媚的早晨。我从康考斯大道快步跑下小丘,在一七四街穿越伊斯特伯恩大道,沿街跑着经过校园,在一七三街又穿马路,正好经过我的旧屋,在伊甸山大道左拐,跑着穿过椭圆公园,上小丘到俯瞰克莱蒙特公园的梅格的家。母亲原想送我到这里,照她的话来说,是向诺玛表示"感谢",但我知道这不是好主意,便说服她放弃。她会叫诺玛明白,一整天照顾好另一个女人的儿子该是多么重大的责任。我不认为诺玛需要听这些话。不管母亲自以为多细心,不管她说的话有多婉转周到,事实上她直率得很苛刻。这是我相信已久的一个特点,"字字句句清清楚楚地知道我持什么态度",这是她的警句。"字字句句清清楚楚"——我对此已逐渐习惯。我不愿意诺玛从我母亲那里"字字句句清清楚楚"地听到什么。

  我按了铃,梅格开了门。她微笑着站在那里。她穿一身白衣,一双刚擦过的白鞋,头发上有个蓝色缎带蝴蝶结。在她身后,穿着花衣裳的诺玛正在对着镜子戴帽子。她站着,费劲地把帽子拽来拽去,直至找到一个合适的角度。这是那种宽檐、给脸遮阳的帽子。我一迈进门,梅格就在我身后把门关上,她们的电话铃响了,诺玛接了。"噢,哈罗,"她说,"是我。"诺玛朝我的方向瞥了一眼,我便意识到是我母亲,不可阻挡地在电话线的另一端。"噢,这是我乐意做的,"诺玛说着朝我一笑,"我们喜欢带他,和他在一起很愉快。"她停顿了一下。"嗯,相当晚,我该想到。是的。直到门口。当然。"她听了更多的话。"不,我很理解,"她说,"我也会弄清楚的。我看他带着羊毛套衫呢。对他来说应该够了,我想。"

  母亲又继续说了一会儿,诺玛把电话听筒搁在肩上,在沙发上坐下,点了一支烟。她吐出烟来,透过烟雾瞧着我。对此我感到不好意思,但不知说什么。她挂上电话,对我说:"你母亲很喜欢你,埃德加。"我表示同意。"可为什么大家都喜欢像你这样的猴脸呢？"诺玛说，我们大家都笑了起来。

二十八

即使在高架地铁站我都可以看见特里隆和佩利斯菲。它们极大。阳光下，它们是白色的，白色的尖顶，白色的圆球，它们共聚一处，在我脑子里它们忧乐与共，有如某种同盟关系。我不知道它们象征什么，在我的脑海里很模糊，但在看到它们的很多照片、招贴和徽章那么久之后，真见到它们，令我极为高兴。我感到想要欢蹦乱跳，我觉得自己欣喜得浑身发颤。

我把它们看作我的朋友。

我们走下地铁站台阶，直接去了博览会场地。展馆上空旗帜飘扬。宽阔的街道被漆成红黄蓝三色。它们一尘不染。建筑物大多为流线型，边沿是圆的，我设想未来的建筑就应如此。我们走在彩虹大道上。天气晴朗。成千上万的人。他们笑着，聊着，指指点点，参看他们的导游书。我们沿宪法广场走。妍丽的郁金香花园鲜花盛开。世博会有自己的公交车，有自己的牵引车，诺玛决定我们应该坐一趟。一辆橙蓝两色电动牵引车拖着后面十几节橡皮轮车厢，司机吹响他的小号，奏出歌曲《纽约人行道》的首句："东区，西区，都绕着城。"诺玛要我们环顾四周，辨明自己的位置。我们坐在牵引车的最后一节车厢，所以在拐角处会晃动一下。当然，那是轻微的晃动，根本不像我们可以看见的远处娱乐区的快速滑行车。到处是人，有一家人结伴而行的，有停下来在展馆前照相的。有穿灰制服、戴灰帽的导游女士。人们匆匆的脚步声在我耳朵里就如永不停息的窃窃私语，或如我想象的一群羚羊，它们数目很多，听起来像是在慢悠悠地穿过高高的青草。我们绕过商业圆形广场，穿过光明广场，就在特里隆和佩利斯菲旁经过，离得很近，它们似乎占满天空。图片显不出它们的庞大。它们是仅见的白色物体。它们十分耀眼。它们似乎要飞起来，它们看来比空气还轻。一条坡道把它们连在一起，我可以看见由蓝天映衬的一队人。我们经过乔治·华盛顿雕像。我有地图可以查看。但对诺玛来说地图真不需要。她什么都知道。"我们来制订计划。"她说。有我和她们在一起她是那么高兴，以致要准备和我们同乐。"我还不需要去上班，所以我想我们从上一堂小课开始。我寻思，我们要看，比如，有趣的外国馆，像冰岛或罗马尼亚。"我的心往下一沉。梅格说："诺玛，别开玩笑！"我抬头一望，见诺玛在笑，便意识到，作为一个母亲，她在逗乐，她知道孩子们喜欢什么，不喜欢什么。我也笑了起来。

  我们坐车过了车轮桥，下了车，当然是在通用汽车公司楼。这是所有人的第一站。我们排进一个长队，队伍沿坡道往上，拐一个角，再上坡道，沿着这座雄伟的墙角浑圆、墙壁无窗的流线型建筑。这使我回想起那种结构，我在海滩上常把一桶湿沙翻倒过来，重敲桶底，提起桶来，那沙模就是那种流线型结构。在整个世博会，通用汽车公司展馆最受欢迎，所以我不在乎我们等了很久，差不多有一个小时。我们寸步而行。梅格拉着我的手，诺玛就在我们身后吸着烟，用帽子给自己扇扇子。我们安安静静。在重要时刻每一个人都安安静静。这是一个安静的"未来世界"，每一个人都一身盛装。

  我们终于进去了。在我们准备好参展之际，我的胃紧缩，我的心跳荡。我们跑着占位子，大家都坐在高边椅里，椅边内装有扬声器，椅子朝同一方向，置于一根轨道上。灯光暗了下来。音乐响起，椅子突然左右摇晃，开始向一侧缓慢移动。就在我们眼前，整个世界亮了起来，我们好像飞翔在世界上空，这是我从未见过的最奇异的景象,整个未来城市:摩天大楼、十四条车道的高速公路,以不同速度行驶在上的真的小汽车,中央车道给车速较高的,侧边车道给车速较低的。汽车由无线电来控制,司机竟然不用驾驶!这个缩微世界显示所有一切如何妥善计划,人们居住在这些摩登的流线曲线型建筑内,每座建筑为小城人口提供住处,他们可能的需要应有尽有:学校、食品店、洗衣店、电影院,等等,他们甚至不用出门,好像一七四街及其四周的社区都被装进了一座巨型建筑。我们经过了桥梁和河川、电气化农场、用电梯把客机从地下机库送上来的机场。还有灯光明亮的冒烟的工厂、湖泊、森林、山岭,而且都是真的,也就是说,是按比例造的,森林有真的小树,小湖里的水是真的。我们四处转悠,在高低不同的地方,每样东西看得越来越仔细,数千辆小汽车沿着轨道嗖嗖疾驰,好似带着它们的小人儿赶去办事。而在郊外乡村,有许多小屋,人们坐在里面读报、听收音机。在未来的城市里,人行桥连接一座座楼宇,高速公路低于地面,车道从桥下通过。在这个未来世界,没有人会被撞倒碾死。所有一切都合乎逻辑,除非去看看乡村,人们不必旅行;所有一切,它们的学校,他们的工作,都在他们居住的地方。我对之印象深刻。关于"未来大世界"①,不论我听说了什么,都比不上我亲眼目睹:所有那些移动的小部件、所有的光线和阴影、动画片,我似乎是在观赏一个前所未有的最大、最复杂的玩具!其实这是我自己的体会,没有人跟我谈到过。这是一个世界上任何一个孩子都想拥有的玩具。你可以永远玩它。那些小汽车使我想起我小时候的玩具汽车,那是些铁灰色合金双门或四门箱式小客车,我曾把汽车夹在大拇指和食指之间,让它们沿着我的彩格呢毯子车道的着色轨道行驶,车轮在不比缝衣

---

① 1939 年世博会通用汽车公司展馆名,展示未来的科学技术,后出现一系列同名科幻情景喜剧,包括广播连续剧、电影、电视连续剧,背景为 2999 年的纽约,至今仍有电视连续剧在播映,中文译为《飞出个未来》。

针厚的车轴上旋转。那些楼宇是模型，那是个模范世界。这个世界充满谐调的音乐，有个讲解员在描述所有这些我们从旁经过的展品，这些雨滴型汽车，这些安装空调设备的城市。

然后，令人吃惊的是在结尾处你看见一个不同寻常的十字街口，展览到此结束，你手持"我看见了未来"的圆形小徽章，你走了出来，走进阳光，你丝毫不差地站在你刚见过的街角，这未来就在你站立的地方，原来的小东西变大了，尺寸放大了，你不再低着头看，而是就站在里头，在这未来之角，就在这儿，在世界博览会！

那真使我惊叹不已。或许这只是因为突然从暗处走到了阳光下，可我真的两脚发颤。我有感觉，好像我的个头也变了，这个感觉只持续了一会儿，可这真的很奇怪。这使我意识到博览会所有展品的大小。诺玛带我们去"铁道馆"。我们坐在一个礼堂里，面对舞台，台上有优美的布景，旧式轨道列车和机车行驶在丘陵和山谷，跨越河流，穿过城市。我们因此又变大了。一列模型货车就在一列模型客车上桥时消失在拐弯处。讲解员告诉我们说，为这个展览他们在七万根小枕枕上铺设了轨道，用二十五万根小尖钉固定轨枕。而在室外，在展览厅后面的日光下，是一个铁道实物大院，展出古老的蒸汽机车，通用号啊，丹尼尔·内森号啊，偏偏还有最新式、最现代化的火车头，一个油亮油亮、高高大大的墨绿色怪物，它的轮子比人还高。瞧这又是一回事了！

然后是联合爱迪生馆，所有东西又缩小了——这是整个纽约市的缩微立体布景，展现城里从早到晚的生活。我们可以看见整个城市和哈德逊河对岸的新泽西，港湾里的自由女神像。我们可以看见北边的威切斯特和康涅狄格。我找我在布朗克斯的家，却看不到。诺玛以为她看见了克莱蒙特公园。在我们南边有巍峨的用石头建造起来的摩天大厦，有街上的小汽车和公交车，有地下铁道和高架火车，整个儿就是运转中的大都会，整个儿闪耀着生活的光彩，一到下午，竟还来了一场雷暴，结果房屋和街道都变得黑灯瞎火。

世界博览会所有的地方，由于建造者和工程师的心灵手巧，世界都缩成了小尺寸。可也有东西赫然在目，变得比它们一向该有的样子大。"公共卫生馆"有个展览展示人体的不同部位，每个部位都描绘得比原来的大好几倍。一个大耳朵，一个大鼻子，它们的管道、瓣膜和骨髓细胞都显露在外——大得比我还大的粉红色造型器官。那只眼睛大得你可以走进去！你走进这只眼睛，透过眼球的晶状体来看，它会变化而使你近视或远视。我们都因之头晕目眩。接着是一个用普列克斯牌塑料玻璃做的巨人，所有他巨大的内部器官都看得见，可就是不见其阴茎，我想，这是图像描绘上的一个错误，关于这点我没有跟梅格和诺玛说任何话，觉得这不大礼貌。

户外到处有石雕像，有摆出各种姿势的男人女人，有摔跤角力的狗或公牛，有与海豚共泳的，有金鸡独立的，有背驮农具的。它们穿石头衣服或石头裤子，或者裸体，露出石头乳房和屁股。你可见其大腿或臂膀上的肌肉，你可见其石头肋骨和脊柱。它们或站或躺，或在池塘，或在塔式建筑顶端，或从灌木丛中隆起。有些石雕紧靠建筑物侧面，所以只能展现正面的一半，靠侧墙的水泥雕像则有如沙模。有些建筑物侧面画着同样的面无表情的人，他们在巨幅壁画中手持化学烧杯或蓝图。看来他们当中似乎没有一个是我认识的，他们中有一部分硕大，另一部分渺小。他们混杂在一起，你就不知道哪条胳膊属于哪个身体。我给那些赫然放大和缩小变微的东西搞得晕头转向。

我们想去所有的地方，干所有的事情。"吁，吁，抓住你们的马。"诺玛说。我们变得越来越野了。她带我们到一个乳制品柜台，我们坐下，吃白面包加麦乳精、鸡蛋和色拉三明治，一顿美餐。我们坐在伞下的金属小桌旁，又吃又喝，诺玛斜倚在胳膊肘上，抽着烟，瞅着我们。她为自己买了一客酪乳。我们吃完后，她身子前倾，用餐巾纸轻轻擦掉梅格嘴边的麦乳精，擦完后，梅格还抬着下巴、闭着眼睛。

然后我们又走开了。这是下午后半响儿。我们看见一个旋转平台，上面有真的奶牛让电泵挤奶。那些牛转着经过时盯着我们看。它们就像康涅狄格农场里的牛。它们得在转着时由机器挤奶，对此我没有质疑。我想，这是一个新发现；或许这会防止奶油增多。我们在通用电气公司馆展览厅看见一台模拟闪电发生器。这真吓人。闪电突然飞速上天，有三十英尺之高。梅格尖叫起来，我们周围的人都笑了。你可以闻到空气被烧的味道，那雷声震耳欲聋。这是通用电气公司展厅展示家用电器的部分。有那么多东西要看要玩。我们观看可口可乐装瓶、费城奶油干酪包装，我们还参观了法国馆、西班牙馆和比利时馆。在状如无线电真空管的美国无线电公司馆，我们看了无线电报营救一艘海船的表演，还看见一种新发明，图像无线电，或称电视，那斜置于接收器上的镜子映出持话筒说话的人的真实图像，他们正在纽约市的什么地方说话，反正不是在世界博览会。

此时我们累了，停下来坐在长椅上歇息，看看来往行人。你最需要做的就是转动身子，以便不论在什么方位都能看见特里隆和佩利斯菲。

"好了，孩子们，"诺玛说道，"现在我得去工作了。我的计划都完成了。如果你们要坚持一个晚上，你们就得休息一会儿。"

她带我们乘另一列牵引车去她工作的世博会区。娱乐区。我很熟悉。它看起来好像罗克韦[①]的海滨木板人行道，设有廉价的拱廊商店、室内靶场，还有磅秤，你站在上面时，摊主会猜你的体重。可那儿也有很大的乘坐装置和供游览的地方，如"快乐的新奥尔良"和"中国西藏禁地"。梅格使劲拉我的手臂。"瞧，埃德加！"我们

[①] 纽约皇后区的半岛，夏季游乐区。

正经过的楼我以为只是另一座建筑物。可那楼顶真是奇观，那是国家现款记录器公司展览馆的红褐色宏伟建筑，有七层楼高，旋转的顶部显示当天世博会的参观人数，好像在现金出纳机里记入销售额似的。云朵在其背后静静地飘浮。

诺玛工作的地方是一座戏剧木屋，有一个舞台，门前有招徕观众用的讲桌。馆门还关着。要演的是航海一类的戏。有一条章鱼的水下景色画在一块帷幕上。现在还没有什么表演。这座建筑背后，有一顶帆布帐篷，在小后院里则有一道破旧的栅栏，一根晾衣绳上挂着毛巾和女人内衣。帐篷的门帘垂着。诺玛为我们找来露天平台上用的折叠躺椅，要我们休息。她撩起门帘，走进帐篷，我看见几个坐在化妆桌旁的女人。

下午的天色此时转暗了，这儿，在这座木建筑后面的阴凉处，空气中有股寒气。我穿上我的羊毛套衫。梅格摊手伸足躺在躺椅上，两腿搁在椅边。她看着我，目光呆滞。这两把躺椅很旧。有色帆布带已经褪色。即使是两个体重很轻的小孩子也会往后陷进旧帆布里去——我看见椅子上梅格的背部轮廓，她在帆布带上的重量和圆润。这儿，在世界博览会的后方，十分宁静。我听见轻声细语，却听不清确切的话语。我听见一个女人的笑声。我听见汽笛风琴的音乐之声———支马戏团进行曲，我听得出来，每次都会使我兴奋得怦然心动。

我闭上了眼睛。

二十九

诺玛的工作是在水箱里与"多情章鱼奥斯卡"较量。她先和五六个女子站在外面房前的舞台上。这些女人穿着游泳衣、高跟鞋，挺立在那里，一个头戴草帽、手持竹杖的人在招徕观众，向已聚集的人介绍他们将在里面看到什么。诺玛往下望望，朝我们笑笑。她的泳帽被推到了后脑勺。她的连体羊毛泳装是深蓝色的。

门一开我们就挤进里头，径直赶到那玻璃箱前面；它像个用玻璃造的小游泳池。很多人在我们后面推来推去。水箱里面，底部有一条章鱼。我一眼就看出那不是真的章鱼。首先，我从书上知道，章鱼比人们通常设想的要小，它们的脑袋比葡萄柚大不了多少，它们的腕足很少超过几英尺长的。这条"章鱼"是个橡皮模型，脑袋像一袋土豆那般大小；那腕足在水箱底部扭动，样子很机械。这家伙向我们抛媚眼，向玻璃移动，紧贴玻璃，好像要靠近我们似的。观众哄笑起来。它有八条腕足，它们刷刷地挥动，多少是以独立方式觅食。偶然间有一条腕足会往后蜷缩碰到它的嘴巴，似乎找到了什么吃的东西正在吃呢，那样子就像大象把鼻子蜷曲到嘴巴。可总是那同一条腕足。我不相信这章鱼是真的。每条腕足尾端的吸盘看起来都是用模子做出来的。这整个玩意儿呈橡皮奶嘴的黄褐色。

现在我们可以看见那些女人了。她们跪在水箱后边甲板或站台一类的东西上，双手放在膝盖上，眯着眼睛。她们在背光处。灯光在奥斯卡所处的水中。它举起那条腕足，往后朝它自己蜷缩，就像有人用食指说"到这儿来"一样。观众很是赏识。音乐声起，一架电风琴奏响《蓝色多瑙河圆舞曲》，奥斯卡开始合着音乐的拍子舞动。有个女人利索地跳水，浮起来经过水箱窗玻璃，灵巧地翻筋斗，碰碰奥斯卡的头顶，往上浮出水箱。另一个人跳了下去，奥斯卡抓她，可她避开了它，从我们旁边游过，笑着，睁着眼睛，尽管她是在水下，就在经过我们时踢着腿，在奥斯卡几乎要抓住她的脚之前向上游出水箱。她们都是跟它闹着玩。现在是诺玛跳进水箱，她跳得很好。她的表演是所有表演中最勇敢的，她竟然让奥斯卡把它的腕足放在她手里，和它一起跳水下舞蹈，合着音乐的节拍摇来摆去，是一支水下芭蕾，尽管奥斯卡望着我们，它跳的时候把一只腕足从诺玛背后伸上来，搭在她屁股上，同时朝观众做媚态，挤眉弄眼，撇嘴做挑逗状。观众又哄笑起来。

但诺玛离开了，爬上梯子，接着是女人们两个两个地跳进去，和奥斯卡调调情，摸摸它，在它的腕足碰到她们之前就游走，虽然有时候它也能碰到她们。不一会儿，她们全都在水箱里和它在一起了，她们的白色大腿或拱起的背脊迅速掠过，或者她们从箱底沿玻璃冒上来，双手举过头，手掌紧合在一起，泳装紧绷身子。我认不出来哪一个是诺玛。

所有这些时刻，水下灯光在水中变幻闪烁，转换为不同颜色，浅蓝色、绿色、墨绿色，还有乍看似乎是黑色的红褐色。这时音乐也换了，很难猜准在放什么，一种阴郁沉闷、有不吉之兆的音乐，有如《圣所内幕》的音乐，这是一部恐怖故事广播剧，音乐很低沉。一个白色玉体紧贴玻璃，被使劲拉走，消失在黑暗中。随即我感到梅格的手在我手中。她拉着我挤过人群到门口。我明白为什么。我们让人群从我们四周拥出去。人群里大多是男人，没几个女人，我们是我所看到的仅有的小孩儿。

诺玛跟我们说过，我们愿意的话可以在娱乐区逛一逛，她甚至给了我们钱，让我们干我们喜欢的事儿。唯一的条件是在她离开舞台后每半小时左右就要再和她联系。梅格把我从水箱那儿拉回来，因为我们看她母亲的表演而损失了可以参观世博会的宝贵时间。

我们走开了，却还不知道先要干什么，这就清楚了，我们得做个安排。所有大而重要的供骑乘的地方都排着长队。如果我们每半个小时或四十分钟都要到诺玛的帐篷去露面，这就很清楚，一次只能转一处；我们得计划一下什么放在前面。

"你非得要乘坐什么?"我问道。

"降落伞。"她迟疑片刻后答道。

我很害怕坐降落伞,但不能说出来。"我也是,"我说,"现在,就你所考虑的,哪个展览确实是最重要的?"

"恒温箱里的婴儿。"她说。叫人失望之极。

"我想你已经看过了。"

"我知道,"她说,"那又怎么样?"

"我更想看弗兰克·巴克[①]的'丛林地带'。"我说。不过我们还是有些成果。我们两人对"小老纽约"或"冬天奇境"都不感兴趣,尽管后者有海军上将伯德[②]从南极洲带回来的一群企鹅。我们俩也都不在乎"快乐的英国"。我们都同意,假如我们有时间,我们会乐意去看"怪诞馆",据我朋友阿诺尔德说,那儿应该有许多令人吃惊的奇人怪兽。

定好了计划,我们便跑进了苍茫夜色。在"婴儿恒温箱馆"前,有一座千磅重的巨型婴儿石雕,它躺着,手臂和腿脚在空中舞动。可在里头,在玻璃隔板后面,这些由白衣护士照看的真的婴儿,一个个又小又瘦又难看,有如老鼠,有的两手抽搐,有的在睡觉。他们怎能睡在明亮的光线下,我不清楚,虽然我知道这种年龄的婴儿还是盲目的。在恒温箱发明之前,早产儿不能存活。梅格把脸紧贴玻璃。一名护士看见她,便把一个恒温箱推过来,让她看得更清楚。里面的小不点儿身上全是接通的管子,满脸褶皱有如核桃或桃核。可梅格觉得这很可爱。

我们跑回诺玛处。她正站在章鱼馆后的帐篷前。她身穿一件起毛毛圈的罩袍,头发往后梳了,所有妆都卸了,因在水箱里游泳,面孔显得很苍白,眼睛红红的。她一见我们就笑了,她等我们等得

[①] 弗兰克·巴克(1884—1950),猎人、"野生动物收藏家"兼电影演员、导演。
[②] 理查德·伊夫林·伯德(1888—1957),海军军官,飞行员,南极探险家,曾在南极建"小美国"大本营。

很着急。我们拥抱了她。我伸出双臂抱住她的腰眼。我可以感觉到我前臂下她鼓起的臀部。她脚穿粉红拖鞋。

几乎一刻不停，我们就又出发了，往下跑到娱乐场弗兰克·巴克的"丛林地带"。终于如愿以偿！严格说来，这是个动物园，它有各种各样的动物，但围栏是木头的，笼子是手提的，所以比起动物园来更是临时替代的，有更多的野营性质。这儿有三种大象，其中包括侏儒象，有一头黑犀牛，它站着一动也不动，安静得像一座雕像，它显然根本不知道它在何处或为何在此；这儿有几只睡着的老虎，没有一只显得要吃人似的；有几只貘，一只霍加皮，两头乌黑油亮的豹。你可以骑在骆驼背上，但我们没有骑。有几百只猕猴栖身于小山，它们尖叫，悠荡，跳跃，悬空。我们看了它们好久。我把弗兰克·巴克讲给梅格听。他一般去马来亚的荒野，但也去非洲，捕获了很多动物，把它们带回这儿给动物园和马戏团，卖了它们。我告诉她说，那比仅仅捕获它们更人道。说真的，我崇拜弗兰克·巴克，他过着我自己梦想的生活，既爱冒险，又有道德约束力，他不杀生。但我对自己承认——不是对梅格，他的书我现在读了两遍，这才明白第一遍读时没有读懂的关于他的事情。关于他的动物的个性，他有不少怨言。他跟它们打过架。有一次一只大象把他拎起来抛在一旁。有只猩猩咬他，他几乎掉进一个坑里，那坑里有一只肯定会吃人的老虎。他把他的动物叫做魔鬼、恶棍、可怜虫、倒霉畜生和怪物。有个"怪物"在来美国的船上死了，他为之感到惋惜，可他的惋惜看起来是因为失去了这个"怪物"会带给他的钱。他把那些在他营地帮他干活的马来人叫做"男仆"。而现在在"丛林地带"的马来村，我可以看到，他们是一些男子汉，系着蔽体腰布，扎着包头巾，他们把那些由他们照料的动物管得相当好。弗兰克·巴克本人已不能更令人敬畏。他们在同类中间谈笑自若，进出他们的竹棚，自然而不忸怩，很少注意"丛林地带"的观众。我环顾左右找弗兰克·巴克,虽然我完全知道他不会在这儿。我明白他的传奇生涯靠的不是这里,可我还是在找。事实上,我现在寻思,弗兰克·巴克基本上是个坏脾气家伙,总是骂他的"男仆",或小心防范他的那些"怪物",或吹嘘他卖了多少,哪儿卖的,卖了多少钱。对为他干活的人他表现傲慢。他和禁猎区官员搞不好关系,和那些用货船运他及其板条箱里的活货的船长搞不好关系,连和他自己的那些动物也搞不好关系。所有这些事现在我都知道,可我仍然愿意像他一样,头戴用木髓做的遮阳帽、身穿卡其衬衫悠然晃荡,手持鞭子要那些可怜的"魔鬼"一直待在队伍里。"丛林地带"的纪念品是一个涂有红黄两色的金徽章。我把梅格的别在她的连衣裙上,把我的别在衬衫上。

我们上下漫游。我们买了苹果冻,很好的一种,装在纯红色硬盒里。有个巡回爵士乐队,我们在娱乐区跟着它。夜晚渐渐逝去,除了世博会,我什么都忘了。我忘了非世博会的一切,仿佛一切都是世博会,仿佛去骑乘、去观景、与你周围的人群在一起、与你脑子里的音乐在一起,就是自然而正常的生活。我没有想到我的母亲,或我的父亲,或我的哥哥,或学校,或布朗克斯,甚至没有想到要保持头脑清醒、留心脚下。每次闪电式参观之后,我们回到穿罩袍、湿头发的诺玛那里。我们处于有节奏的活动之中。她接待我们,坐在一把条纹帆布沙滩椅上,膝盖翘起,臂抱膝盖,或者双腿相交,抽着香烟,若有所思的样子。

我们去了"怪诞馆",那里展出奇人怪兽,瘦骨嶙峋的样子可怕的人和兽,其中有些穿戴得比"丛林地带"的动物还糟糕:一个留一半胡子的半男半女,身子一侧穿着半件游泳衣,另一侧穿着半件连衣裙;有的浑身上下都是皮毛;暹罗孪生子[①]的臀部联在一起;

[①] 生于暹罗(今泰国)的连体孪生子曾被带到美国展览,后来连体双胞胎就被称为"暹罗孪生子(女)"。

有个男人长着一双大蹼足；有个男人自称是用橡皮做的，并以其胸部的金属环可挂重物来证明——当他站起来时，他的皮肤会对着重物像蝙蝠翅膀一样鼓起来；有个在篮子里的女人缺胳膊少腿，只在肩膀和臀部有小小的鳍状肢，分别用粉红羊毛手套和粉红短袜遮住，等等。

梅格对这些都不喜欢，我是可以理解的。她在"奇迹小城"——侏儒社区活跃起来了。那些侏儒都是成人，他们做事充满成年人的自信和把握——他们确实都是自己料理事情，不同的只是他们很矮小，嗓音微弱，说话好像是通过电话似的。他们有小小的长鼻子脸，就像米基·鲁尼[①]。他们抬头望你的脸，神气十足地对着你。他们有自己的汽车和铁路线，有自己的剧院、商店、玩具和玩偶工厂。他们唱歌，带你参观，他们有很多人，他们给你看市政厅，让你通过窗户细看，他们中有些人甚至穿得像士兵，在小帐篷露营地站岗放哨。

为世博会所特有的，几乎就在侏儒馆隔壁，一个真的巨人在出售他手指上的戒指，每枚五毛钱。他有个英国名字，叫艾伯特什么的。他是真的，确确实实，每隔几分钟就站起来证实这点，尽管大部分时间他是坐着的，因为实际情况就是如此高大的身躯给其心脏增加了很重的负担。他不说话。有张名片说他身高八英尺，来自英格兰中部地区。他眉毛粗重，脸庞很大，牙齿不好，但看起来是个好人，即使对其所做的事情甚感腻烦。当然，如果他觉得太腻味了，他可能会发火。他的头发是黑色的，梳得很讲究。他的手很大。他穿一套宽松衣服。我看得出来，那戒指是蹩脚货。每卖掉一枚，他就从纸板箱里拿出另一枚，套在自己手指上，等着下一个顾客。这戒指价钱太贵。不过，我认为梅格应该有一枚。

[①] 电影演员，6岁即作为童星登上银幕。

她不想要。她害羞。我拉着她的手走到巨人面前。我拿出我的一块钱。那只大手慢慢地从我手里把钱拿了去。令我感到惊讶的是这个交易充满人性。大手把半块钱放在我手掌里。他发出某种声响，有如远处的雷声，然后形成音调。他在咯咯地轻声笑着。梅格的眼睛睁得大大的，屏住了呼吸。巨人从他的大手指上脱下一只戒指，抬起她的手臂，把戒指戴到她手上，滑到她的手腕。我们跑走了。

整个晚上梅格都在等"跳伞"。我尽可能地拖延时间。我发现无法逃避了。我们站在了队伍里。跳伞由救生员糖果公司主办。我抬头仰望。各种颜色的高大救生员画像被贴在跳伞塔的金属网上。那是在叫人放心呢。队伍移动很快。人们被升到塔顶状如蘑菇形帽的环形大构架下的黑夜中。随后他们往下飘浮，他们的降落伞逐渐降落。我们被系扣带时，我注意到刚性牵引钢丝绳令我们保持稳定，并将阻止降落伞真的降落。这不是真的跳伞，而更像消防队员沿黄铜支杆下滑的感觉。这很适合我。突然一下的晃动，我们便开始上升了。我的心怦怦直跳。我身子僵直，屏息敛容。我们在上升，越来越高，我可以望见整个世博会在我们底下逐渐离去，闪光的特里隆和佩利斯菲此刻沐浴在淡蓝光线中。我望见"多国潟湖"①，湖上喷泉被打上了五颜六色的光。我望见水上运动表演馆。我听见从四面八方传来的音乐声，随后，在我们上升之际，微风犹如弦乐声部加入音乐声中，不过是以模拟起伏波动音响的方式，好像我们将永远不停地从地球上升起，朝着另一个充满狂风和黑暗的国度，朝着空中而去，我们将永远在天空中飘荡。

梅格紧紧抓住我的手臂以致把我弄痛了。"埃德加。"她喊着。她两只手都抓住我的臂膀。她的眼睛因惊慌而瞪得很大。"我害怕！

---

① 1939年世博会中心区，有五彩缤纷的音乐喷泉。潟湖是浅水海湾因湾口被淤积的泥沙封闭形成的湖。

我们下去吧，叫他们放我们下去！"

"闭上你的眼睛！"我也喊着，"闭眼！"我害怕她会扭来摆去，就从扣带中滑落下去，坠地而死。"别动！抓住我！我们几秒钟内就下去！"

"我害怕！"她啼哭着把脸埋进我的头颈。

"这可是你的主意啊！"我喊着，风吹着我们的头。这并非体恤之言，但我情不自禁。此刻我在世界之上瞭望，在世博会之上瞭望。我看见曼哈顿，看见城市上空被底下电光照亮的云层。我开始感到头晕。我闭上眼睛，紧紧抓住梅格，就像她紧紧抓住我一样。我发誓，假如最终我还活着，我就永远也不会用这种新发明的机械玩意儿升空登高。

随后，突然一震，我们停下来了。有一瞬间好像有项链挂在夜的颈项上。那是我的想象，是通过我头脑的想法。哦，我们竟是一个女巨人胸前的宝石。我闭着眼睛，可跳伞塔的明亮电灯照亮了我的眼睑，给我一种在我身后有一架子白色肉体的幻觉。随即我们降落着，滑行着，惶恐地叫喊着；可这也很刺激。我抬起头，睁开眼，在我们头脑上方有一顶美如大红花的降落伞在飘动，它把风揽进来，把自己张开到最大程度。我笑着。我们在飘向地面，我又听见了汽笛风琴声，听见了《纽约人行道》的悠扬号声。我又嚷又笑。梅格的脸紧贴着我，我叫她抬头看，可她不听。当我看到地面以惊人的速度朝我们升上来时，我又一次感到了恐惧，不过我们随即便被制动减速，缓慢地、有技巧地降下最后几英尺，一架升降机开过来停住，片刻之后我们就又在地上了。

此时梅格才敢抬头看看她在什么地方。她脸色苍白。她的手在我的手掌中，湿湿的。"这很有趣，不是吗？"我们快步回娱乐区诺玛那里时，她说道，"我很喜欢。"我点点头，没说话。我自己有这样的勇气，我真是太高兴了，并暗自吃惊，也就顾不上讥笑她、令她感到难堪了。

我觉得,这时我们已比精疲力竭还要精疲力竭。我们的眼睛怪异地忽闪忽闪。诺玛把手放在我们脸颊上,要我们一定别再去干其他事,坐等她结束最后一场表演。有个男人和她在一块儿。他穿着一件皮夹克,所穿的裤子像是他腿上的管子。他戴一顶帽舌往下歪在一边的软帽。他望着我们时轻轻晃动着他口袋里的硬币。他的肩膀很宽,面容和善,但需刮脸。别在他帽舌上的是一个标有号码的圆形小徽章。诺玛向我们介绍时,他微笑着,他名叫乔,我看到他在注视她,看她把头发塞进泳帽,把帽耳折回去,我能看出他是她的男朋友。

诺玛对我们说,她得去工作。乔对我们说:"我的工作是在外面前头观看。"诺玛笑着脱下罩袍,用她的手臂挽起他的手臂,两人穿越小径去娱乐场了。

我非常想再看到那些和章鱼一起在水中的女人。这对我而言似乎很重要。梅格倒在了平台躺椅里。她用诺玛的罩袍裹住两腿。她在细看从我们去过的不同展馆搜集来的像章、饰针。我觉得她知道我在想什么,故意装出不在意我的样子,以此表示她不反对。我便沿小道跑到那侧门,混进正在鱼贯而入剧场的人群中。利用我身高的优势,我从人与人之间挤过去,在他们腿边匍匐而行,直至我占了横栏旁第一排的座位。

奥斯卡在那儿。我想,我现在可以猜得相当准确,两只腕足中哪一只里面是人的真的手臂,哪两只是人的两条腿。两腿比较自在。当女人们游过或浮过它身旁时,它看起来会从水箱底部站起来,而在表演现场水变得混浊、音乐变得神秘之后,它看起来比先前更明显地灵活了,有如一只悬浮的土豆袋,它那色眯眯的眼睛盯着暗淡的灯光,透过它放出的墨汁发出阴森森的光。它的腕足柔软地舞动着。这时灯光重又大亮,多情章鱼奥斯卡抓住了一个游泳者,把她拉到水下它的跟前,在她挣扎之际,它从她肩膀和背上扯下泳装带。她最后还是逃脱了,迅速往上游去,可过一会儿,就像费伊·雷[①]一样,她的乳房露了出来,费伊当时从峭壁上纵身跳下,而金刚这时满脑子都是那只翼手龙,她从水里出来时正好经过摄影机。现在也是这个套路。奥斯卡看来能抓住跟它一块儿游泳的女人,把她们转得颠三倒四,拽她们的游泳衣,这时观众不再发笑。她们有的像连枷一样舞动手臂和腿,有的静止不动,似乎在扮演死者,而音乐奏得快起来,奥斯卡的腕足更加利索,很快它便同时追逐所有的女人。此时她们不再爬出水箱,而是游来游去,你能看见她们水中的大腿。她们一个接一个都被这个怪物捉住,被它拖到水下来展示。它使她们转身、翻滚、颠倒,装出一副笨拙而好奇的样子,剥掉她们的泳装。灯光开始布满水箱,直至水变成淡绿色。这时女人们都赤身裸体,出现在水箱玻璃旁,像舞蹈家一样往上漂浮,就在我们眼前举起她们的手臂,像剪刀一样一开一合踢动她们的双腿。现在她们一起手挽手来做这些动作,往水箱底部游,往前游,经过我们往上漂浮。我想知道哪一个是诺玛,我找到了她,她的脸因在水下而有点模糊不清,可她是唯一的金发女郎,当灯光转为白炽时,这就变得更加清楚。她是最漂亮的。她浮过我旁边,乳房,大腿,把腿踢得很开,还翻了一个筋斗。随后女人们一个接一个离开水箱,只剩下诺玛一个人。奥斯卡跟着她。它本已累了,躺在水箱底部,伸出舌头,好像章鱼也有舌头似的,可此刻一见她,似乎雄风重振。它追她,捉住她。它现在要干的事儿,看来确实是她不许它干的,它的一只腕足伸到她的两腿中间,伸到她背上,她不得不推开

[①] 费伊·雷(1907—2004),电影女明星,代表作为《金刚》。

它，拿下它的腕足，在这过程中跟着它一起转身，一起弓身，转动着上来经过玻璃和我们所有人的眼前。我无法呼吸。我感到我两腿之间有一种不经意的燥热，可也感到不舒服，好像要晕倒似的，耳鸣，发热，口渴；可我的胃发冷，好像在灯光暗转、水成墨汁之后，被灌进了那水箱里的凉水。周围响起一阵零零落落的掌声。

不一会儿，我们便乘乔的出租车上路回家。他像我的费尔姑父一样，是个出租车司机。因为他是诺玛的朋友，乔没有放下计程器上的旗形金属牌。

梅格和我两人坐在后座。我们有很大的地方可以懒散地摊开手足。我斜靠一角，她横躺在座位上，把脑袋搁在我腿上。乔开着车，手臂搂着诺玛，她蜷身靠在他身上。她的头发还是湿的。我能看见那湿发在世博会的灯光里闪亮。

我们缓慢地通过露天展览会场地。"瞧！"诺玛说，我们坐了起来。喷泉湖上空的盛大烟火表演开始了。我们跪在后座观看，先是透过侧窗，后来透过后窗。隆隆有声的色彩大瀑布，红色、绿色和白色的阵雨，爆破声，旋动物，彩色降落伞，在夜空中交相辉映，在我们耳朵里轰然作响。这是最厉害的喧闹声。世界博览会正独自处于白昼中。出租车似乎在剧烈的爆炸声中颤动，阵阵火花在我们上空成圈飞旋，就好像我们正遭到袭击似的。我们拐了一个角，此时听到的比看见的多，透过车窗只见那最高的如阵雨般落下的火箭式烟火。

梅格在座位上坐下，我和她一样。我们又像先前那样躺着。很快一切又再一次安静下来。

梅格压根儿没有和我谈起她的母亲，也没有因这个晚上似乎在水下发生过什么异常的事情而有什么举动。她已习以为常。我努力把诺玛的形象撵出的脑海。我知道谁也不像她。她自由行动。我并不认为她是个坏女人,却是一个大概持有不同观点的人。否则她不会是这样子的。当然,我不能跟她谈论这点,但我想知道她会怎么说。我想到她生活得随意任性、不顾及后果。此时她坐在出租车前座,她男朋友的手臂搂着她,他们就像刚做母亲和父亲、仍在热恋中的人。我又一次看见那水下芭蕾中她的身体。我不愿去想这个。一想到我就会感到恶心,那画面会在我胃下某处引起最窒闷的不适感,一种介于恶心和疼痛之间的感觉;我知道,虽然这是让参观世博会的所有人看的,我却不应该看。诺玛的自由精神使生活更富刺激性、更危险。此刻我能感到这种危险。梅格生而享有这种富于刺激性的自由,我只是现在才怀疑这种自由的可能性。这种精神负担倒使她变得文静而秀丽。我爱她。她娇小身子的分量此刻落在我身上,我视之为我生命的某种自然状态,仿佛我们连在一起,分享同一血液,就如暹罗联体双胞胎,尽管那些孪生子都是男性。或者,我们也许像水下游泳者,彼此上下起伏浮动,围着彼此的四肢旋转滚动。此刻我睡意甚浓,分不清街上出租车的嗡嗡声和我自己思绪的回声。那烟火声回响在我的脑海,好似对我所见所闻的一种祝贺。我又一次看见诺玛的身体,看见她游水时大腿内侧肌肉的颤动,她臀尖和腹肌颤抖下肌肉系统的伸展和收缩。也看见别的女人,她们在水下旋动舞蹈,尽力与奥斯卡搏斗。这时我发现,如果我能自制,那恶心的痛楚尚可忍受。我随即让梅格的头紧贴在我的身上。我现在无所不知,那个关键性的秘密,漫不经意地赐我与闻。我根本没有想要这个,此事我不求自来,就我而言,没有任何谋划或算计,事实上,如上所述,此乃意外冒险事件。这不是我的错。先前我总是忧心忡忡,努力去跟上生活,去发现生活,去感受生活,去理解生活;可其实我该做的就是置身于生活,生活将指导我,给予我所需要的一切。在我快要入睡之际,烟火又放了一遍又一遍,就像我连续重捶自己的胸膛,把我的话音送往极乐世界:我来了。

三十

几星期之后,我知道这个学期一结束诺玛和梅格就要搬到布鲁克林去。诺玛将和"哈基"[①]乔——她这样叫他——结婚,他们将住在本森赫斯地区,不知那里究竟是什么地方。"唉,埃德加,"有一日诺玛对我说,"唯一不快的事是我们会有多想念你!"我装出若无其事的样子。梅格对这件预期中的事似乎也无动于衷,我们俩都让诺玛一人来表达对此事的遗憾。

可随即就是我们这个学期的最后一周,只上半天课,开了个班级派对,学期就结束了,梅格就走了。我去她们家那条街对面的公园,我抬头望她们的窗户。遮阳窗帘拉在上头呢。我可以看见阳光照在墙上,显然那是个空屋。一两天后母亲问我是否想念我的朋友,我想,她是以此来表示对我的同情,但在我听来就像是对我的痛苦不大得体的注释。我否认想念我的朋友。"好啦,那天她们带你去世界博览会,不管怎么说还是很好的呀。你说她母亲是干什么工作的?"

"她是个导游,"我说,"他们有穿制服的导游,她就是。"

诺玛说过,她们一安排停当就会跟我联络,邀请我去她们的新家。这不是一个我看得很认真的允诺,大家都感到布鲁克林那么遥远,有如外国。我知道布鲁克林有个道奇棒球队,可我不喜欢这个道奇队。人们欣赏他们的逞强好斗,他们就像是个街道帮派似的。体育漫画画他们掷球、击球时满脸黑须茬,嘴叼烟屁股。整个布鲁

[①] 哈基,美国口语称出租车司机。

克林区所呈现的特征是——喧闹，吵嚷，以缺少风度自傲，就像"死巷小子"一样。这些都说得对，除了说他们想自诩为完美的纽约精神。我自己是扬基队的球迷。我喜欢乔·迪马吉欧①的沉静才华，托米·亨里奇的大胆蛮勇。比尔·迪基是个真正的职业运动员，坚强而公正。所有扬基队员都是这样的——雷德·拉芬啊，乔·戈登啊。他们是优秀运动员，对他们所做的工作全力以赴，对他们的高超技艺很是谦逊，从不和裁判争论，也不投观众所好。当情况对他们十分不利时，他们不抱怨，而是坚强忍受。他们有教养，有一种令人对他们自然会放心的作风。他们才是真正的纽约的崇高精神。他们不是丐帮。

梅格的确写了一封信，后来又写了第二封，可我没回信。我一直向自己保证要写信，却没有写。棒球是我新的爱好，我不觉得她会感兴趣。我喜欢收听电台球赛广播。即使扬基队出城了，比赛情况也会通过电报传送到纽约演播室，播音员根据电报讲述比赛经过，好像他就在现场似的。对此我的兴趣比对球赛本身还大。有观众的背景杂音，有球棒击球声，有观众喝彩声。你可以听见打电报的滴答声，播音员却可以使你想象完全一样的比赛现场："乔·麦卡锡现在像鸭子一样摇摇晃晃地走到投球区土墩。球队经理从雷弗迪手里接过球向全体候补投手挥舞。就这样大家都支持雷弗迪·戈梅兹。他慢慢走到球员休息处。波士顿球迷们给他热烈地鼓掌。他脱帽致意。"

我用扑克牌或骰子自己玩棒球比赛。A是本垒打，K是三垒打，Q是二垒打，J和10是一垒打，一场球赛还需要更多这些牌。我保有记分牌，编造球员名字，记载击球率。在我朋友阿诺尔德去野营之前，我们在校园里玩过三击不中出局。对我们来说这个比赛很难，

---

① 乔·迪马吉欧（1914—1999），杰出的棒球运动员，外号"扬基快马"，曾与玛丽莲·梦露结为夫妇。

但我们改变了一些规则,把它搞得容易些。我们把投手的土墩搬得离校园围墙近一些。每局每队出局一人,否则第一个上场击球的人会整天击球。安打比外场防守要容易得多。在校园的大片水泥地上,在钢丝网状栅栏里面,在阳光下,我们要玩好几个钟头。

住在康考斯社区的人我一个也不认识,七月前,我沿小丘去我家的老街,很少有人在那儿。大多数家庭都出去度暑假了。我父亲含辛茹苦地想把他的生意搞好,可他还是供不起我们度个假。母亲为我们搬离这儿高兴,因为这样一来邻居中谁也不会知晓这点。电影院我们去得很多,有时是我们三人,但通常就母亲和我两人。她喜欢的电影一般是关于爱情的,我都看腻了,除非这些爱情片很滑稽可笑。她没有特别喜欢的男性电影演员,她认为大多数男主角都是笨蛋。但她喜爱并赞赏女演员。她喜欢优雅而风趣的女性。她喜欢言谈得体、维护自己的女性。一部电影里要是有洛丽塔·扬,或玛格丽特·沙拉文,或艾琳·邓恩,或罗莎琳德·拉塞尔,她就会打定主意去看。我最喜爱的女演员是费伊·雷,还有一个我只看过一两次的美女,我可喜欢着呢,名叫弗兰西斯·法默。在有部电影里,弗兰西斯·法默既演母亲又演女儿。那使我想起诺玛。

父亲和我们一起看电影时不能安安静静看完连映双片。他感兴趣的始终是新闻片。他告诉我说,有时候工作日有一个钟头的空,他就去特朗斯-拉克斯连锁新闻片影院看新闻,可能还有一个旅行纪录片。他总是想知道正在发生什么事儿,跟上世界对他而言比电影故事更为重要。

唐纳德周末回家一两次,带我去海滩或电影院。他很轻松愉快,是个爱花钱作乐的家伙。他在中国餐馆给我买午饭。他给我看他的"臭虫",一个放在黑盒里的复杂精密的器械。他拿出来给我示范。它像一把侧放的音叉。你不用像用老式电报电键时那样往下敲,而是放在你的大拇指和食指之间连续叩击,从而使那嗒嗒之声的速率提高一倍。我给他书上的一个句子，他嗒嗒嗒嗒打出来几乎跟我念的一样快。他解释说，每个操作员都形成了自己的发报风格，在空中能像他的书面签名一样被认出来。这使我很感兴趣。我决心学莫尔斯电码。你可以用一点和一划来发报。一点后面跟一划就是一个"a"。或许我会全用莫尔斯电码来给唐纳德发一封信。

天气热的时候我常常躺着看书。母亲要我出去玩，可我无处可去。我很懒惰。我回想着世界博览会。我偶然发现《小蓝书》①第1278号——《腹语术自学手册》，这是很久前我邮购来的，可从未读过。腹语术一直很吸引我。这是一种富有吸引力的魔术，把你的声音"传送"出来糊弄人，尽管作者警告说"传送声音"这个用语使人产生误解："本是聪慧的公众现有一大部分人仍然因误解而感到困惑，以为腹语术表演者天生具有传送其声音的能力……可腹语术表演者真正做的是尽量准确地模仿一个声音，别人的耳朵听到时那声音已飘游了一段距离……"我放弃钻这个牛角尖而开始练习。不动嘴唇发辅音，最难的是 b 和 p。可在句子的上下文中，你可以用"vhee"避开 b，用"fee"避开 p。这样一来，a big piano（一架大钢琴）就成了 a vhig fiano。可在我能练这些字母之前，我得掌握"腹语嗡嗡声"。"为学会这种声音，"手册里写道，"要来个长长的深呼吸，并延续下去，在你喉咙深处发音，好像你要想生病似的……"我照着做，一遍又一遍。我把功夫下在共鸣音的嗡嗡声调上，作者让我确信，只要我在我的发声器官内发现有声音在震动，我就会了然。可连续出来的却是柔和的汩汩声，当我的气用完了的时候，汩汩声减弱了，成了某个呛得要死的人的声音。"埃德加，"我母亲说，"你怎么回事啊！"她热切希望暑假早点结束，根据法律，暑假一完我就得转学了。

---

① 《小蓝书》，1919 年至 1978 年在堪萨斯州出版的丛书，系用订书钉装订的小书，总销量高达 3 亿册。

我是高兴，母亲是感激，九月终于来了，我穿着我的第一条长裤到五年级报到。

我总是喜欢学年伊始。所有孩子看上去都大了一些，严肃了一些。因为夏天里我们都蹿了个儿，我们便都有点腼腆。发育成长要求我们重新认识了解。我们大了，更聪明了，把童年抛在了后面。在学期开始的一些日子里，连蠢货、傻瓜也以最佳状态出现。大家来的时候头发都梳过，衬衫或水手领罩衫都很干净，带着新的铅笔和橡皮。有些女孩穿的是长筒袜，而不是短袜。我们听老师概述预定的学习课程，意识到我们将因成为有责任感的学子而受到尊重。这一切都饶有趣味。

最大的好处是我们的高级课程所需要的配备：每页有更多横线的新笔记本、圆规、量角器。教科书比我们以前用过的都厚。还有公民学这样的新学科。学年开始时我总是渴望做作业。我喜欢有一本新的作文簿，它的压制的薄纸板层封皮两角尚未打开，它的黑白大理石花纹依然闪着光泽。我还没有在封里上画画，没有飞机格斗，没有戴面具和穿靴子的复仇者，没有使我的名字显得好像被砍进石头似的大写字母。这些涂鸦晚些时候才会有，是我无聊时画的。

有天晚上我坐在起居室地板上做家庭作业时抬头一望，发现父亲从他的报纸上边凝视着我。他眨眨眼。他继续目不转睛地看着我，所以我不能转移我盯住他的目光。要不是他眼睛里没有忧虑和气愤，我可能会以为出了什么错。当他放低报纸露出脸来时，他的嘴流露出隐隐约约的惊喜微笑。

"有多少和你同名的男孩，你猜，住在布朗克斯区康考斯大道1796号？"

"就我呗。"我说。事实上，在这个屋子里我从没见过别的叫其他名字的男孩。

他又查看了一会儿报纸。"那就好,这个男孩应该是你。"他说。

我站了起来。"什么应该是我?"

"应该是你在世界博览会男孩征文比赛中获得了荣誉奖。"

"你刚才说什么?"母亲问道,她站在门口,在围裙上擦着手。

"我们的儿子参加比赛获了奖。"父亲说。

我从他肩头上细看这则新闻报道。我是六个荣誉奖之一。优胜者在第五十三公立学校上八年级。

"不准确吧。"我说。对这整件事情,我努力显出不大在乎的样子,但白纸黑字,我的名字在报纸上呢。母亲在沙发上坐下。"那是什么时候的事?"她说,"我一点也不知道这个比赛。"

"我的名字上报啦!"我叫了起来,"我有名了!我上报啦!"

随即我们大家都大笑起来。我拥抱父亲。我跨过房间拥抱母亲。"你非常惊喜,是不是啊?"她说。

父亲大声朗读了这则新闻报道。报道中包括那篇获胜文章的片段:"典型的美国男孩应该具有美国早期先驱者的同样品质。他应该灵敏手巧、值得信赖、勇敢无畏,并忠于他的信念。他应该清洁、愉快、友善,乐意帮助和善待他人。他是一个全面发展的男孩,对体育运动、其他业余爱好和他周围的世界都感兴趣。……典型的美国男孩会悉心保护他所使用的公共财产。他喜欢连环漫画、电影、户外活动、宠物和无线电节目。他通常都忙于制作某种手工艺品或其他业余爱好,总是考虑从事新的工作或制作新的东西。这就是为什么美国仍然有未来。"

我把双臂交叉在胸前。"这篇文章没那么好,"我说,"听起来像是男童子军的誓言。一个男童子军应该殷勤、友善、清洁,这都是些傻话。"

"行了,埃德加。"母亲说。

我感到心烦。我脑子里也有体育,还有善良。他有先驱者。我怎么没有想到呢？他还写进了美国的未来。他是对的——典型的美国男孩是要提到美国的。

"难道他们不直接通知获胜者？"母亲说，"假如我们没有碰巧读到《纽约时报》呢？"

"最近有谁查过邮箱？"父亲问道。

"我去查，"我说，"钥匙在哪儿？"

"你去之前，"他说，"把你的文章拿给我，要是可以的话我想看。"

我拿来我的第一个拷贝给了父亲，因页边被我沾上墨迹而没交的这一份。我随即出去跑下楼梯，跑到楼梯底端前厅里的一排邮箱跟前。

邮箱里有一个白色长信封，信是写给我的，我名字前面有"少君"之称。信封背面盖有小小的蓝橙两色的特里隆和佩利斯菲印章。信函来自世博会公司董事长格罗弗尔·瓦伦。我从新闻里知道他，他留有八字须，喜欢剪彩和恭贺他人。现在他向我祝贺。他写道，只需在入口处出示此函，我和我的家人即有资格在世博会逍遥一日，享有进入所有展馆和活动的特权，所有表演和乘坐装置均免费接待。他说，我是一个好孩子，一个优秀公民。他再次向我祝贺。如果他没有用打字机打下名字，我简直不知道他是谁，他的签名写得很糟糕。

"我们可以去世博会啦！"我一进家门就大喊起来，"全家！免费！"

可我父亲举手示意，他正在给我母亲大声朗读我的文章。

"'他应能出门到乡下去喝生牛奶。同样的，他应该跨越城市里的小丘和洼地。假如他是犹太人，他就应该说他是犹太人……'"

文章在我父亲嗓子里听起来真好。他念得有感情。他比我念得好。我很激动，因为他觉得这值得他用自己的嗓子大声朗读。读到结尾,他几乎是在喃喃自语。

"'他知道一元钱的价值。他视死如归。'"

他们俩谁也没有说什么话。他们互相凝视。我知道母亲在哭泣。"怎么回事?"我问道,"啊,妈妈。"我说,同时感到我身上那个可鄙的老毛病,稍稍刺激一下泪水就会掉出眼睛。她摇摇头,把她围裙的褶边撩到眼睛前。

"什么事也没有,"父亲说,"她很为你骄傲,如此而已。到这儿来。"

我走到他跟前,他张开双臂,把我拉向他,抱我。我感到尴尬,但我没有反抗。他放开我,站起来,在口袋里掏来掏去,掏出一条手绢儿,擤了擤鼻子。

我仍然不喜欢妈妈哭泣。"行了,妈妈,"我说,"我们有免费票了!"她透过泪眼笑了。

父亲说:"别因为你没有得到第一名而失望,埃德加。你还不是典型的美国男孩,这是所有问题的所在。"他清了清嗓子,"让我们庆祝一下!你说什么?我们今天晚上就出去!"

"会不会让他睡得很晚?"母亲说。

"我们去克拉姆饭店。"父亲说。

"他明天要上学。"她说。

"罗兹,"父亲说,"这孩子干了很了不起的事情。赶快,别浪费时间,穿衣服吧。离天黑还早着呢。"

她迅即让步,这也正是她所想的。所以几分钟之后我们就走在康考斯大道上了,我母亲、父亲和我。他在中间。母亲的手臂挽着他的手臂,另一边的我拉着他的手。他们看上去很漂亮。她穿一条有花卉图案的太阳裙和一件相配的短上衣,戴一顶时髦的帽檐被拉到一边的帽子,他穿一套双排扣灰色衣服,潇洒地歪戴着一顶平顶软草帽。我穿上一件干净衬衫,戴上领带,洗了洗脸。"我们看起来不是很帅嘛！"我说。我们都很高兴。克拉姆饭店在福汉姆路附近。在他们的冷饮柜里有由其发明的布朗克斯最好的冰淇淋苏打水。或许也是世界上最好的。傍晚天气宜人，太阳已经落山，但天空依然蔚蓝。康考斯大道很热闹，满是汽车和傍晚逛街的人。分隔道上的树木郁郁葱葱。街灯亮了，有些行驶中的汽车闪着停车信号灯，而空中飘过的云的底面还被太阳照耀着。父亲像他开心时那样阔步行进，肩膀摇来晃去，几乎像在跳舞。他的脑袋上下摆动。"肩膀往后，"他对我说，"下巴挺起，眼睛正视前方。就是这样。用眼睛看这世界。"

"我们得往费城打电话，告诉唐纳德这个好消息。"母亲说。"我们回家后就要做这件事，"过了一会儿她又说，"不过晚上他可能出门了。你从哪儿搞到这样的句子？"她对我说，越过我父亲俯身向前，盯住我的眼睛。"尊重所有女人，当然啰。得了，你啊，真是有其父必有其子。"她说。我们笑了，她也跟我们一起笑了。

我自己寻思，我也在另行其道。或许使父亲那么高兴的事——除了我的文章之外，除了我的冒险精神之外——正是我让我们大家参与了某种活动，用最不可能的方式获得了世博会参观券。

三十一

接下来这周的星期五晚上，唐纳德回家了，第二天我们都去世博会了。唐纳德十分赞赏这个终于能让全家去世博会的办法。他说对此简直难以相信。他用手掌根敲他的前额。

我们进入世博会会场的那一刻，我觉得就像回家一样。所有东西都在那儿，像我离开时一样。第二次参观甚至更令人惊异。如那封信所允诺的,我们被准许入场,每人得到一个特殊出入证,像徽章一样别在我们衣服上。我很自豪,我喜欢人们朝我们看了又看。

我们站在特里隆和佩利斯菲的影子中,我感到这两个又大又白的熟悉形体把某种善心慈爱赐予我的肩头。很难加以阐明,但这就如我身处某个得到它们保护的无形领域。

我急于向我的家人介绍我所知道的一切。首先我想让他们看的是通用汽车公司馆"未来大世界"。他们都专心地看游览指南。唐纳德部署参观路线。"未来大世界"当然也列上了,但先看"民主城"——佩利斯菲里面的立体模型仿真展出会更有意思。我们便这么做了。我们在特里隆里面乘自动扶梯上去,走过人行桥进入佩利斯菲。这是一个奇怪的球状空间。我们站在传送带上,在这座壳状建筑里转了360度。我们往下看一个总体规划的未来的世界城市。一切设计都旨在排除所有问题和困难。一个录音讲解这样告诉我们。"在这个勇敢无畏的新世界里,"H.V. 卡尔登伯恩说,他是我父亲不太喜欢的电台新闻广播员,"在人们迈向团结与和平之时,智力与体力,信念与勇气,都以高度的努力联系在一起。"

"我的上帝,"父亲说,"他也在这儿。"

从讲解背景声中响起了由安德烈·康斯特拉涅茨① 指挥的管弦乐和合唱音乐。每个人都目不转睛地细看展览,给我的印象却很肤浅,因为除了我们,没有任何东西是动的。它不像旋转木马那样令人兴奋,尽管木马本身也是索然无味的。母亲因这样斜向一侧移动而有点头晕。父亲说,他知道这音乐,是黑人作曲家威廉·格兰特·斯蒂尔② 作的曲。这首乐曲灌有唱片,他开音乐店时卖掉了好多张。

我们经由一条从佩利斯菲通到地面的螺旋形坡道离去。从这条

---

① 安德烈·康斯特拉涅茨(1901—1980),俄裔指挥家,以最早指挥轻音乐形式的古典音乐著称。
② 威廉·格兰特·斯蒂尔(1895—1978),非裔作曲家、指挥,有"美国黑人作曲家泰斗"之誉。

坡道上特里隆和佩利斯菲这两座建筑物的结构都能看得见,阳光照亮了它们的石膏墙板。毛糙的墙板在佩利斯菲上形成一个个暗色小坑。在一个特别的部分,白色变成了银色,我可以把它想象成是一艘大型空中飞艇的侧面。随后我看到有些地方的油漆在脱落,这是很令人丧气的。不过当我们走近地面时,这两座建筑以几何形状赫然耸现,渐渐变得越来越高大,显现其更多的熟悉形体,直至一切安然恢复原样。

虽然是星期六,世博会却不像我第一次来时那么拥挤,挤在大道上的人少了,这就不像一个令人愉快的地方。一身盛装的人少了,世博会看起来就不那么洁净或光鲜。我能看见到处有衰竭的痕迹。或许这只是我的想法;我知道还剩一个月这届世界博览会就将永远闭幕。可经办世博会的官员们看来对参观者已关心得少了,他们的制服不再那么挺括。很多空的婴儿小推车成排放在那里,头戴遮阳帽的管理人员互相聊天,抽着香烟。用小号奏《纽约人行道》的牵引车现在看起来很是凄清,因为乘坐的人那么少。我希望我的家人们都没有注意到这些现象。我感到自己对世博会负有责任。不管怎样,对他们来说所有这一切看起来仍饶有趣味,他们关注重要的东西。

在西屋电气公司馆,电动机器人是科学厅的明星,在进科学厅之前,我们驻足在"时代储存器"①旁——确切地说是在其埋藏地旁。这个储存器在埋进地里前我见过,因为它曾出现在一个周六下午在萨里电影院放的有声电影新闻片里,它是个擦亮了的钢制圆筒,吊在起重机上,比人高一倍,两端都是尖的,像一颗双头子弹。西屋电气公司总裁通过所有电台放置在那里的麦克风讲话,然后他们

---

① 西屋电气公司先后于 1939 年、1965 年纽约世博会场地埋藏的"文物"储存长圆筒,均指定于 6939 年开启。

把"时代储存器"埋入他们所挖的洞里,那洞比储存器本身略微宽一点,一个比它略大的套管已经埋好,以防它被土里的水和其他东西腐蚀。储存器往下一进"永世井"——那个洞被这样命名,观众便鼓起掌来,随后工人们把这整个东西上面的一个盖子拧紧,接着围着它修了一个水泥观察平台,就是我们此刻所在的这个地方,我们一边往下仔细看那个盖子,一边念他们张贴出来的说明材料。

策划时代储存器的目的是向六九三九年的人们宣告,我们有过怎样的壮举,我们认为什么是我们富有意义的生活。他们便把常用的物品放了进去,如发条闹钟、开罐工具、牙刷、牙粉罐、米老鼠塑料杯,莉莉·黛诗[1]设计的帽子;他们放进石棉、煤等物质材料,来自科学家的信息,美国一元银币,手持式送受话器字母表,一个墙上电灯开关;他们放进三百种语言的《主祷文》,一本词典,工厂和装配线照片,分类的连环漫画,玛格丽特·米切尔写的《飘》,此书我还没有读过;最后是新闻片:罗斯福总统演讲,美国海军演习,日本在对华战争中轰炸广州,佛罗里达州迈阿密的时装秀。

我父亲出声表示疑惑,距今五千年的人从这些收藏在时代储存器内的东西究竟会得出什么启发。"他们会认为我们是一种原始种族的好技师,"他说,"我们的宗教只有一种我们用乱七八糟的语言说出来的祷文,我们戴奇形怪状的帽子,互相残杀,读庸俗低下的书。"

"别那么大声,戴夫。"母亲说。有别的一些人站在旁边听。有个男子在笑,但母亲不愿父亲冒犯任何人。当然,她的反应只能引得他发表使人更难堪的评论。他问我哥哥和我,为什么我们觉得在这个储存器内没有任何有关大规模移民的资料,这些大迁徙把犹太人、意大利人和爱尔兰人送到了美国,或者没有任何代表劳动者观

---

[1] 莉莉·黛诗(1898—1989),法国时装女设计师、制造商,尤以设计女帽著称。

点的内容。"他们搜罗的这些东西当中没有示意说明，美国有严肃的精神生活，或者有遭受种族偏见的保留地印第安人和黑人。那是为什么？"他说。最后我们迫使他离开永世井去科学厅。

这并非说，我父亲似乎不能有开心的时候。相反，他最能自得其乐。他会批评什么，同时也会赞赏什么。他就是喜欢用脑子。和他相反，我母亲缺少大不敬的能力。她会怨艾，但从不无礼。当我们穿越"明日之城"，一个现代独立式房屋样板社区，每座房子都在其自己的新式院子内，母亲生起气来。"展示这种房屋有什么目的，"她说，"当它们价格高达万元以上，世界上谁也没有钱买它们的时候？"

到了吃饭时间，我很高兴。我们坐在阳光下，吃着上面加有各种配料的华夫饼，我们分享不同的味道，没有人发出批评之音。

我想，当我带他们都去"未来大世界"时，就连他们也会留下深刻的印象。我们乘车坐在装有喇叭的椅子上斜向一侧行进，我们眼前是整个高速公路和地平线上美不胜收的壮观场面，所有一切都被照亮了，都在活动，一个错综复杂而奇妙无比的缩影，像大家一样，他们啼啼地赞美着，啊啊地惊叹着。我感觉好些了。不断用脑会令人疲惫，教诲会令人疲惫，尤其是由自己的家长施行的时候。

我父亲明白我对这个活动特别有兴趣。所以后来，在外面，他十分和蔼亲切，说了许多话来表达他的赞赏和愉悦。"这个场景很精彩，所有那些高速公路，所有那些无线电操纵的汽车。当然，高速公路是用公众的钱建造的，"过了片刻后他说，"到时候啊，通用汽车公司是不会造高速公路的，联邦政府才干。用我们纳税人的钱。"他笑了一笑，"所以通用汽车公司是在告诉我们，他们对我们有所期望：我们得给他们修高速公路，他们好把汽车卖给我们。"

对此连我也不得不笑了起来。大家都笑了，这是我们非常开心的时刻。

"或许是这样的，"过了一会儿母亲对我说，父亲和哥哥走在前头，"可有一辆汽车还是很好的。"

关于在世博会的最后一天，我没有更多东西可回忆了。我父母感觉累了，决定把精力集中在外国馆。母亲热切地想参观犹太巴勒斯坦馆。她为犹太人像其他国家一样有地位而骄傲。她给这个馆捐了一些钱。"他们表明，犹太农民们如何用灌溉和造林计划使巴勒斯坦又变得富饶，"她说道，"他们表明，犹太人可以像大家一样。"

父亲因在其国家所发生的事而对捷克斯洛伐克馆感兴趣。"张伯伦把他们出卖给了希特勒，"他说，"我想去表示我的尊敬。还有荷兰，现在也输掉了。他们有排钟——我们不是刚听到那钟声？那是荷兰。"

唐纳德和我对这些事并无特殊兴趣。我们同意分成两个组，说好什么时候在哪儿会合。父母乘上像婴儿车那样的手推椅子车走了。"我感到遗憾，他们把苏联馆拆了，"父亲没有专门针对谁说道，"我是喜欢看的。"他转过身来，向我们挥手，手里拿着一支雪茄。

唐纳德和我乘公交车经过彩虹大道，过桥进入娱乐区。这儿比较拥挤。我没有透露我知道的有关惊人的奥斯卡的事儿，但内心希望能见到我的朋友梅格。我想象她坐在屋后，坐在一把陈旧褪色的椅子里。我和唐纳德大步走着，无意间就把他带到了那地方。但那儿不再有"多情章鱼奥斯卡"，那座房子已被杂耍艺人和吞火魔术师占据。我们便坐上一辆蒙有缓冲橡皮的都得跟牌电动碰碰车，混在一大批装备相似、发出噼噼啪啪撞击声的狂热驾驶人中间，大家都急切得像要行凶似的。我们碰他们，他们碰我们，我们歇斯底里地哈哈大笑。唐纳德让我驾车，他的手臂放在我肩上，我们转来转去，朝别人猛冲猛撞，又反过来被人猛撞猛冲，每个人的脑袋都有飞出去的危险。唐纳德朝着这一片喧嚣声大喊："这是未来大世界！"后来我们去了游乐宫，在哈哈镜里瞧自己变弯、变平、变长，我们可辨的自身消失得无影无踪，过一会儿却又隐约出现在我们上方。我们在"萨瓦"结束我们的活动，那是演奏摇摆乐的地方，人们随音乐台上的乐队跳舞。唐纳德听得入了迷，在台上的是吉米·兰斯福特乐队，我们待在那儿完整地听了两首曲子，唐纳德合着音乐的节拍摇头晃脑，阖上眼睛，他的手指像鼓槌儿一样敲着桌子。舞蹈者跳着吉特巴舞，跳的舞曲是《大苹果》。音乐很动听。

后来下雨了，我记得看见那烟火在黑夜中升起，照亮了雨，仿佛在地面与天空之间正进行着一场战斗。

我在征文比赛中所获得的荣誉奖，在第七十公立学校里为我带来了为数几天的知名度。我应在拼单词比赛中击败的可憎的黛安·布拉姆伯格，以一种新的敬意看着我，至少我这么觉得。校长特伊泰尔鲍姆先生在大厅里见到我，停下来和我握手。"在第七十学校我们培养出这样优秀的学生。"他是在提醒我，免得我以为这个荣誉应该属于我。大概我的成就感就是把世界博览会保留在了我的脑子里，他有一种秘密存在的对此男孩的惊异感，正是我勇敢地完成了这一工作；或许大概是回忆——那些清洁的、粉刷过的红黄蓝街道，鲜花盛开的公园，未来的见证，都在我心目中像绕着圆球一样扩展开来，把世博会的方尖塔插向了天空。十月的一天，我决定制作自己的时代储存器。我想，我是在看到父亲带回家的一个邮件硬纸筒时产生这个想法的。我给这硬纸筒的里外边沿都贴上锡纸，那些锡纸我是从烟盒和口香糖包装纸里细心搜集来的。我的朋友阿诺尔德发现我在忙什么便也加入了。一天放学之后，他陪我去克莱蒙特公园，我选那地方作埋藏地。

我带着他深入公园，到那个有一小簇灌木的地方。这儿的土松软，谁都可以挖东西，并能做到缜密周到。梅格和我曾在这儿附近玩儿。阿尔诺德帮我挖洞。我们用硬纸筒本身来量洞,直到硬纸筒可以滑落下去,看不出来。

我颇为隆重地向阿诺尔德展示了我所选择的赠给未来、代表我度过的生活的物品:我的有匕首形箭头的汤姆·米克斯解码器徽章①。我手写的四页富兰克林·德拉诺·罗斯福生平传记,为此稿我得了一百分。这要卷成一支烟的样子。我的放在原盒里的 M. 霍纳海军乐队牌口琴,这是唐纳德的,但他给了我,那时他得了个更大型号的。两艘图特西玩具公司的铅制火箭飞船,上面的漆都已剥落,这可以表示我预见了未来。我的小蓝书《腹语术自学手册》,不是因为我学成功了,而是因为我试验过。最后有件东西我不好意思给阿诺尔德看,那是我母亲的一只长筒丝袜,抽丝抽得厉害,她给扔了,我给捡了回来,作为我们使用过的纺织品类的代表——尽管我确实听说为了抗议日本,女人们不再穿丝袜,如今穿的是棉袜,或新的用化学品制造的尼龙袜。

阿诺尔德也带来一些东西,并问我他能否把东西放进储存器。"这是我的一副根据验光单磨制的旧眼镜,"他说,"镜框裂了,但当他们透过镜片来看的时候,对我们的技术应该有所了解。"我说行。有一次,很久以前,阿诺尔德向我吹嘘说,他可以用这副眼镜点燃干树枝。他把眼镜丢进储存器,我拧紧上面的盖子,很快把它放入地里。

后来我又把储存器拿出来,拧开盖子,取出腹语术手册。对我来说埋藏这样的书似乎是一种浪费。

我把储存器又丢回洞里。回顾四周,确定我们未被人看见,我们便往洞里填土,站起来踩土,使土像其他地方一样硬实。我想,我们两人都感到我们所做之事的重要意义。我们在所有地方铺上些

---

① 某谷物早餐食品公司以牛仔影星汤姆·米克斯名义做的小型广告牌。

树叶和碎土来掩护这个洞。

我记得那一天大风凛冽,天气寒冷,云儿飞逝。枯叶在阵阵狂风中飘零,克莱蒙特公园里的大树嘎吱嘎吱作响。回家之路领我闯入风中。我手插口袋,耸肩而行。我练习腹语发出嗡嗡声。穿越公园时我留神等着听这嗡嗡声,寒风刺着我的脸颊,并让我的眼睛蒙上泪水。

译后记

　　2010年世界博览会在上海举办期间，我在纽约翻译E.L.多克托罗的《世界博览会》。这全然是巧合，而非有意配合。上海世博会闭幕前几日，我又恰巧在上海，便赶去逛了一天，虽因各馆门前都是长蛇阵而未进任何一馆，整个世博园内琳琅满目的建筑和热闹欢快的气氛却已使我欣然陶醉，也就更能理解多克托罗的小说为何以书中人物参观纽约世博会作结尾，并以《世界博览会》为书名。

　　纽约举办过两次世博会，第一次是1939年至1940年，第二次是1964年至1965年。两次在同一地点：皇后区法拉盛草地-花冠公园。那里至今留有一个巨大的钢架地球仪，那是1964年至1965年世博会的标志。1939年至1940年的会标则由高耸的白色方尖塔（名为"特里隆"）与巨大的白色圆球（名为"佩利斯菲"）组成，标志世博会的主题："新的一天的黎明——建设明日世界"。上海世博会的主题"城市，让生活更美好"似与此一脉相承，均着眼于未来，要为明天更美好的生活努力奋斗。多克托罗的《世界博览会》写的是1939年至1940年的纽约世博会。

　　多克托罗的全名是Edgar Lawrence Doctorow——埃德加·劳伦斯·多克托罗，其教名和中名他习惯只用第一字母。他是纽约人，1931年生于布朗克斯区，住在曼哈顿中城临近东河的社区。《世界博览会》中的主角、叙述者用的是作者自己的名字——埃德加，埃德加的父母、哥哥用的也是作者自己的父母和哥哥的名字——戴维、罗兹和唐纳德。整部作品实际上是半自传体小说，是童年回忆录，也是二十世纪三十年代纽约社会生活和犹太家庭生活的实录。当然，作为小说，它有不少虚构、想象的成分，但其中许多人物、事件、风物、情景都是真实纪录。纽约的街道、广场、公园、学校,用的都是真名;世博会"典型的美国男孩"征文比赛、世博会空前盛况、世博会埋藏"时代储存器",以及德国兴登堡号飞艇焚毁,等等,都真有其事。除主要由埃德加自述外,书中也插入他母亲、哥哥和姑妈的口述历史,所以整部小说是虚构、想象、回忆、实录和口述历史的多重组合。

埃德加,当年才九岁,还记得自己当婴儿时半夜尿床、母亲起来为他换尿布的情景;记得在大街上见到的许多人和事:卖甘薯的乔,修鞋的意大利老人,卖鱼的欧文,开药店的罗索夫,送煤车送煤,洒水车洒水;记得家犬娉姬的遇险和归宿;记得哥哥及其伙伴怎样盖爱斯基摩雪屋;也记得那些留下不良印象的东西:弹弓,击彩盘,"污物袋"。

埃德加讲的故事,并无大起大落的情节,却述说得很具体、生动,有丰富的细节,有迷人的气氛,也不乏诙谐、幽默。不少美国读者认为,这不是一本"page-turner",即不是一本一读便叫你不能释卷的书,但都会觉得,读着读着,你自然而然就会被吸引,被感染,不由得也回想起自己的往昔岁月,回想起自己童年的情景。我在翻译过程中就不由得多次停下来,想起自己在上海郊区小镇颛桥的童年生活——清晨卖菜姑娘沿街的清脆叫卖,白天挑着水果担步履匆匆的老农,黄昏在炭火上摇动的爆米花机及其发出的巨响,还有有线广播喇叭里传出的江南丝竹,这一切都顿时回到了我这个现居纽约、年近七旬的老人的脑海里。我因此又体会到文学名著及其精彩文笔的感染力,甚至相信有人在读了多克托罗这本书后也会提笔写一写自己的童年回忆。

纽约是犹太人的重要聚居地。埃德加生活在一个犹太家庭,他的祖父母、外婆都来自俄国,他是犹太移民的第三代。他的外婆每个星期五晚上都要点亮安息日白烛,蒙上头巾祷告,她死后由他母亲继续；每年逾越节，全家人都要到爷爷奶奶家聚餐欢宴，说说英国女王会怎样过逾越节一类的笑话。当然，即使在多种族、多元化的纽约，幼小的埃德加仍然能感受到犹太人被歧视、被侮慢的屈辱。他看到画在他家没有汽车的车库门上的德国纳粹党徽。他遭两个坏男孩胁持，骂他是"犹太仔"，他害怕得即刻否认自己是犹太人，事后自责怯懦，所以在给世博会写的征文中特别指出："假如他是犹太人，他就应该说他是犹太人。"

近年来我翻译了三部美国小说，作者均为犹太人。在保罗·奥斯特的《布鲁克林的荒唐事》中，那个犹太家族的成员都已和当代美国社会融合在了一起，像其他纽约人一样生活，他们的遭遇也是其他一些美国人的遭遇，与种族歧视无关。菲利普·罗斯在《反美阴谋》中所写的，则通篇是上世纪四十年代初美国社会反犹气氛中犹太人的忧虑、恐惧和不幸遭遇，主角、叙述者菲利普也就是作者自己的名字，年龄与埃德加相近，故事也都写到九岁那年，作者的父母和哥哥也以本名出现在书中。我因此觉得罗斯2004年写的这部小说与多克托罗写于1985年的《世界博览会》有不少相似之处，但两者主题不同，后者并不侧重写种族歧视问题，而把更多的笔墨用于描写犹太家庭生活、犹太孩子在怎样的社会文化和家庭环境中长大。犹太家族内的家长与子女关系、婆媳关系、家人气质、贫富差异、亲疏远近，都通过小埃德加的细心观察，娓娓道来，饶有趣味。那个用夸张笔调写出来的母亲逼埃德加一起去廉价商店抢购衣服的场景，显然是讨厌逛商店的作者对其母亲的善意调侃。

埃德加一家都有音乐天赋。父亲戴维有渊博的音乐知识，在曼哈顿开了一个音乐店，出售留声机、收音机、乐器和乐谱。母亲罗兹能弹一手好钢琴，书中有这样一段描写：

　　她弹琴弹得很自信。……当她坐下来弹琴时，她那活跃的思想获得了暂时的平静。她的表情变温柔了，她的蓝眼睛炯炯有神。她坐得胸挺腰直，好像是个皇后，她的手臂伸展自如，她让美好的乐声充满屋子，那音乐我觉得仿佛是瀑布和彩虹。

哥哥唐纳德的音乐天赋更高，十六岁时就组织小乐队，暑假应聘为一家著名湖滨旅馆演出。埃德加自己也不乏音乐细胞，竟能从哥哥的乐队里发现一个滥竽充数者，因而及时消除了一个隐患。

不过，现实生活并非一直像充满乐声的屋子那样美好。埃德加的父母之间显然时有龃龉。戴维关心时事，思想开放，行为豪爽；罗兹操持家务，观念保守，谨慎小心。戴维后来沾染上了赌牌恶习，有时也可能拈花惹草，在世界大战和经济大萧条来临之际，他的音乐商店也就不得不关门大吉，罗兹不得不日坐愁城，为家人的温饱忧心忡忡。全家连参观世博会的机会都没有，最后还是靠埃德加应征投稿得了荣誉奖才使故事有了一个比较完满的结局。

阅读此书，我们似乎也可以了解埃德加是怎样接受美国文化、怎样像其他美国孩子一样成长起来的。书中描写了很多他所喜爱而经久难忘的活动。看连环漫画，听音乐唱片（古典音乐、乡村音乐、爵士乐、摇摆乐），听广播剧和棒球赛转播，观看橄榄球现场比赛，看根据连环漫画改编拍摄的电影，制作飞机模型，打街头棒球，去海滩游泳、户外野餐、访问农场，等等，在书中都一一写来，并列举了许多作家、音乐家、演员、广播员以及漫画、剧本、乐曲、电影的名字，以致使我觉得，谁若研究二十世纪三十年代美国通俗文化及其对年轻一代的影响，倒是可以把《世界博览会》当作一部小百科辞书借来一阅。

另一个男孩的获胜文章《典型的美国男孩》（曾在《纽约时报》发表）倒是准确地概括了包括埃德加在内的美国男孩的特色：

典型的美国男孩应该具有美国早期先驱者的同样品质。他应该灵敏手巧、值得信赖、勇敢无畏,并忠于他的信念。他应该清洁、愉快、友善,乐意帮助和善待他人。他是一个全面发展的男孩,对体育运动、其他业余爱好和他周围的世界都感兴趣。……典型的美国男孩会悉心保护他所使用的公共财产。他喜欢连环漫画、电影、户外活动、宠畜和无线电节目。他通常都忙于制作某种手工艺品或其他业余爱好,总是考虑从事新的工作或制作新的东西。这就是为什么美国仍然有未来。

小说最后四章着重写埃德加先后两次参观世博会。世界博览会这样盛大的活动具有强大的科技和文化冲击力,对年轻一代无疑会产生重要影响。世博会开阔了他们的眼界,向他们展示未来科技、明日世界,启发他们的想象力,开拓他们的创意,而世博会策划上的缺陷也可能会对他们产生负面影响。埃德加因有机会参观世博会而"欣喜得浑身发颤",参观时更是"忘了非世博会的一切",参观后自己也做了个"时代储存器"留给遥远的未来。

埃德加的父亲赞赏世博会成功的一面,但也发现某些参展大公司的商业动机,嘲笑通用汽车制造公司"未来大世界"展馆的目的就是让纳税人出钱,让联邦政府用公众的钱修高速公路,这样他们好把汽车卖给大家,汽车公司自己则不会掏钱修路。他也发现世博会埋藏的要到五千年后才能开启的所谓"时代储存器"里,没有任何有关大规模移民的资料,没有任何代表劳动人民观点的内容,没有提到遭受歧视的黑人和保留地印第安人。埃德加把父亲的评论都记在了心里。

对埃德加来说,更有一件冲击力极大的事情。那就是他的女同学、朋友梅格及其母亲诺玛带他第一次去参观世博会,他喜爱她们母女俩,觉得她们纯朴热情、容易相处,出乎他意外的是,在世博会娱乐区工作的诺玛,竟是"多情章鱼奥斯卡"这个节目的主要演员,在水箱中与"章鱼"裸体共舞。事后他为此觉得"恶心的痛楚",但又觉得自己和梅格像暹罗连体双胞胎一样连在了一起,那是他朦胧的性的觉醒。不过,他最终还是意识到,"诺玛的自由精神使生活更刺激、更危险","此刻我能感到这种危险",并"怀疑这种自由的可能性"。

《世界博览会》问世后获得广泛好评,并荣获1985年美国图书奖。《新闻周刊》、《洛杉矶时报》和《今日美国》等报刊分别用"迷人""近乎魔法""精彩"等词来称赞此书。

有评论说:"这是一部一位小说大师的非凡之作,讲述一个男孩须将他的单纯转向成熟,一代人须经受巨大磨难才有未来。"

《纽约时报》写道:"当你读完 E.L. 多克托罗的这部绝妙小说,你不可置信地摇头,问你自己他怎会完成得那么好。你迷失在《世界博览会》,仿佛这是一次奇特的冒险。你以一种通常由悬念惊险小说引起的强烈欲望贪婪而读。"

一名女作家写道:"《世界博览会》显示了多克托罗先生的某些人生观和关于文学的源泉和宗旨的观念。其中一点是只要有好的语言,人们不一定非要写大灾大难或奇人奇事不可,而可以写写日常生活、凡人凡事。"

多克托罗自己曾在不同场合介绍《世界博览会》的写作过程。他说,该书确实是一部与回忆有关的小说,但不是自传。他开始写的时候尚不知自己在写什么,直到写了三分之一才有了这个书名。他写的任何东西都要六易其稿或八易其稿,一天写六个小时,六百字左右,通常要花几年写一本书,《世界博览会》则是例外,来得特别顺畅,只用了七个月。他把自己的名字埃德加给了小主人公,但并不认为他就是他自己。他用九岁男孩来回顾童年,其实是一个成年男子在回忆往昔，只是用了男孩子的音高，而他自己确实在九岁时就开始真以为自己是个作家。他喜欢这种"双嗓效果"。写的时候他根本不知道故事会怎样收尾，他只是像夜晚开汽车的人一样，看不清车灯照亮处之外的地方，却又能继续开下去。其实，一个人自己的记忆，自己亲身经历的生活，确实就如一条夜色中的路，不论如何昏暗，你依然能前行，越往前，这路似乎还越清晰、越明亮。古今中外，许多作家都是在这种既朦胧又分明的状态中写下了自己的童年、少年和青年，有的还因此成了名家、大家。

多克托罗认为，1939年至1940年的纽约世博会是个奇迹，第二次世界大战爆发在即，许多国家面临可怕冲突，可同时又能把他们的文化和产品并排放在一起展览。他说，这次世博会是一面镜子，既反映了处于控制地位的大公司科技的社会价值，又反映了裸体舞一类东西的低级庸俗。

多克托罗是个负有社会责任感的严肃作家。有一次，《巴黎评论》记者采访他，提出这样一个问题："你认为作家或艺术家对那些听不见其声音的人负有怎样的责任？你觉得自己是不是那种应该站出来说话的人？"

他答道："是的。现代主义使我们以为写作纯粹是一种个人行为。但实际上，每个作家都为一个社会说话。比方说，假如你读马克·吐温，你知道，整个民族都站在他的声音后面。我指的不一定是种族上的或地理上的，而是说，作为一个作家，你一旦写作就会感觉到，你不是仅仅为你自己说话。你记得人们在纽约码头等船运来狄更斯小说最新连载的情景吗？他们紧问船员：'小内尔（《老古玩店》里的人物）死了吗？'记得维克多·雨果死的时候，全法国都在哀悼？我指的就是这点。一种深厚的关系。作家并非产生于真空。作家是见证人。我们需要作家，是因为我们需要这个可怕世纪的见证人。"

他是一个敢于对政治、社会问题发表看法的作家。有一次里根总统说，德国纳粹党卫军，就像被他们杀害的犹太人一样，也是受害者，多克托罗因此反问道："你能不称之为篡改吗？"接着他说，日本教育界人士改写教科书，删除他们一九三七年入侵中国、在东北实施暴行的事实。对此，他又反问道："你能不称之为篡改吗？"

在写作方法上，多克托罗主张灵活多样，富有变化，不墨守成规，不拘泥一格。他说："每一本书都应有其自己的特色，而不只是作者的特色。它的话出自它自己而不是你。每一本书都不同于其他的书，因为你不是把同样的声音带给每一本书。我想，这才使你保持一个作家的活力。"他觉得，海明威的早期作品富有特色而获得成功，可是后来他每本书都用同一手法，其最后一二十年的写作生活就这样限制他、束缚他，使他归于失败。

他还以翻译为例说明追求风格多样化的重要性。他说，有一次他读 1935 年毛泽东对其部队讲演的英语译文，觉得好像是女作家格特鲁德·斯坦因写的，便找出斯坦因写的散文来读，发现斯坦的特殊文笔果然适于演讲。后来有个汉学家告诉他说，不仅是毛泽东的演讲，几乎所有中国人的文章都被译成了一个味儿——格特鲁德·斯坦因味儿，演讲味儿。

2011 年初，在庆贺他八十岁生日的时候，亲友们和他一起回顾他的一生经历，谈起他上纽约布朗克斯科学高中，周围同学都是数学天才，他却学卡夫卡写下第一篇文学习作；在俄亥俄州凯尼恩学院修读哲学，著名诗人、评论家约翰·兰塞姆当过他的老师；在纽约哥伦比亚大学念英语戏剧硕士，并认识未来的妻子海伦；在德国美国占领军当兵，有个最低级的军衔——"下士"；为一家电影公司审读剧本，看了不少西部片剧本，结果自己写了第一部小说、西部片仿作《欢迎来到艰难时代》；当日晷出版社主编，出版过詹姆斯·鲍德温、诺曼·梅勒等名家的作品；直至 1969 年，他才开始当专业作家，时已年近四十。

多克托罗有空时最喜欢的事情就是看书和听音乐。他说，他小时候家里的文化气氛很浓，所以很早就养成了广泛阅读的习惯，从儿童冒险故事、体育小说到文学名著，他都爱读，陀思妥耶夫斯基的《白痴》、麦尔维尔的《白鲸》、杰克·伦敦的《野性的呼唤》和德莱塞的《嘉莉妹妹》，则是他的爱中之爱。

他也深爱音乐，曾经学习弹钢琴，希望自己能像他母亲一样弹得好。然而，有一天，当他终于停止练琴时，全家人都松了一口气，因为大家意识到从今以后不用再受其并不美妙的琴声的折磨，而他自己，正如他后来对《时代》杂志所说："我始终知道，召唤我的是写作。"正是在写作的呼唤下，他这个"埃德加"写了《世界博览会》中的"埃德加"，而他父亲是把埃德加·爱伦·坡的"埃德加"送给了他，希望他成为像坡一样的作家、诗人，他也终于没有辜负他父亲的期望，成了众所公认的二十世纪美国最杰出的小说家之一，其作品已被译成三十多种语言，在世界各国拥有众多读者。

陈　安
2011 年 8 月撰于纽约